JN203280

編著
金澤 哲

相田洋明
森 有礼
塚田幸光
田中敬子
梅垣昌子
松原陽子
山本裕子
山下 昇

ウィリアム・フォークナーと老いの表象

松籟社

William Faulkner

目次

【凡例】

フォークナーの作品および基本文献からの引用に際しては、以下の略称を用いた。

なお作品のタイトルおよび登場人物の日本語表記については、原則として『フォークナー事典』（日本フォークナー協会編、2008、松柏社）に従った。

・長編小説
AA：*Absalom, Absalom!*
BW：*Big Woods*
F：*A Fable*
FD：*Flags in the Dust*
GDM：*Go Down Moses*
ID：*Intruder in the Dust*
LA：*Light in August*
M：*The Mansion*
S：*Sanctuary*
SF：*The Sound and the Fury*
U：*The Unvanquished*
VS：*Vision in Spring*
WP：*The Wild Palms*

・短編集、エッセイ、書簡集、その他
CS：*Collected Stories of William Faulkner*
EPP：*Early Prose and Poetry*
ESPL：*Essays, Speeches & Public Letters*
FCF：*The Faulkner-Cowley File*
FU：*Faulkner in the University*
LG：*Lion in the Garden*
MIS：*A Faulkner Miscellany*
SL：*Selected Letters of William Faulkner*
US：*Uncollected Stories of William Faulkner*
WFM：*William Faulkner Manuscripts*

ウィリアム・フォークナーと老いの表象

序に代えて

フォークナーにおける「老い」の表象

――その意義と可能性

金澤　哲

1．はじめに

本書は二十世紀アメリカ文学を代表する作家ウィリアム・フォークナー（William Faulkner, 1897-1962）における「老い」の表象に注目し、フォークナー研究の新たな可能性を探ろうとするものである。言うまでもなく、文学研究において「老い」は多様なアプローチを許容するテーマであり、さまざまな新しい可能性をもたらしうる切り口である。本書は対象をフォークナーに限定することによって、「老い」というテーマの豊かな可能性を浮かび上がらせることを目指したものであり、その意味で一種のケーススタディ的な性格を持っている。一方、後述のように「老い」は新たなフォークナー像を切り開く可能性を秘めており、その意味で本書はフォークナー像の刷新を目指す野心的なフォークナー研究の書である。

フォークナーの作品には多くの老人が登場し、重要な役割を果たしている。思いつくままに挙げてみても『土にまみれた旗』(*Flags in the Dust* =『サートリス』*Sartoris* として大幅にカットされた形で一九二九年に出版)のオールド・ベイヤードとミス・ジェニー、「エミリーへの薔薇」("A Rose for Emily", 1930)のエミリー・グリアソン、『アブサロム、アブサロム!』(*Absalom, Absalom!*, 1936)のトマス・サトペン、ローザ・コールドフィールド、ウォッシュ・ジョーンズ、『行け、モーセ』(*Go Down, Moses*, 1942)のアイク・マッキャスリン、さらに『寓話』(*A Fable*, 1954)の元帥など、高齢の登場人物あるいは高齢化のプロセスが描かれる人物は枚挙にいとまがない。

また『アブサロム、アブサロム!』の結末近く、クエンティン・コンプソンは「僕は二十歳なのにすでに亡くなってしまったたくさんの人たちより年老いてしまった」と語り、自らの「老い」の意識を告白する(*AA*, 301)。クエンティンと同様、まだ若いながら「老い」の意識にとらえられた人物として『エルサレムよ、我もし汝を忘れなば』(*If I Forget Thee, Jerusalem. The Wild Palms* =『野性の棕櫚』と題されて一九三九年に出版)のハリー・ウィルボーンを挙げることができる。このように、フォークナーにとって「老い」は重要なテーマなのであるが、この点に注目した研究はほとんど見当たらない。そこで本章では、フォークナーにおける「老い」の表象の意義および可能性について概括的な考察を試み、本書全体の序としたい。言うまでもなく「老い」はギリシャ・ローマ以来の伝統ある主題であるが、現代の文学研究におけるテーマとしては、認められてまだ日が浅い。この古くて新しいテーマを考えることによって、フォークナーという作家の研究にどのような可能性が開けるであろうか。また、そもそもフォークナーは「老い」を描くことによって、どのような芸術的成果を手に入れたのであろうか。以下、その概略を素描してみよう。

2．フォークナーにおける「老い」の表象——その可能性について

2．1．伝記的アプローチ

フォークナーにおける「老い」というとき、まず考えられるのは作家自身の「老い」と創作の関係である。これは伝統的な伝記的研究とほぼ重なるものであり、フォークナー自身が老いを迎えるにつれて作品に生じた変化に注目し、いわば「後期」フォークナー像を探ろうとする試みである。

もちろん、このような伝記的アプローチは、基本的にどの作家についても可能であり、たとえば「後期ヘンリー・ジェイムズ」あるいは「晩年のマーク・トウェイン」といった枠組みは、すでに確たるものとして認知されている。その意味で、このアプローチ自体は目新しいものではない。だが、だからといってこのアプローチが旧態依然のものだとは言えないであろう。それどころか、フォークナーの場合、それは実は大変新しいアプローチなのである。

その理由は、ひと言で言えばフォークナー研究の大きな偏りである。従来のフォークナー研究は、『アブサロム、アブサロム！』を筆頭に、『響きと怒り』から『行け、モーセ』までの作品に注目するものが圧倒的に多かった。言い換えれば、それは一九二九年から一九四二年までの「中期」フォーク

ナーを頂点と見なし、それ以前の作品は「修行期」の未熟作、以後の作品は道徳的あるいは政治的な主張を読者に押しつけようとした「問題作」あるいは「失敗作」と見なすものである。それはフォークナーをなによりもハイ・モダニストとしてとらえる価値観であり、第二次大戦から冷戦期にかけてモダニズムからポストモダニズムへと移行していった文学史の流れからフォークナーを切り離してしまうものである。『墓地への侵入者』(*Intruder in the Dust*, 1948)から始まる「後期」フォークナーへの注目は、このような見方に対するアンチテーゼであり、従来主流のフォークナー観に変更を迫るものである。

「後期」フォークナー像探求の持つ意味は、それだけではない。第二次大戦後のフォークナーを特徴付けるのは、政治との関わりである。それは作中登場人物による雄弁な意見陳述にとどまらず、フォークナー自身による積極的態度表明あるいは国務省による文化政策への協力といった形をとった。「後期」フォークナー像の探求は、フォークナーのこのような政治との深い関わりを「老い」との関係でとらえることを可能にするであろう。

重要なことは、ここでいう「老い」が単なる高齢化あるいは経年的肉体変化にとどまらないことである。すなわち、「老い」はジェンダー同様、肉体的であると同時に社会的なものであり、当然、政治的なものである。簡単に言えば、人は「老い」のあり方を選ぶことができるのであり、その選択は肉体的生物的に規定される以上に社会的文化的に規定されている。[1] だとすると、「後期」フォークナーの「政治化」は「老い」を迎えた彼による意識的選択であり、「老いの戦略」の一部だと考えることができる。このようにとらえるとき、我々はたとえばフォークナーの公民権運動に関する発言とジヨーン・ウィリアムズ（Joan Williams）やジーン・スタイン（Jean Stein）との関係を同一平面上で理解できるようになるはずである。ここに「老い」という切り口の持つ独自の可能性が表れている。

さらに言えば、「老い」の戦略とは必然的に「老い」の演技であり、いわば一種のパフォーマンスと見なすことができる。だとすれば、フォークナーの「老い」は若き日の「大戦のヒーロー」から始まった数々のジェスチュア・演技の延長線上において理解することも可能である。この点は、後期フォークナーの「パブリック・イメージ」を考えるとき、非常に示唆的であろう。彼の演技・戦略は「老い」とともに始まったわけではなく、また逆説的にいって、彼の「老い」は高齢化とともに始まったわけではない。この点は次の論点、すなわち彼の描いた「老い」の問題と密接に関わる議論である。

2．2．登場人物たち

フォークナーにおける「老い」というとき、次に考えられるのはフォークナーの描いた「老い」である。具体的には、それは彼の創り出した「老人」登場人物たちであり、またクエンティンのように若くして「老い」の意識にとりつかれた人物たちである。

冒頭に述べたように、フォークナーは初期から老いた登場人物たちを数多く描いている。中でも典型的なのは『土にまみれた旗』のオールド・ベイヤードとミス・ジェニーおよび「エミリーへの薔薇」のエミリー・グリアソンであろう。これらの老人たちを登場させることによって、フォークナーは「時間」の主題を導入することができた。それは言うまでもなく、「南部」という主題と表裏一体のものであり、最終的に曾祖父への憧れおよび「遅れて生まれてきた」自身の運命への嘆きといったところに行き着く。この点については、長くフォークナーの伝記的研究の焦点であり、今ここで詳述する必要はないであろう。

一方、見落としてはならないのは、肉体的「老い」が性からの疎外の表現となっている点である。この点は、たとえば「エミリーへの薔薇」のエミリー・グリアソンの例を考えれば、明らかであろう。そしてそれは、端的に生からの疎外でもあった。逆に言えば、生・性からの疎外の表象として、「老い」は機能することができるということである。たとえば『アブサロム、アブサロム！』のローザ・コールドフィールドやトマス・サトペン、あるいは『行け、モーセ』のアイク・マッキャスリンの「老い」は、その好例であろう。この点は、若くして「老い」の意識にとりつかれたクエンティンらを考える際に、大きな手がかりになるであろう。

フォークナーの描く「疎外された老人」の典型的な例は、『サンクチュアリ』(*Sanctuary*, 1931) に登場するパップである。オールド・フレンチマンズ・プレイスでリー・グッドウィンやルービーとともに暮らすパップは、目も見えず耳も聞こえない老人であり、周囲の温情で生きつないでいる存在である。その姿を初めて見たテンプルの反応は、次のようなものであった。

一瞬、彼女は彼の目は閉じているのだと思った。それから目が全くないのだと信じ込んだ。というのも、上下のまぶたの間に汚い黄色がかった粘土のおはじきのようなものが二つ固まってついていたからである。(*S*, 43)

ここでパップの目が見えないことが強調されているのは、重要である。オールド・フレンチマンズ・プレイスにおいて、テンプルは男たちの欲望の視線にたえずさらされていた。この空間において視線は性的欲望と一体なのであり、テンプルは男たちからつねに視姦されているのである。すなわち、ここで目は性器の役割を果たしている。だとすれば、パップの汚れた目脂に閉ざされた目は、老いた彼の肉体的不能の象徴だと言えよう。パップはテンプルが閉じ込められたオールド・フレンチマンズ・プレイスにおいて、ただ一人性的欲望から疎外されているのである。

ここで彼の名前「パップ」の意義を考えれば、次のことが言えるであろう。すなわち、「パップ」が「パパ」に通じる限りにおいて、彼は「父」なのであるが、皮肉なことに彼は不能の老いた父でしかない。このことは、最終的にポパイにレイプされる際、錯乱する意識の中でテンプルがパップに呼びかける理由を説明してくれる。

そして彼女は何かが私に起ころうとしてるのと言い始めた、彼女はそれを目の代わりに黄色い塊をつけている老人に向かって言っていた。「何かが私に起ころうとしてるの！」彼女は彼に向かって叫んだが、彼は陽だまりの中の椅子に腰掛け、両手を杖のてっぺんに組み合わせているばかりだった。「そう言ったじゃない！」彼女は叫び声を上げ、言葉をまるで熱い沈黙の泡のように二人の周りの明るい沈黙の中に吐き出すと、彼は顔と二つの痰の塊を彼女の上、彼女が陽の当たるざらざらした板の上に押し倒され、もがきのたうち回っている上へと向けるのだった。「言ったじゃない！　ずっと言

っただじゃない！」(102)

錯乱する意識の中でテンプルは「父」に呼びかけるのであるが、その「父」は彼女のレイプを防ぐことのできない「不能の老いた父」なのであり、彼は彼女の必死の叫び声を聞くこともできず、また顔を向けたとしても彼女の姿を見ることはできない。性から疎外された父は、娘を救うことができず、見えぬ目で虚空を見つめるばかりである。椅子に腰掛け、権威の象徴である杖の上に手を組んだパップのイメージは、裁判官たる彼女の現実の父の戯画となっている。また「不能の老いた父」を非難する彼女の叫び声は、そのまま父の「老い」への非難であり、一方パップの醜悪さは「老い」への嫌悪感の表現となっているように思われる。

だが、パップの意義はこれにとどまるものではない。というのは、「パップ」はまた「ポパイ」ともつながるからである。(Pap ≒ Pop → Popeye. ポパイの二つのP音とeye ＝「目」に注意。)言うまでもなく、ポパイもまた不能であり、テンプルを娘のように囲い込む家父長的「父」であった。その彼がパップと密かにつながるとき、フォークナーの「老い」の表象は思いがけない展開を見せ、ポパイの分身たるホレスをも巻き込むものになるであろう。すなわち、「不能の老いた父」パップこそは、まさにポパイ／ホレスの行き着く先なのである。そこにテンプルの父を加えれば、すべての男性は否応なしにパップへ至るということになるであろう。ここには「老い」に対するフォークナーの痛烈な認識がある。

ちなみに、この点に関して初期フォークナーが「動けない男」を繰り返し描いていることは興味深い。具体的に挙げていけば、まず『大理石の牧神』（*The Marble Faun*, 1924）に登場する牧神は、大理石に閉じ込められており、時の流れの中に存在する世界に憧れの目を向けながら身動き一つできない。『春の幻』（*Vision in Spring*, 1981．実際の執筆は1921）の主人公であるピエロは、同名の詩の中で次のように言う。「おれは何をすればよいのだ、老いて倦み疲れひとりぼっち／ひとりまた踏み出すにはあまりにも倦み疲れ」（*VS*, 4-5）。

また、『マリオネット』（*The Marionettes*, 1975．実際に執筆されたのは1920）の場合、舞台上で展開するドラマは酔いつぶれたピエロが見た夢という設定になっており、実在のピエロは舞台袖で眠りこけるばかりである。

小説に目を転じれば、『兵士の報酬』（*Soldiers' Pay*, 1926）の中心人物ドナルド・マーンは第一次大戦で負った傷のために目が見えず、ほとんど寝たきりである。また最期に戦場のトラウマを追体験した時を除いて、言葉を発することがない。

『響きと怒り』（*The Sound and the Fury*, 1929）のベンジー・コンプソンは、自らの思いを周囲に向かって言語化することができず、また介助なしでできることはごく限られている。さらに彼は性的能力まで奪われており、比喩的に言って「老い」を強制された存在と言ってもよいであろう。一方、知的障害を負ったベンジーは、いわば「子供」であり続ける存在でもある。『響きと怒り』第四章に描かれる彼の奇妙に統一を欠いた姿は、いわば三十三歳の「老人」／「子供」という存在のグロテスクさなのである。

まるでその分子が互いにあるいはそれが支えている骨格にどうしてもくっつこうとしない、あるいはくっつかない、なにかの物質で形作られたように見える大柄の男［だった］。その肌は死人のようで毛が生えておらず、むくんでもいた。彼は調教された熊のようによろよろと動いた。髪は青白く細かった。銀盤写真の子供のもののように、額の上できれいになでつけられていた。目は澄んでいて、ヤグルマギクの花のような薄い甘美な青色だった。太い唇はだらりと開いており、少しよだれを垂らしていた。(*SF*, 171)

このように、フォークナーの初期作品には「動けない男」が繰り返し登場する。彼らの存在は、フォークナーにおける「老い」に関する議論の幅を拡げ、たとえば「老いの政治学」と「ディスアビリティ・ナラティブ」との関連性を開くものと理解すべきであろう。フォークナー研究には、まだまだ未開拓の領域が存在している。

2．3．文学史の問題

フォークナーと「老い」に関する議論で、もうひとつ考えられるのは、文学史との関連である。そもそも「老い」はギリシャ・ローマ以来の伝統のあるテーマである。また中世においては「老い」・「老人」のフィギュアが確立し、クルツィウスによればそれは「叡智」と「衰え」という両義的な表現価値を持っていたという。さらにルネサンス期にはシェイクスピアが『お気に召すまま』で人間の一生を要約し、簡潔かつ鮮やかなイメージで「老い」を描いてみせたほか、なによりも『リア王』において「老い」と権力の問題を徹底的に劇化している。また、話をアメリカ文学に限っても、「老い」が重要な意味を持つ作品には枚挙にいとまがない[2]。

フォークナーの「老い」をこの文脈からとらえるとき、まず指摘しなければならないのは、モダニズムとの関連である。そもそもモダニズムは、エリオットの『荒地』(*The Waste Land*, 1922) が典型的に示すように、ヨーロッパの「老い」の意識と不可分であった。事実、『荒地』にはテイレシアスや不毛の「漁夫王」といった「老人」が登場する。それ以上に重要なのは、『荒地』における古典テキストの断片的な引用である。「私はこれら断片を私の廃墟に向かって積み上げてきた」(Eliot, 75) という『荒地』結末部の一行は、この作品がヨーロッパ古典伝統の崩壊を前提とし、その廃墟を文学的方法として昇華することによって書かれたことを物語っている。それは痛切な「老い」の意識を前提とした、したたかな「老いの戦略」だったと言えるであろう。そしてそれは、旧南部の消失を前提として小説を書こうとしたフォークナーに大きな示唆を与えたものと思われる。

さらに「老いの戦略」ということになれば、フォークナーとポストモダニズムとの関連を見落とすことはできない。事実、『寓話』をはじめとする後期作の中にはポストモダニズムの特徴を有するものがあり、一九五〇年代のフォークナーはポストモダニズムに移行していたと思われる。

ここまでフォークナーと「老い」について、考えられる議論の可能性を素描してきた。このテーマがいかに広がりを持ち、豊かな可能性を持ったものか、大まかながら示すことができたように思われる。以下では、初期と中期をつなぐ存在としてクエンティン・コンプソンを取り上げ、彼と「老い」の関係について具体的に考察してみたい。次いで後期の問題作『寓話』を取り上げ、主要人物のひとりである元帥のあり方に注目し、「老い」とポストモダニズムの問題について考えていこう。

3．クエンティン・コンプソンの「老い」

『アブサロム、アブサロム！』の結末部分、サトペン家の物語をすべて語り終えた後で、クエンティン・コンプソンはシュリーヴに向かい、「僕は二十歳なのにすでに亡くなってしまったたくさんの人たちより年老いてしまった」（*AA*, 301）と言う。クエンティン・コンプソンという登場人物がフォークナーにとって持っていた決定的な意義を考えると、二十歳のクエンティンが自らの老いを口にするというのは、特定の作品内にとどまらない意味を持っているように思われる。以下では、フォークナーにおける「老い」の意義を経歴の初期から考察していき、クエンティンが上記の言葉を口にするにいたるまでの経緯を明らかにしていきたい。そのためには、「老い」と深く関わる主題である「時間」に注目し、フォークナーにおける「時間」と「老い」の主題の関係について考察することが不可欠である。では、まず「時間」の主題と「老い」との関わりについて考えていこう。

3．1．フォークナーにおける「時間」と「老い」

フォークナーにおける「時間」についての研究はすでに数多くあるが、以下では平石貴樹の著書『メランコリック　デザイン』に基づいて議論を進めていきたい。平石の研究は作家として成長していくフォークナーが意識した「老い」について触れている点で例外的であり、本論にとって大きな示唆を与えてくれるからである。以下、平石の議論によりそう形でフォークナーにおける「時間」の問題と「老い」の意識の関係について検討していきたい。

『メランコリック　デザイン』は初期詩編から『響きと怒り』にいたるフォークナーの成長を跡づけたものであり、そのカギとなるのがフォークナーにおける「時間の主題」である。これについて平石は次のように述べる。

ようするに南北戦争敗戦から半世紀後、南部白人たちはこんどは時間に、壊滅的に敗れつつあった。こうして時間は、かれ［フォークナー］と自我理想との関係においても、自我理想と現実との関係においても、かれにたいして象徴的な、最終的な敵として立ちはだかる。それに対処することはかれの文学活動ばかりでなく、根本的にはかれの自我の活動の1つの中心たらざるをえない。それらの同時並行的な活動の試行錯誤の中で、時間意識をふかめることによって、かれは必然的にモダニズムに出会う。（平石、二五–二六）

また、そもそもの「時間の主題」の起源について、平石は次のように述べている。

だが皮肉なことに、伝統はフォークナーが自我理想をはぐくむそばから時代おくれになりつつあった。南部白人の伝統は、南北戦争によって崩壊したのではない。敗戦は南部の一体感をかえって強化したとかんがえられ、南部精神の急激な変化は二十世紀にしだいにあらわれて第1次大戦ののち頂点にたっした、と研究者たちは指摘している。このような一般論をフォークナーの伝記に適用するさいにわれわれがどの程度の誤差を見つもるにしても、かれが伝統的な理想をともかくも守りとおすにはあまりにもおそくうまれ、それを時代おくれのものとしてあきらめるにはあまりにもはやく、またあまりにも栄光ある祖先をもってうまれた、と判断することは順当であろう。(二〇)

一方、若きフォークナーのいだいた「老い」意識について、平石はまず詩集『春の幻』について検討し、「老いを自覚する無気力な人間像」のペルソナの存在を指摘している(四五)。次いで平石は「『サートリス』への序文」([On the Composition of *Sartoris*])を詳しく検討しながら、当時のフォークナーが感じていた「老い」の感覚について次のように述べている。

この文章[『サートリス』への序文]が難解である理由の1つは、かれの危機感がいっぽうでかれ自身の老い、若さの喪失にかかわりながら、他方ではかれを取りかこむ世界全体の、森の消滅に似た運命的な喪失にかかわることだ。かれがそれら両者を渾然一体として感じとったことは自然である。[中略]じっさい『土にまみれた旗』を書きはじめた時期、かれは30歳に近づき、2度目の恋にやぶれ、いくらかの出版をはたしたもののあいかわらず無名のまま、およそ2年間の断続的な逗留生活を精算して故郷へかえったばかりだった。[中略]こうして時間と死というかれの年来の主題は、いよいよ現実的に切迫することによって、自分自身が生まれそだった社会環境の変化という、いわばきわめて小説的な客観的相関物をかれに獲得させることになる。それゆえかれは自伝的な作品を書き、自分自

身の時間と死についての意識をその中に浸透させることをこころみた。（一五一-五二）

平石はこのように述べて、三十歳前後のフォークナーがいだくようになっていた「老い」の自覚が南部社会の変化（あるいは伝統の喪失）という題材と一体化した経緯を説明している。そしてそれは、「老い」の意識が「時間の主題」と一連なりのものであることの説明にもなっている。すなわち、フォークナーは「自身の老い、若さの喪失」と「自分自身が生まれそだった社会環境の変化」（＝時間と死という主題の客観的相関物）を一体のものとして感じとり、描くことになった。「時間の主題」と「老い」の意識は、フォークナーにおいてこのように接続したのである。

ちなみに平石が右で分析している「『サートリス』への序文」は次のようになっている。あまり知られていないが、若きフォークナーが感じていた「老い」の意識を考える上で重要な文章なので、引用して細かく検討してみたい。以下は最初の二段落である。

約二年前のある日、ぼんやりと時間と死について思いを巡らしているとき、［年月につれて］呼吸するという標準化された衝動に肉体がますます何も言わず従っていくようになるにつれて疑いなく我が魂（?）の味覚が世界の単純なパンと塩に対してこの間の発見期において発見してきたようにはもはや手を伸ばさなくなるだろうということ、ちょうど（しばらくの後には）［食通の］肉体的味覚がトリュフによって刺激されなければ麻痺し続けるように、という考えが浮かんできた。そこで案を練り始めた。

本当のところ望んでいたのは単純な本質だった。単純な言葉か仕草、だがそれまで二年のあいだ言葉の呪いの下に置かれ、インクの苦しみの前には一冊の本の中にすでに失い惜しもうとしている世界を力ずくで［喚起しようとする］再創造しようとする以外、なにごとも役になど立たないと二度にわたって思い知らされていたのだった。［若さ］若者の憂鬱さをもって（自分が耄碌する瀬戸際にいるのみならず）［神よりすでに九歳年長となり］年をとるということはこの世すべての溢れかえるような世界の中でただ自分だけに特有の経験であると感じ、一枚の葉の上の仁を保存するように世界とその感触を固定することが無理なら（失われた森を指し示すために）せめて想像力を刺激する乾ききった葉のその葉脈だけは遺そうと望みながら。（Kinney, 118-119）

この文章が執筆された正確な時期は不明であるが、引用部分に続けて書かれているのは、一九二七年末に『土にまみれた旗』が出版社から拒絶されてから、二八年十月にベン・ワッソンによる大幅な削除改訂を施されるまでのフォークナーの反応であり、全体として『土にまみれた旗』執筆前後のフォークナーの思いをかなり率直に伝えるものである。とはいえ、平石の言うようにかなり難解な文章であり、また手書き原稿には挿入（丸ガッコに入れてある部分）や削除された箇所も多く（角ガッコに入れられた部分）、決して読みやすいものではない。

では、引用を詳しく見てみよう。まず注目に値するのは、この頃のフォークナーのいだいていた「老い」の感覚である。それは第一段落で「トリュフによって刺激されなければ麻痺し続ける」味覚にたとえられているが、「老い」を「人生に飽いた」という感覚に結びつけるレトリックは、切実な

「老い」の感覚というよりは、むしろまだ老いてはいない若者がいだく「老い」の自意識に近いように思われる。

　続く第二段落では、削除された箇所ではあるが「神よりすでに九歳年長となり」という誇張表現が目を引く。また後半にかけての長い文「若者の憂鬱さをもって（自分が耄碌する瀬戸際にいるのみならず）［神よりすでに九歳年長となり］年をとるということはこの世すべての溢れかえるような世界の中でただ自分だけに特有の経験であると感じ」という箇所に見られるのも、「老い」の現実的な自覚というよりは「老い」の演技ではないだろうか。その感覚に対し「若者の憂鬱さをもって」と書き付けたフォークナーは、自らの感じる「老い」の演技性を確実に意識していたはずである。

　このように、この文章に見られる「老い」の意識は自己演技であり、むしろ若者らしい誇張された振る舞いである。演技性は若きフォークナーの大きな特徴であり、「第一次大戦のヒーロー」同様、「老い」もまたこの時期のフォークナーのペルソナの一つだったと言っていいであろう。だとすれば、ここに見られる「老い」の意識は「春のまぼろし」におけるペルソナの使用の延長線上にある。詩におけるペルソナは、ペルソナである限り演技であり、それが散文に転じれば演技性の自覚となるのである。

　もっとも、だからといってここに見られる「老い」の意識の意義が薄れるわけではない。「第一次大戦のヒーロー」というペルソナが、フォークナーにとって痛切な願望の表現であったように、「老い」の演技もまた、平石の言う「時間の主題」の現れの一つであり、やはり痛切な意味を持っていたと考えることができる。それはなにより自分が「時代おくれ」であり、かつそれを意識せずにいられるほど過去から離れてもいないという苦境の表現であり、言うなれば時代からの疎外感の表れであった。

ここでもう一度引用に戻れば、フォークナーが願望しているのは、「すでに失い惜しもうとしている世界」を再創造することであり、「せめて想像力を刺激する乾ききった葉のその葉脈だけは」遺すことである。ここにはセンチメンタルな身振りの下に自分の愛する世界が滅びつつあるという認識があるが、それは平石のいう「時間の主題」そのものであろう。また、「この世すべての溢れかえるような世界（the teeming world）」という表現には、性に対するかすかな嫌悪感を感じることができるように思われる。もしこの指摘が正しければ、「年をとるということはこの世すべての溢れかえるような世界の中でただ自分だけに特有の経験であると感じ」という言い方には、「老い」とからんだ「性」からの疎外感を読むことが可能である。すなわち、ここでフォークナーは「時代」と「性」から疎外されていると感じ、それを自らの「老い」として表現しているのである。これこそ三十歳頃のフォークナーにとっての「老い」の演技／意識だったと言えよう。

以上、『土にまみれた旗』執筆前後のフォークナーにおける「老い」のあり方を、平石の議論を踏まえながら確認してきた。以下では、いよいよクエンティンに話を移し、クエンティンにおける「老い」の感覚について考えていこう。まず「あの夕陽」（"That Evening Sun," 1931）から始め、次いで『アブサロム、アブサロム！』の順に検討していきたい。

3．2．「あの夕陽」

「あの夕陽」は二十四歳のクエンティンが九歳の頃の体験を思い出して語るという枠組みを用いながら、売春行為に対する夫ジーザスの復讐を恐れる黒人女性ナンシーの恐怖をコンプソン家の子供たちの「無垢」と対比させながら描いた短編である。

この短編におけるクエンティンの語りにおいて、もっとも特徴的なのは冒頭部分であろう。有名な箇所であるが、やはり引用したい。


今では、ジェファソンの月曜日は他の週日となにも変わらない。通りは今や舗装され、電信電話会社はますます街路樹を切り倒し――カシワ、カエデ、ニセアカシア、ニレなどの木々を――代わりに膨れあがって幽霊のような血の通わない葡萄の房を実らせる鉄柱を立てている。洗濯は市営となり、月曜の朝に巡回しては溜まった洗濯物を明るい色をした専用車へと集めていく。一週間分の汚れた服は今ではすぐ警告を発する怒りっぽい電気式角笛の後ろを亡霊のように飛んでいき、絹を裂くようなゴムとアスファルトの長く遠ざかっていく音だけを残していく。そして昔の習慣からまだ白人の洗濯を引き受ける黒人女性たちでさえ、引き取りや配達に自動車を使っている。

だが十五年前、月曜の朝には静かで土埃の立つ木陰の通りは黒人女性たちで一杯だった。彼女たちは決して揺らがぬターバンを巻いた頭の上に、シーツでくるみ、ほとんど綿の梱ほど大きな洗濯物を載せ、白人屋敷の勝手口からニグロ・ホロゥにある小屋の戸口脇にある黒ずんだ洗濯鍋まで、その姿勢のまま指一本触れることなく運ぶのだった。（CS, 289）

ここでクエンティンが現在と過去を対比させているのは明らかである。それは二度繰り返される「今」と第二段落冒頭の「十五年前」の対比に鮮やかに示されている。街路樹は切り倒され、その代わりに立てられたのは「血の通わない葡萄」の実る「鉄柱」である。また、かつての静かで舗装されていなかった道路は、すでに舗装されており、自動車の警笛や「絹を裂くような」タイヤの音が響くようになっている。このように、ここに描かれている過去と現在の対比は、自動車や電柱に代表される近代化を嫌い、緑豊かで人間の労働に基づいた前近代的社会を懐かしむものであり、いわば農本主義的なものである。

この態度のはらむ問題は、第二段落における黒人たちの描き方を見れば明らかであろう。というのは、ここでクエンティンは黒人女性たちが運ぶ洗濯物を綿花の梱にたとえているが、彼はその比喩が南部綿産業における黒人搾取のイメージを喚起していることに、まったく無自覚だからである。また、白人たちの住まいを表現する「白人屋敷（the white house）」という表現は、直後に続く「黒ずんだ洗濯桶（the blackened washpot）」と対比されているが、この白と黒の対比のレトリックもまた人種・階級における差違を鮮やかにイメージ化しているものの、クエンティンはそのことにまったく気がついていないように思われる。

では、このような事実はクエンティンの「老い」の意識とどのように関わるであろうか。まず「時代」からの疎外感であるが、これは右の議論から明らかであろう。クエンティンは現在を語りながらつねに過去を想起し、現在を通して過去を見てしまう語り手である。言い換えれば、クエンティンは眼前の現実から疎外されており、それは先に述べた「老い」の特徴そのものである。

　では、「性」からの疎外はどうであろうか。このことについては、右の引用はなにも語っていないようである。だが、「あの夕陽」は最初に述べたように黒人女性ナンシーの性の問題を直接の題材とした作品である。ここで性の問題は人種の問題と直接的に関連しており、結論を先に述べれば、クエンティンは両者から疎外されているのである。

　具体的に説明しよう。まず九歳のクエンティンが垣間見る「性」の世界が、理解不能でありながら強烈な印象を与えるものであったことは疑いない。だからこそ彼は、十五年もの後にこの話を思い出して語るのである。

　クエンティンが受けた強烈な印象を象徴するのが、ナンシーの「歌うのでもなく泣いているのでもない（It was not singing and it was not crying.）」声である（296）。この声は作中繰り返し描かれ、結末にいたるまで彼に付きまとって離れない。ということは、この「音（the sound）」（296）こそ、彼の記憶に最も残ったものなのであり、二十四歳のクエンティンはこの話を語りながら、あの「音」をふたたび耳にしているのだと言えよう。そしてその「音」は、ナンシーの死への恐怖や、それと裏腹の夫への性的執着、その果てに訪れる絶望とあきらめといった複雑な感情を表現するものであり、だからこそ容易に割り切ることができず、それゆえ肉体的な反応を呼びさますものだったはずである。すなわち、その内容からしても、九歳のクエンティンから肉体的反応を誘発する点からしても、この「音」はまさに性的なものであった。

　さらにこの「音」は、クエンティンの中で人種と結びつけられている。というのも、彼はこの「音」

をこう説明するからである。「それは歌っているようで歌っているようでなく、黒人たちが出す音のようだった。(It was like singing and it wasn't like singing, like the sounds that Negroes make.)」(296) この引用の最後に用いられた現在時制は、この説明が九歳のクエンティンの受けた印象であると同時に、二十四歳のクエンティンの認識でもあることを示唆している。別の言い方をすれば、彼にとってこの「音」としか呼べない声は、あのときのナンシー独特の声ではなく、自分たち白人には不可解な黒人たちの世界に属するものなのである。[3]

かくして「歌うのでもなく泣いているのでもない」「音」は、クエンティンの中で黒人と「性」に結びつく。だが、その「音」はクエンティンを性に関する幸福なイニシエーションへ導くようなものではなかった。クエンティンがこのとき目にしたのは、ナンシーの救いのない恐怖であり、欲望や絶望とないまぜになった自己処罰願望だったからである。

また、このように見てくると、この短編の結末で九歳のクエンティンが「お父さん、こうなったらうちの洗濯は誰がするの (Who will do our washing now, Father?)」(309) と唐突に言い出す理由が理解できるように思われる。すなわち、こう尋ねることで彼はナンシーを黒人の洗濯女として切り離し、自分の世界をかろうじて守ったのである。だがそれは黒人および性の世界を切り離すことにほかならなかった。

そして、この結末は作品の冒頭と響き合い、皮肉な効果を生んでいる。というのも、冒頭で大人になったクエンティンは現在のジェファソンの光景を見ながら、過去の黒人女性たちを思い起こし、失われたものとして哀惜しているからである。それは失われた自らのセクシュアリティの想起にほかならなかった。

言い換えれば、ここで大人のクエンティンは九歳の自分の感じた性的反応を再体験しているのであり、それは語りによるひそかな性的欲望の自己刺激であった。実際、この短編においてクエンティンは二度にわたってナンシーの裸体に言及しているが、そこには語り上の必然は全くない。このように見てくると、極端な言い方をすれば、この短編は二十四歳のクエンティンによる一種のポルノグラフィと言えるであろう。だがそれは彼に疎外感だけを感じさせるものであった。時代からの疎外が必然的に引き起こす過去の回想がそのまま性からの疎外となってしまうという悪循環こそ、「あの夕陽」におけるクエンティンが陥っていた苦境であり、それはこの短編を語るクエンティンのいだいていた「老い」の苦しさそのものであった。

3．3．『アブサロム、アブサロム！』

ここまで議論して、我々はようやく『アブサロム、アブサロム！』結末においてクエンティンが告白する「老い」の感覚を理解することができるように思われる。

まずフォークナーの「老い」の感覚を構成する二つの特徴であった「時代」および「性」からの疎外感についてであるが、『アブサロム』のクエンティンはまさにその疎外感に苦しんでいる。というのも、クエンティンがここでシュリーヴと語り再構成したのは妹を守る兄の物語であり、クエンティンがそこに『響きと怒り』におけるキャディと自分の物語と重ね合わせていたと見なすことができるからである。[4]

すなわち、クエンティンはヘンリー・サトペンとチャールズ・ボンの物語をシュリーヴと再構成しながら、妹ジュディスを守るためにボンを殺したヘンリーとキャディを守れなかった自分との違いをつきつけられ、自分がもはや旧南部の「騎士道精神」の時代には生きていないことを痛切に意識しているのである。言うまでもなく、これは平石の言う「時間の主題」そのものであり、自分が生きている時代からの疎外感へとつながっていくものである。

「性」からの疎外についても、同じように考えることができる。ヘンリーによって殺されたボンは実はヘンリーの兄であった。ということは、ジュディスへの愛情は近親相姦的な妹への執着であり、ボンはジュディスへの愛情を命懸けで貫こうとしてヘンリーに殺されたのである。キャディに執着しながらキャディをドルトン・エイムズに奪われたクエンティンは、ここでも自分と過去の分身的人物との違いを痛切に感じたはずである。またボンの運命は、過去からの疎外を自覚させただけではなく、自らの性的執着が決して許される性質のものではないということを、あらためてクエンティンに突きつけてきたはずである。ここでクエンティンはいわば自らの性的欲望に対し、自らの語りによって禁止命令を発してしまったことになる。それは性的自己に向けられた屈折した自己疎外であったと言えよう。


このように『アブサロム、アブサロム！』のクエンティンもまた、「時代」および「性」からの疎外感を自覚しており、まさにフォークナーの「老い」を体現する存在であったと言えよう。

一方、フォークナーにおける「老い」のもう一つの要素である「演技性」については、『アブサロム、アブサロム！』のクエンティンには認められない。その理由は、ここでクエンティンがなにかの行為に直接関わるのではなく、語り手として自らの「老い」を自覚していくからである。彼は自らの語りに対し没入し一体化することで過去の再構成・再体験に成功することができたのであり、そこに演技性の入る余地はなかった。ここには語り手を呑み込んでしまう語りの魔力があると言ってもいいであろう。

逆に言えば、クエンティンは語りによって自らを追い詰めていたのである。語りを通じてヘンリーやボンと一体化すればするほど、彼は自分が彼らのように生きてはいないこと、いわば生き遅れてしまっていることをますます意識せざるをえなかった。先に述べたように、この感覚こそ若きフォークナーが問題とした「時間」の主題であり、その主題をクエンティンは「老い」という形で限界まで引き受けたのだと言えよう。だからこそ彼は、すべてを語り終わった後に深い疲弊感に襲われながら、「僕は二十歳なのにすでに亡くなってしまったたくさんの人たちより年老いてしまった」と告白する。無論、そのような立場に未来はない。クエンティンの「老い」とは先のない袋小路であり、クエンティンが「過去」にしがみつこうとする限り、脱出不可能な苦境であった。

『アブサロム、アブサロム！』におけるクエンティンは、フォークナーにおける「老い」の意識を体現しつつ、その切実さにおいてそれまでの作品とは一線を画す存在である。ここでフォークナーのいだいていた「老い」の感覚は、行き着くところまで行き着いてしまった。若きクエンティンの「老い」とは、失われた「過去」を引き受けて生きようとする姿勢自体に内在する無理の究極的な表現であり、フォークナーにおける「老い」の表象の一つの到達点であったと言えよう。

4．「老い」と権力のポストモダニズム――『寓話』の元帥について

4．1．「老い」と権力

先に述べたように、後期フォークナーの最大の特徴は、その積極的な政治との関わりである。実際、フォークナーは第二次大戦後さまざまなかたちで政治に関わっている。国務省からの要請に応じ、日本、フィリピン、アイスランドなどを訪問したり（その多くは対ソビエト戦略上重要な米軍基地をかかえていた）、アイゼンハワー大統領の依頼を受け主に共産圏との相互理解を進めるための「民間交流計画」文学部門の委員長を引き受けている。また公民権運動については南部白人の責任を強調する一方で性急な変化に対し警告する発言を繰り返し、白人黒人双方から非難を浴びていた。一方、文学作品に目を転ずれば、『墓地への侵入者』ではギャヴィン・スティーヴンズによる南部の独自性についての長広舌が展開される。また『尼僧への鎮魂歌』（*Requiem for a Num*, 1951）は黒人女性による白人の子殺しというスキャンダラスな題材を扱いながら、法と権力のあり方までも問う、きわめて政治的な作品であった。

だが、第二次大戦後のフォークナーによるもっとも政治的な作品は『寓話』であろう。そもそも「戦争への非難」（*SL*, 178）として始まったこの小説は、若者を戦場での無意味な死へと駆り立てる冷血な官僚的国家への批判である。実際、無謀な攻撃を命じられた兵士たちによる集団的命令拒否の顛末を描いたこの小説は、明瞭に戦争批判的な内容を持っている。その「寓意」を強調しているのが、主導者である伍長をキリストになぞらえ、その抵抗を無意味化し戦争を再開する元帥をサタンになぞ

らえる『寓話』の枠組みである。この枠組みに従う限り、作品のメッセージは明らかであり、たとえ伍長／キリストが無名兵士として葬られてしまうにせよ、正義は間違いなく彼の側にあるはずである。

だが、『寓話』は、決して単純な寓話ではない。また、約十年に及ぶ長く困難な創作期間を経て、フォークナー自身の構想も当初のものから変化してしまったように思われる。

この点をわかりやすく示しているのが、出版時に利用されずに終わった序文「『寓話』に関する覚書き」（"A Note on *A Fable*"）である。この中でフォークナーは、これは「平和主義の本ではない」と言い切り、むしろ「この本は単に自らの心・衝動・信念と争う人間と、人間の悲嘆と希望がその上で苦悩する硬く恒久かつ非情な大地という舞台を見せるための試み」に過ぎなかったと主張している（*MIS*, 162-163）。執筆開始時の「それは寓話で、ひょっとすると戦争の非難だ。」（*SL*, 178）という発言との乖離は明らかであろう。

小説の内容上、この変化を端的に表しているのが、元帥である。そもそも最初から元帥が構想の中に入っていたかどうかは不明であるが、少なくともキリストに対する三つの誘惑は最初から構想の中にあり、それゆえキリストと対をなす存在としてのサタンは執筆当初から想定されていたように思われる。

だが、『寓話』が完成に近づいてきた段階で、サタンのあり方に大きな修正が行われる。というのは、『寓話』の完成稿において元帥／サタンは伍長／キリストの実の父とされているのである。この重要な設定がいつから構想されていたかは不明であるが、少なくとも一九四八年以降であると思われる。[5]

この設定が生まれた時期はともかく、これは決定的な変更であった。すなわち、キリストの対立項であるサタンが、その起源／父となったのである。このとき『寓話』は戦争を非難する単純な寓話であることをやめたと言ってもいいであろう。伍長と元帥の対立は正義対悪といった単純なものから、いわば永遠に反復されてゆく普遍的対立となったのである。[6]

さて、それでは元帥／サタンのあり方であるが、その重要な特徴は「老い」である。無論それは、息子たる伍長／キリストに対する父としての「老い」であるが、それだけではない。それはなにより も権力者としての地位を表すものである。この点は、元帥が作中初めて登場する際の描写に明らかである。

三つの軍隊それぞれに対し個々の指揮権を持つ三人の老人たち、その中の一人は互いの同意と一致によって全てに対し最高指揮権を持っていた（そして、その標と権利によって、相争う半大陸上のすべてのもの、あるいはその上、下にあるすべてのものに対して）――イギリス軍司令官、アメリカ軍司令官、その間に元帥。ほっそりした白髪の男性で、知性豊かでなにも信じない顔をしており、もはや自らの幻滅と知性と限りない権力以外なにものの価値も信じない人間であった。（*F*, 678）

英米仏連合軍の司令官は三人ともすべて老人であり、ここでは「老い」がいわば権力の前提となっている。だが、この元帥の描写の最大の特徴は、彼が何も信じないと強調されていることである。それは彼がいわばすべてを知り尽くした結果であることが示唆されている。すなわち、元帥は長き人生によってすべてを知り尽くし、それゆえすべてに幻滅した老人なのである。この「老い」のあり方は、先に検討した「『サートリス』への序文」に現れていた若きフォークナーの「老い」意識と通じるものである。そこでは、「老い」は倦怠感の別名であり、後期ロマン派的デカダンな気取りであった。

だが、その「老い」の表象は、ここでは政治的な意味を与えられ、まったく違う含意を獲得している。すなわち、元帥はすべてを知り尽くし飽き飽きした結果、なにも信じず、すべてを手玉に取るのである。それこそ元帥の権力の本質であった。あるいは、元帥は自らの疎外を「自由」としてとらえ直したと言ってもいいかもしれない。それは「解放」であり、あらゆる責任の否定である。それこそ、フォークナーによるサタン的権力者のあり方であった。

この点を別な角度から明らかにしているのが、伍長による元帥への批判である。三つの誘惑をすべて退けた際、伍長は元帥に向かって次のように言う。

「こわがらないで。」と伍長は言った。「こわがるべきものなんて、なにもない。それに値する物なんて、なにもない。」(992)

伍長の言葉は元帥の長広舌の後に静かに口にされるもので、文脈からは理解しにくいが、ここで伍長は元帥が選んだ疎外を何かを信じる勇気の欠如だとして批判しているのである。そしてそれは、元帥の権力への根本的な批判であった。なぜなら、世界からの疎外こそ元帥の悪魔的権力の源泉だったからである。これこそフォークナー一流の権力理解であり、それは「老い」と深く結びついていたと言えよう。

ちなみに、ヴァージニア大学での学生たちとのセッションの中で、フォークナーは元帥が伍長の父であることについて質問され、こう答えている。

それがサタンの怖ろしさの一部なのです。つまり、神について語られてきたことを彼が簒奪できるということが。それこそ彼をあれほどまで怖ろしくまた強力にしているものなのです。彼が神に関する言い伝えを簒奪し、その上で神を捨て去ることができたということが。だから神は彼を怖れたのです。(*FU*, 62-63)

この発言によれば、もはや神とサタンとの対立関係は白黒はっきりと弁別できるものではない。サタンは神の業を奪い、自らのものとすることができる。とすると、神とサタンの違いは、ただ自らの行為を信じるかどうかということだけであろう。すなわち、サタン／元帥はなにごとも信じることはなく、それゆえ権力を手にしたのに対し、キリスト／伍長は自らの行為の意義をあえて信じ続けた結果、処刑され無名兵士として葬られるのである。

4．2．「老い」のポストモダニズム

ところで、このようなサタンのあり方は後期フォークナーのあり方を奇妙に思わせるところがある。というのは、第二次大戦後のフォークナーは「正義」のため積極的な発言を続けるが、実は彼自身がその意義をどのくらい信じていたか疑問の余地があるからである。

そのもっとも極端な例は、フォークナーの最も有名な公的発言であるノーベル賞受賞演説の一節である。この有名なスピーチの中で、フォークナーは人間の終末を信じることを拒否し、「私は人間がたんに耐えるだけではなく、克ち栄えるものと信じています」と述べ、終末の危機を乗り越える人類の可能性への究極的な信頼を表明している（*ESPL*, 120）。実はこれとほぼ同じ表現が『寓話』に登場するのだが、それを口にするのは元帥／サタンなのである。

三つの誘惑の場面の終わりに、元帥はいわば「人間の愚かさによせる頌歌」とでも名付けるべき長広舌を繰り広げる。それは機械に魅せられていった人類が、逆に機械に支配されるようになり、ついに地上での終末の日を迎えながら、なお一層進歩した機械を夢見るという奇想天外な予言である。その最後の部分を引用しよう。

「わしは人間を敬い尊敬する。そして誇りに思う。わしは人間の幻想にすぎない天国での不滅性などよりも、人間の持つあの不滅性を十倍も誇りに思う。なぜなら、人間とその愚かさは――」

「耐えてゆくでしょう。」と伍長は言った。

「もっとするぞ。」と元帥は誇らしげに言った。「そのふたつは克ち栄えるのだ。」（*F*, 994）

ここで元帥は作者フォークナーの名台詞「私は人間がたんに耐えるだけではなく、克ち栄えるものと信じています。」をいわばパロディ化してしまっている。彼が信じるのは「人間」ではなく、「人間とその愚かさ」なのである。このシニカルな台詞は、なにごとも信じないサタンにいかにもふさわしい。だが問題は、元帥による作者のパロディ化が新たなインターテクスチャルな空間を開いてしまったことである。この空間において、作者はもはや自らの名演説を自分のものと名乗ることはできない。なぜなら、その彼が創り出したはずの人物がその名台詞をパロディにしてしまうのだから。このとき、作者は新たに生まれたインターテクスチャルな空間に消えてしまうと言っていいであろう。

このような関係はノーベル賞受賞演説と『寓話』との間にだけ見いだされるものではない。他のわかりやすい例は、「パイン・マナー・ジュニア・カレッジ卒業式祝辞」("Address to the Graduating Class, Pine Manor Junior College," 1953）とフォークナーの私生活との間の対比である。

前者は愛娘ジルの短大卒業に際しての祝辞であり、そこで彼は家庭の重要性を強調し、世界の終末への恐怖を乗り越えるための試みは家庭に始まると主張している。

なぜならそれは家庭に始まるのです。［中略］家庭はたんに今日だけではなく、明日また明日を意味し、さらにその明日また明日を意味するのです。それは愛と忠誠と敬意をそれにふさわしい人に与えることができる人、一緒にいることのできる人、その人の夢や希望こそあなたの夢や希望であり、その人はまたあなた方二人が一緒に持っているものが永遠に続くように欲し働こうとし犠牲を払おうと

する人なのですが、そのような人のことを意味するのです。(*ESPL*, 140)

このいかにも五〇年代的な価値観に基づく意見もまた、間違いなく政治的発言であり、フォークナー後期を特徴付ける「老い」のパフォーマンスであった。

だがこのスピーチをしたころ、フォークナーはジョーン・ウィリアムズとの関係に深入りしており、家庭は崩壊の危機に瀕していた。にもかかわらず、彼は娘ジルと妻エステルの前で、このようなスピーチをしてのけたのである。さらに言えば、娘以上に年の離れたジョーンとの関係において、フォークナーは自身の年齢を強く意識しており、それゆえ一層彼女に執着していた。[7] とすると、この私生活上のトラブルもまた「老い」の表れであると理解することができる。すなわち、「老い」の政治的パフォーマンスを解体し、無意味なジェスチュアに変えるのもまた「老い」なのである。

同様の指摘は、この時期の多くの公的・政治的言動と多発する私的トラブル(とくに過度の飲酒と女性関係)との関係についても可能である。それらの私的トラブルの多くは、直接間接に彼の肉体的「老い」と結びつくものであった。すなわち、後期フォークナーの公的発言あるいは「老い」の政治的パフォーマンスの多くは、他でもない彼自身の私的「老い」によって裏切られているのである。このように見てくると、どちらか一方が真実であり他方が偽りであるというのではなく、後期フォークナーは、まさしく両者の狭間にいたのだと考えるしかないであろう。

私見によれば、それこそ後期フォークナーの創造した「老い」の空間そのものであった。そこでは「老い」の名の下に一定の政治的影響力が可能になる反面、あらゆる政治的主張は自ら解体し、意味のない身振り・ジェスチュアへと変わってしまう。それは「老い」と権力が結託しかつ打ち消し合う、公私入り乱れたポストモダニズム的空間であった。後期フォークナーにおける「老い」とは、その別名だと言ってもいいであろう。

ここまでフォークナーにおける「老い」の表象の意義を概観してきた。初期から後期に至るまで、「老い」がフォークナーにとっていかに重要なテーマであったか、おおまかながら示すことができたであろう。

以上を本書のいわば前置きとし、ここからは続く各章の内容を簡単に紹介し、この章を終わりにしたい。

冒頭に述べたように、本書の狙いは二重である。ひとつは「老い」というテーマがアメリカ文学研究にどのような新局面を開くことができるかを示すことであり、もうひとつは、「老い」という新しい角度から光を当て、中期作品に偏りがちなフォークナー研究に新風を吹きこむことであった。この二重の目的を果たすため、本書ではフォークナー中期諸作品のみならず、従来無視されがちだった作品も意識的に取り上げている。以下、具体的に紹介しよう。

まず最初の三論は、『サートリス／土にまみれた旗』、『アブサロム、アブサロム！』、『野性の棕櫚』さらに『征服されざる人びと』を検討し、「老い」の表象が三〇代までのフォークナーにとって持っていた意義を明らかにする。

相田論文「ウィリアム・C・フォークナーとジョン・サートリス──『土にまみれた旗』における

作家としての曾祖父像の不在とその意味」は、フォークナーと曾祖父ウィリアム・C・フォークナーの関係を取り上げ、フォークナーがいかに曾祖父の象徴する旧南部ロマンスと対峙し、その影響圏から脱出したかを検証する。それは新世代を窒息させる「老いた」南部との対決であり、フォークナーが普遍的な作家となるためには避けては通れぬ道であった。だが話はそこで終わらない。フォークナーは「女王ありき」によって曾祖父の体現したものを受け入れ、やがて南部文学史に回帰する。ここには「老い」と伝統の間の微妙な関係を指摘することができよう。

クエンティン・コンプソン同様、若くして「老い」の意識にとらわれていたのが、『野性の棕櫚』の中心人物ハリー・ウィルボーンである。森論文「「老い」の逆説――『野性の棕櫚』に見る「老い」のメランコリー」はハリーにおける「老い」の分析を通して、「老い」とジェンダー・セクシュアリティの関係を確認し、「未熟さ」と「老い」の表裏一体的共存からハリーが脱していく過程を跡づけたものである。

塚田論文「「グッバイ、ローザ――フォークナー、ニューディール、「老い」の感染」は、『アブサロム、アブサロム！』のローザ・コールドフィールドと『征服されざる人びと』のローザ・ミラードという二人のローザに注目し、フォークナー作品において「老婦人」が果たす役割とその限界を明らかにする。ニューディール期の文化政策を背景にフォークナーが地図を描いたとき、彼はスタイルを変え、「老婦人」に別れを告げたのであった。

続く二論文は、フォークナー中期と後期の境に位置する『行け、モーセ』を扱う。この作品は本書が提示しようとする新たなフォークナー像のキーテキストとも呼べるようなものである。田中論文と梅垣論文はまったく異なるアプローチから『行け、モーセ』を分析し、作家自身の「老い」への意識が作中人物の「老い」と交錯し、さらには新たな創作法へとつながっていく様を明らかにしている。

田中論文「『行け、モーセ』と「老い」の表象」はフォークナーの老人表象が類型的なものから次第に複雑化していったプロセスを踏まえ、『行け、モーセ』の老人表象を元になった短編からの変化に着目して検討する。また、この作品における老人と少年のイメージの互換性を指摘し、創作過程における自在な人物の交換・取り替えと合わせて考察し、家系の混血という世代を超えて父・息子・孫が対決しなければならないテーマのはらむ問題性とフォークナーの創作法との関連を指摘する。

一方、梅垣論文「狩猟物語の系譜と老いの表象――『行け、モーセ』を中心に」は、アイデンティティの問題からサム・ファザーズとアイク・マッキャスリンにおける「老い」のあり方を検討し、両者の対照性とアイクの限界を明らかにしていく。「老い」と向き合うとは人生の経過に従って増殖する他者を内在化していく不断の作業であり、それは作者フォークナーにもあてはまる。それゆえフォークナーは狩猟物語を『行け、モーセ』で終わらせることなく、いわばそのパロディとして『大森林』とくに「朝の狩り」へとたどり着くのである。

フォークナー後期は、一九四六年に出版された『墓地への侵入者』から始まると言ってもよいであろう。四〇代後半を迎えたフォークナーは、「老い」への意識から生じる焦燥感とノーベル賞受賞へと至る再評価の流れに引き裂かれながら、新たなアイデンティティを模索することになる。

松原論文「第二次大戦後のアメリカの不協和音――『墓地への侵入者』における「古き老いたるもの」の介入」は、四〇代後半のフォークナーが抱いていた「老い」の意識を具体的に跡づけ、『墓地への侵入者』における老人表象からフォークナーの「老いの戦略」を読み取っていく。さらにギャヴィン・スティーブンズの政治的発言を冷戦期アメリカの言説中に位置づけ、耳障りな南部の声を不協和的に取り込んでいくアメリカの老いを指摘する。

続く山本論文「フォークナーのレイト・スタイル」は、五〇代のフォークナーによる疑似自伝的作品群「メモワール」に注目し、フォークナーの後期スタイルの独自性と意義を明らかにしたものである。「メモワール」は人生回顧と回想という二重の視点を融合させた独自の形式であり、日常生活の老いの意識と創作活動における精神的不安が表裏一体となって生まれたライフ・ライティングであった。フォークナーはこの形式を用い、迫り来る死に向かって「否」と告げたのである。

本書の結びとなるのは、スノープス三部作の最終作『館』を扱った山下論文「「老い」の肖像」である。本論はとかく低い評価を下されがちな作品を丁寧に分析し、フレムに老いの疲弊や諦念を見る一方、ギャヴィン・スティーブンズに一定の成熟を認め、さらに作品最後のミンクの姿に長年の目的をようやく達成した男の解放感というものを読み取っている。それらはすべて作者フォークナーの自己投影と言えるものであり、この作品は単なる懐古的作品ではなく、成熟と新たなチャレンジでもあったのである。

以上、各章の内容を簡単にまとめてきた。「老い」に着目した議論がいかに新たなフォークナー像を造り出すか、その豊かな可能性がうかがえるであろう。あとは各論を読み、その現場に立ち会っていただきたい。

＊なお、本章の「3．クエンティン・コンプソンの「老い」」は、『立命館文学第六三四号　丸山美知代先生退職記念論集』（立命館大学人文学会、二〇一四年一月）所収の拙論「クエンティン・コンプソンの「老い」」の一部を削り、短くしたものである。転載を快く許可してくださった丸山美知代先生および立命館大学人文学会の方々に、深く感謝したい。

注

［1］「老い」の社会性および「老い」の戦略については、金澤『アメリカ文学における「老い」の政治学』一一一一一八参照。

［2］クルツィウス、一三七―一四一。金澤『アメリカ文学における「老い」の政治学』一四。

［3］この「音」は、もちろんブルースに通じる。この短編のタイトルは「セントルイス・ブルース」の一節から取られたものであり、この作品とブルースの関係は大変深いものがある。この点については、Ken Bennett の論文を参照のこと。

［4］『アブサロム、アブサロム！』と『響きと怒り』の内容を関連させる解釈は、Schoenberg に始まる。また、Irwin も参照のこと。

［5］金澤『フォークナーの『寓話』――無名兵士の遺したもの』、一七三。

［6］伍長と元帥の父子関係の普遍性については、Irwin の研究がきわめて参考になる。

［7］金澤『フォークナーの『寓話』――無名兵士の遺したもの』、一六一―一七〇および一八三―一九四参照。

引用文献

Bennett, Ken. “The Language of the Blues in Faulkner’s ‘That Evening Sun.’” *Mississippi Quarterly*, 38 (Summer, 1985), 339-42.

Blotner, Joseph L. *Faulkner: A Biography*. New York: Random House, 1984.

Eliot, T. S. *The Complete Poems and Plays*. London: Faber, 1969.

Faulkner, William. *Absalom, Absalom!* Vintage International, 1990.

——, *Essays, Speeches and Public Letters*. Ed. James B. Meriwether. New York: Random House, 1965.

——, *Faulkner in the University :Class Conferences at the University of Virginia 1957-1958*. Ed. Frederick L. Gwynn and Joseph L. Blotner. New York: Vintage, 1965.

——, “A Note on *A Fable*.” James Meriwether, Ed. *A Faulkner Miscellany*. Jackson: UP of Mississippi, 1974.

——, *Novels 1942-1954*: Go Down, Moses, Intruder in the Dust, Requiem for a Nun, A Fable. New York: Lib. of Amer. 1994.

——, [On the Composition of Sartoris.] Arthur F. Kinney ed., *Critical Essays on William Faulkner: The Sartoris Family*, 118-120.

——, *Sanctuary*. Vintage International, 1993.

——, “That Evening Sun.” *Collected Stories of William Faulkner*. New York: Random House, 1950.

——, *Selected Letters of William Faulkner*. Ed. Joseph L. Blotner. New York: Random House, 1977.

——, *The Sound and the Fury*. Ed. David Minter. Norton Critical Edition. 2nd ed. 1994.

——, *Vision in Spring*. Ed. Judith L. Sensibar. Austin: U of Texas P, 1984.

Irwin, John T. *Doubling and Incest/ Repetition and Revenge: A Speculative Reading of Faulkner*. Baltimore: Johns Hopkins UP, 1975.

Kinney, Arthur F. Ed. *Critical Essays on William Faulkner: The Sartoris Family*. Boston: G. K. Hall, 1985.

Schoenberg, Estella. *Old Times and Talking: Quentin Compson in William Faulkner's* Absalom, Absalom! *and Related Works*. Jackson: UP of Mississippi, 1977.

金澤哲　編著『アメリカ文学における「老い」の政治学』(松籟社、二〇一二年)。

——『フォークナーの『寓話』——無名兵士の遺したもの』(あぽろん社、二〇〇七年)。

クルツィウス、E・R『ヨーロッパ文学とラテン中世』南大路振一、岸本通夫、中村善也訳（みすず書房、一九七一年)。

平石貴樹『メランコリック　デザイン——フォークナー初期作品の構想』(南雲堂、一九九三年)。

ウィリアム・C・フォークナーとジョン・サートリス
――『土にまみれた旗』における作家としての曽祖父像の不在とその意味

相田洋明

1. はじめに

小学校の先生に大人になったら何になりたいかと尋ねられたとき、九歳のフォークナーは「ひいおじいさんのような作家になりたいです」と答えた。なんど訊かれても答えは同じだった（Blotner, 105）。最初の本（詩集『大理石の牧神』（*The Marble Faun*））を出版しようとしていた二十六歳のフォークナーは、出版社の求めに応じて書いた著者略歴を「一八九七年ミシシッピ生まれ。『メンフィスの白い薔薇』、『ヨーロッパ駆足漫遊記』等の著者、南部連合大佐W・C・フォークナーの曾孫。」と誇らしげに始めた（*SL*, 7）。また、一九四五年の手紙でマルカム・カウリー（Malcolm Cowley）にラスト・ネームの綴字の違い（もともとはFalknerだったものを、フォークナーはFaulknerとuを入れて書いていた）を説明した際には、「たぶん、私は、ものを書きはじめたとき、その頃は面白半分に書いているのだと考えてはいたものの、ひそかに野心に燃えていて、祖父の〔原文ママ〕驥尾には付きたくなかったので、uを受け入れて、こんな簡単な方法で新機軸が打ちだせることに有頂天になっていたのでしょう。」と述べた。[1] 作家としての曽祖父ウィリアム・C・フォークナー（William C. Falkner, 1825-1889）[2] に対するフォークナーの敬意は終生変わらなかった。

ウィリアム・C・フォークナーは生涯で五冊の書物を出版した。メキシコ戦争に材をとった長編詩『モンテレーの包囲』（*The Siege of Monterey: A Poem*, 1851）と中編ロマンス小説『スパニッシュ・ヒロイン』（*The Spanish Heroine: A Tale of War and Love*, 1851）、ミシシッピ川を行く汽船「白い薔薇」号船上を舞台としたミステリー仕立ての長編小説で当時のベストセラーとなった『メンフィスの白い薔薇』（*The White Rose of Memphis*, 1881）、南部人の「私」が旅先の北部で出会った老人から独立戦争時代の悲恋の話をきくという設定の長編小説『れんが造りの小さな教会』（*The Little Brick Church*, 1882）、マーク・トウェイン（Mark Twain）の『赤毛布外遊記』（*The Innocents Abroad*, 1869）を意識したヨーロッパ旅行記『ヨーロッパ駆足漫遊記』（*Rapid Ramblings in Europe*, 1884）である。他に作演出を手掛けた戯曲『失われたダイヤモンド』（*The Lost Diamond*, 初演 1867）がある。また文学作品ではないが、殺人犯の生涯を本人からの聞き取りに基づいて記したパンフレット「アドコック一家惨殺犯A・J・マッキャノンの生涯と告白」（"The Life and Confession of A. J. MaCannon, Murderer of the Adcock Family," 1845）を印刷販売し大いに儲けたと伝えられる。[3][4]『メンフィスの白い薔薇』と『れんが造りの小さな教会』が代表作であるが、その作風は、一部リアリズムの萌芽がみられるとしても、全体としては南北戦争前の南部（旧南部）を懐古し美化する南部ロマンスに含まれると考えてよい。

ウィリアム・C・フォークナー、あるいは、フォークナー大佐（Colonel Falkner）[5]は、作家として以外にも、南北戦争の英雄として、鉄道事業に取り組む実業家として、また弁護士・政治家として、北部ミシシッピに大きな足跡を残した。その一方で、個人的なトラブルから二人の人間を刺殺し、自らも最後はかつてのビジネス・パートナーの凶弾にたおれた。[6]一種、伝説の人物であって、フォークロアの書物にもその事績が記されている。[7]

彼の曾孫であるもう一人のウィリアム・フォークナーが、「郵便切手ほどのちっぽけな私の生まれ故郷の土地」[8]が書くに値することを見いだし、ヨクナパトーファ・サーガの嚆矢となる『土にまみれた旗』（*Flags in the Dust*）に取りくんだとき、曽祖父をモデルにジョン・サートリスを創造した。そしてこのジョン・サートリスこそが、『土にまみれた旗』を、ひいてはヨクナパトーファ・サーガ全体を支配する神話的人物となったのである。

しかし不思議なことがある。ジョン・サートリスを創造する際、南北戦争の戦功、鉄道事業への熱意、有名な墓地の彫像など、曽祖父の事績をかなり細かい点までなぞっているにもかかわらず、あれほど敬愛していた作家としての側面を含めなかったことである。後に見るようにフォークナーは作家としての曽祖父を意図的に排除した。それはなぜなのだろうか。そしてこのことはこれ以後のフォークナーのキャリアにとってどのような意味を持ったのだろうか。

本論の目的は、ヨクナパトーファ・サーガにまさに乗り出さんとする若き作家ウィリアム・フォークナーが、もう一人の、しかし三世代前の「年老いた／旧南部の」作家ウィリアム・フォークナーとどのように対峙したかをさぐることである。

2. ウィリアム・C・フォークナーとジョン・サートリス

2. 1. モデルとしてのウィリアム・C・フォークナー

ジョン・サートリスのモデルが曽祖父ウィリアム・C・フォークナーであることはフォークナー自身、「彼［曽祖父］がジョン・サートリスの原型です」(Cowley, 66) と明言している。二人の類似を確認しておこう。

「顎ひげをたくわえ、鷹のような顔」[9]をしたジョン・サートリス／ウィリアム・C・フォークナーは、南北戦争で奮闘するも部隊の投票で大佐の地位を追われた (*FD*, 20, 238 / Duclos [1998], 112)。また、地元に戻っていたところを北軍の襲撃をうけ、かろうじて脱出したことがある (20-22 / 120)。戦後は鉄道建設に情熱を燃やした (41 and *passim* / 152-158 and *passim*) が、州議会議員に当選した直後に射殺された (23 / 246-250)。危険は察知していたが、これ以上人を殺したくないと言って武器を携行していなかったのである (23 / 243)。墓地には、石の台座の上に立った堂々たる彫像があり、自らが建設した鉄道を見おろしている (399 / 257-258)。[10]これらの類似は、フォークナーが明示的に形成したものである。しかし明示的にではなく暗示的に（あるいはフォークナー自身も十分意識しないうちに）示唆したと考えられる共通点がもう一つある。シャドウ・ファミリーの存在である。

Falkner / Faulkner家系図

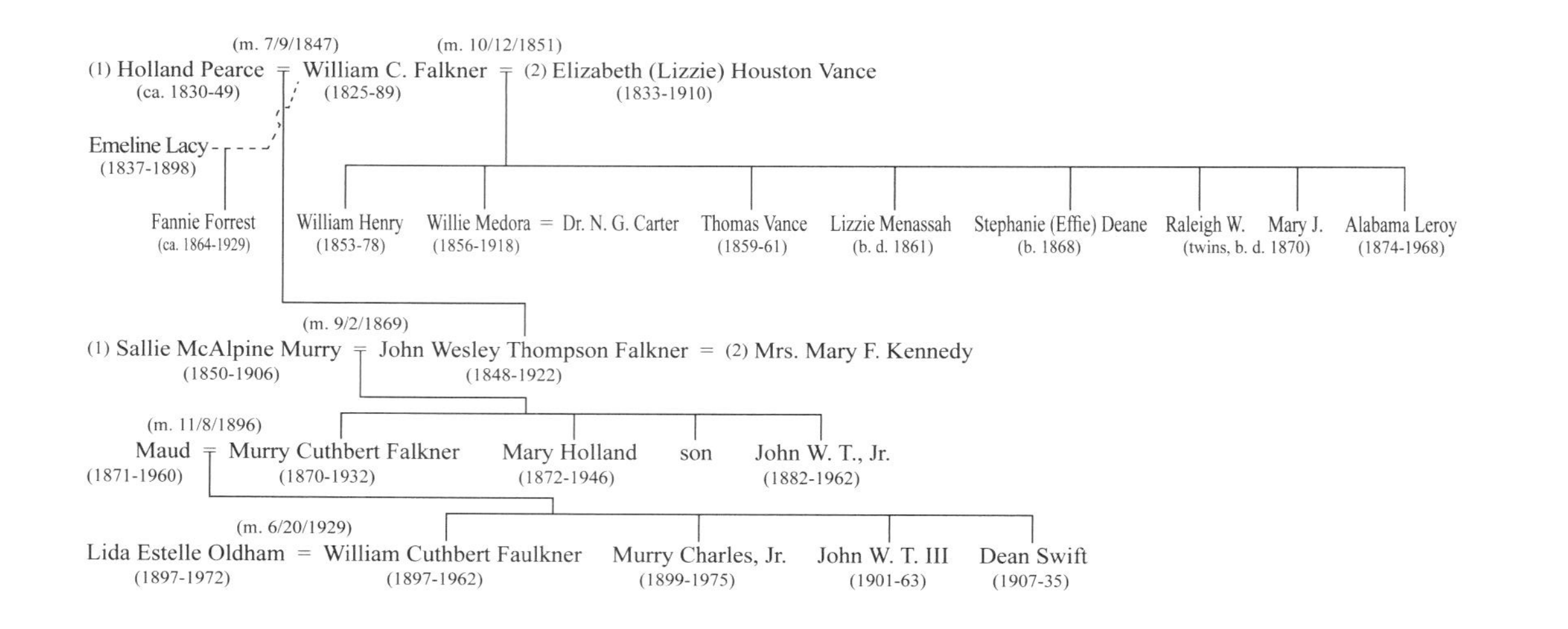

日本ウィリアム・フォークナー協会編『フォークナー事典』(松柏社、2008 年) 所収の家系図をもとに、Williamson により情報を追加した。

2. 2. シャドウ・ファミリー

ジョエル・ウィリアムソンは一九九三年の著書で、ウィリアム・C・フォークナーには白人の妻と子どもたちとは別に、もう一人の妻と呼ぶべき女性とその子どもたちがいたことを明らかにした（Williamson, 22-29, 64-71）。ウィリアム・C・フォークナーは、エメリン（Emeline）という混血の女性奴隷と親密な関係を結び、彼女との間に娘ファニー・フォレスト（Fannie Forrest）をもうけた。[11] ウィリアムソンがシャドウ・ファミリーと呼ぶこの黒人家族に対して、彼は、ファニー・フォレストの大学の学費を負担し、在学中の彼女のもとを頻繁に訪れるなど助力した。ウィリアム・C・フォークナーと妻の不仲の原因はこのシャドウ・ファミリーであったと考えられる。

フォークナー研究者に驚きを与えた発見だったが、ウィリアム・C・フォークナーの地元リプリーの人びとは事情を知っていたに違いない。デュクロスは、一九六一年に提出したウィリアム・C・フォークナーの生涯を論じた博士論文の序文で、北部ミシシッピではウィリアム・C・フォークナーに関して「事実に近い話から完全に馬鹿げた話――例えば、リプリーの墓地に埋葬されている直接の家族以外に、長年彼の愛人であった女性の墓も存在している――までが」（Duclos [1998], 4）語られているという込み入った表現でシャドウ・ファミリーの存在の可能性を示唆している。[12] また、母がウィリアム・C・フォークナーの三女エフィー（Effie）の友人だったというある女性は、一九六九年のインタビューで、ウィリアム・C・フォークナーの長女であるカーター夫人が自宅で働く混血のメイドにきつくあたったところ、そのメイドが「私はあなたと同じ父親の娘です」と言い返したというエピソードを紹介している。[13] このような話が逸話として残るほど、周囲ではウィリアム・C・フォークナーのシャドウ・ファミリーは知られた存在であった。そしてウィリアムソンが主張するように(Williamson, 64)、曽祖父に関するこの事実をフォークナーも知っていたであろう。

2.2.1.エルノーラ

以上の考察を背景に、サートリス家の使用人であるエルノーラが登場するシーンを読んでみよう。「感じのいい黄色い顔(pleasant yellow face)」をした「背の高い混血の女性(a tall mulatto woman)」(*FD*, 9)エルノーラが登場する第一章第一節の後半は、ジョン・サートリスの生涯の紹介にあてられている。そしてその第一節の最後で、エルノーラの歌声が聞こえてくる。

> 罪びと、悔悟者の席から立ち上がる
> 罪びと、贖罪の席に駆けあがる――
> 牧師さんが、どうしてかと尋ねたら
> 「先生も、おいらと同じに女がある」と言ったとさ
> おお、主よ、おお主よ！
> そこが、今どきの教会の困ったところ。(24)

エルノーラがジョン・サートリスの娘であることは短編「女王ありき」("There Was a Queen," 一九二九年前半執筆、一九三三年発表)で明らかにされる。ジョン・サートリスの行状を締めくくるように導入

される歌詞が性欲の罪を歌う内容であることが、「尊大なプライド」(399) 以外の彼のもう一つの罪をほのめかしていると考えることもあながち不可能ではあるまい。エルノーラの歌声は作品全体を通して印象的に用いられている。[14]

2．3．作家としての曽祖父の排除

ウィリアム・C・フォークナーとジョン・サートリスの間にみられるこれらの類似にもかかわらず、フォークナーは曽祖父の作家としての側面を排除した。その排除は意識的なものである。殺害されたウィリアム・C・フォークナーの後任としてミシシッピ州議会議員となったピンク・スミス (Pink Smith) は、一八九〇年一月、議会の冒頭でウィリアム・C・フォークナーを顕彰する決議を提出した。そこでは「軍人、政治家、作家、市民 (Soldier, statesman, writer, citizen)」としてウィリアム・C・フォークナーを称えている。これをジョン・サートリスの墓の碑文「軍人、政治家、世界の市民 (Soldier, Statesman, Citizen of the World)」(399) と比較して、デュクロスは、フォークナーはここで曽祖父に対する議会の顕彰文を利用していると主張している (Duclos [1987], 34)。正しい推論であろう。しかしデュクロスは二つの表現の重要な違いを見落としている。顕彰文にある「作家」という言葉をフォークナーがわざわざ削除していることである。

ジョン・サートリスの墓地の彫像の具体的な姿についても、「フロックコートに帽子なしという姿で、片方の脚をこころもち前へ踏み出し［中略］頭を少しばかりのけぞらせ［中略］石の顔に刻まれた両の目は自分の鉄道が走る谷間の向こうに注がれていた」(399) と、ウィリアム・C・フォークナ

Sartoris家系図

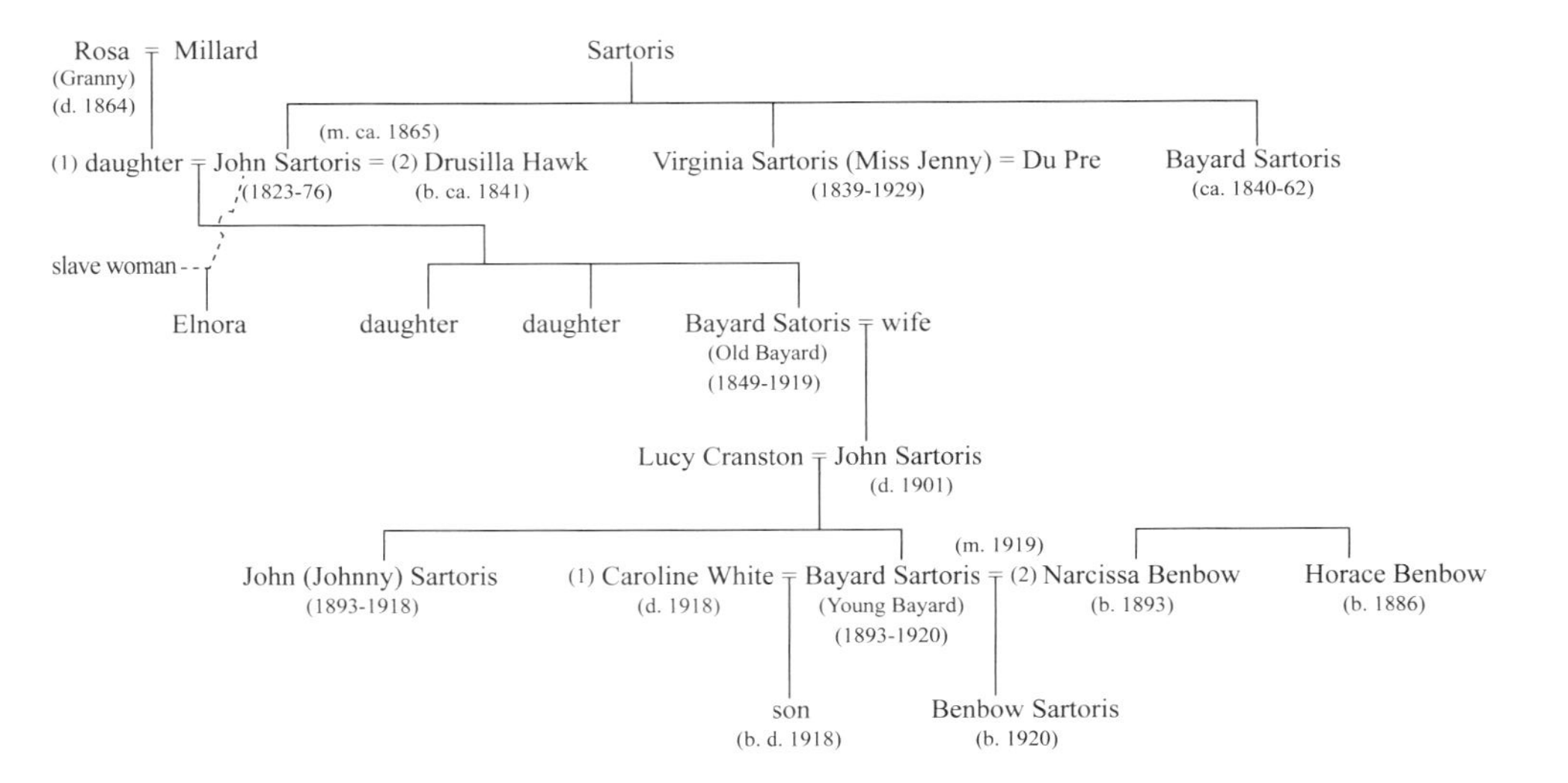

『フォークナー事典』所収の家系図に微修正を施した。

ーの実在の彫像を細部にいたるまでなぞりながらも、彫像の後ろに積み重ねられた書物については削除している。この点については、マクダニエルが指摘している。

フォークナーは、『メンフィスの白い薔薇』、『れんが造りの小さな教会』、『ヨーロッパ駆足漫遊記』などの曽祖父によって書かれた作品を象徴する、彫像の背後の本の山を小説のモニュメントからは省いている。(McDaniel, 148)

しかしマクダニエルもこの省略の意味を探ろうとはしない。

曽祖父の作家像の排除は『土にまみれた旗』においてどのような意味を持ちうるのだろうか。

3. バイロン・スノープス

『土にまみれた旗』に作家としての曽祖父は登場しないが、立派な文学者の名前をもち、せっせと文章を書き綴る人物は登場する。バイロン・スノープスである。

バイロンという名については、フォークナー自身による説明がある。

一八八〇年代や一八九〇年代には［中略］ロマンチックで悲劇的なヒーローやヒロイン、あるいは彼らを作りだしたもっとロマンチックな作者たちにちなんで、子どもたちにバイロンやクラリッサや

セント・エルモやロタールといった名前を付けたのだった。(*ESPL*, 179)

フォークナーの曽祖父が代表作を発表したこの時代に、バイロン・スノープスはロマン派を代表する詩人の名を得たのだった。[15] そしてスノープスの手紙の代筆をする少年の名はヴァージルであり、言うまでもなくローマの詩人の名である。さらにスノープスのパロディのようにして妹ナーシッサ宛に意味不分明な手紙を書く人物の名はホレス(=ホラティウス)である。バイロンを中心とする彼ら三人の「詩人」たちが、作家としての曽祖父の不在をおぎなうようにして、『土にまみれた旗』における書くことのテーマを担っているのである。

ではバイロンは何を書いているのだろうか。彼が書いた文章を読んでみよう。

> あなたを忘れようにも忘れられません　あなたの大きな目あなたの黒い髪　あなたの黒い髪のためになんと白くあなたは見えることでしょう。またあなたの歩き方といったら　あなたを見ているとあなたは花のような匂いがします。あなたの目は謎めいて輝き　あなたの歩き方といったら　夜通しあなたの歩き方を考えてわたしは熱病にでもなるほどです。わたしはあなたにさわることだってできます。あなたはご存じないでしょうけれど。毎日でも　でもそれができない　わたしは紙のうえに思いを注ぎださずにいられない　話さずにいられない　あなたは私が誰かご存じない。あなたの唇はキューピッドの弓のようです。それをわたしの唇に押し当てられる日が来たら。私が熱に浮かされて天国から地獄にかけて夢みたように。(*FD*, 263)

バイロンが書いているのは、卑猥な悪意に満ちたナーシッサへの匿名のラブレターである。ここで注目すべきは、マクダニエルが指摘するように、バイロンの手紙の文句にバイロン卿の恋愛詩のアリュージョンが読み取れることである（McDaniel, 109）。バイロンは、ナーシッサの歩く姿にとりわけ魅了され苦しい夜を過ごしている（「またあなたの歩き方といったら［中略］あなたの歩き方といったら夜通しあなたの歩き方を考えてわたしは熱病にでもなるほどです（And how you walk . . . how you walk makes me sick like a fevver [sic] all night thinking how you walk）」[16]）が、これはバイロン卿のもっとも有名な抒情詩 "She Walks in Beauty," の冒頭 "She walks in beauty, like the night" を思い起こさせるし、「あなたの唇はキューピッドの弓のようです。それをわたしの唇に押し当てられる日が来たら。私が熱に浮かされて天国から地獄にかけて夢みたように。（Your lips like cupids bow when the day comes when I press them to mine like I dreamed like a fevver [sic] from heaven to hell.）」は、"To M. S. G." の

Whene'er I view those lips of thine,
Their hue invites my fervent kiss;
. . . .
I ne'er have told my love, yet thou
Hast seen my ardent flame, too well;
And shall I plead my passion, now,

To make thy bosom's heaven, a hell?
(Byron, 154)

君のあの唇が、わが眼にしむとき
その色は、熱いくちづけをさそう
（中略）
この恋を、うちあけたことはない、しかし
君は知る、はげしく燃えるこの炎を。
いまさらに、わが情熱のことばを告げて
君の胸の楽園を、地獄とすべきではない。（阿部知二訳）

を連想させる。匿名で書いているバイロンもまた「この恋を、うちあけたことはない」のである。

ホレスがナーシッサ宛に書く手紙は、妹に対する近親相姦的な欲望と不分明な文面とそして詩への言及においてバイロン・スノープスの手紙のパロディとして読めるだろう。一部だけ引用しよう。「家にいるとぼくは、いつも、（中略）あらゆるところに同時にはいられないことや、バイロンの愛人たちの口とは違って、春がいずれも同じ春ではあり得ぬことを悲しんだものでした」（*FD*, 370）。「バイロンの愛人たちの口（Byron's Ladies' mouths）」は、『ドン・ジュアン』（*Don Juan*）の [My wish is] That womankind had but one rosy mouth（Canto VI, 27）への言及であるが、バイロン・スノープスとその手紙の"your lips"とも響きあっている(Brown, 22; Watson, 69)。『土にまみれた旗』において、バイロンの卑猥な恋文は、書くことの、とりわけロマンチックな想像力をもって書くことの象徴である。そして、そのロマンスを書くことは、ナーシッサを巡って行動の人ヤング・ベイヤードと対比されながら、徹底的に蔑むべきものとして提示されている。[17]

4. 老いた世代と若い世代

ヤング・ベイヤードは一方で、南北戦争の兵士と比べられている。ミス・ジェニーは、第一次大戦から帰還して家族に迷惑ばかりかけるベイヤードをこう罵る、「戦争に行ったのは、世界広しといえども自分一人だけだとでも思っているのかい?　私のベイヤードが南北戦争から帰ってきたとき、いっしょに暮さねばならぬ家の者みんなにとって、厄介ものになったとでも思うのかい?」(*FD*, 238)第一次大戦後の南部人にとって、南北戦争はそう遠い過去ではなかった。実際、郡役所前の広場には、南軍の軍服を着た老人たちと第一次世界大戦の軍服を着た若者たちが集まり、同じ時間を共有している(160-161)。ミス・ジェニーが語るサートリス家の祖先たちの南北戦争での武功のエピソードは、生きた伝説として一家に伝えられている。ヤング・ベイヤードを真に苦しめているのは、この伝説に象徴されるサートリス家の尚武の伝統であり、平和に静かに生きることよりも名誉のために華々しく死ぬことを貴ぶ南部騎士道のロマンチックな精神構造である。彼を責め苛んでいるのは「老いた」旧南部なのである。

したがって、ヤング・ベイヤードが自らを苦しめるものを排除するのは自然なストーリーの流れであると言えよう。ヤング（若い）・ベイヤードはオールド（老いた）・ベイヤードを無意識のうちに自動車事故で殺すのである。この場面で、オールド・ベイヤードの死をジョン・サートリスの彫像がじっと見ていることに注目しなければならない。ヤング・ベイヤードは、二人が代表する旧南部と対決し、葬り去ったのである。[18]

老ベイヤードの身体がぐらりと揺れて、もたれかかった。二人が向かっていたのは、墓地のある崖の方角だった。二人の頭上では、ジョン・サートリスの彫像が石の手をあげて派手なジェスチャーを示し、じっと動かぬ杉木立の間から、自らの手で築いた鉄道が二マイルにわたって眼下に走る谷間を、石に刻まれた目で見渡している。ベイヤードは、またもやハンドルを切った。（326）

若きウィリアム・フォークナーにとっても『土にまみれた旗』は旧南部との対決を意味した。旧南部の象徴は曽祖父ウィリアム・C・フォークナーであり、とりわけその南部ロマンスであった。なぜなら、若者が南部から逃れようとするとき、旧南部社会に対するロマンチックな賛美こそが彼らを非難し、裏切り者だと感じさせ、南部社会に閉じ込めようとするからである。しかし、フォークナーは、南部ロマンス作家としての、書く人としての曽祖父を否定し黙らせることで、そして、ロマンチックに書くことを徹底的に蔑むことで、南部の価値観から脱出した。ヨクナパトーファ・サーガの最初の長編でこの作業に成功したからこそ、フォークナーはローカルな南部作家ではなく普遍的な作家になりえたのである。

5. おわりに――「女王ありき」とアメリカ南部文学史への帰還

一九三三年に発表された短編「女王ありき」は、『土にまみれた旗』の後日談を描いている。ナーシッサは匿名で書かれたバイロンの手紙をため込んでいたのだが、ベイヤードと結婚した夜、盗まれてしまっていた。その十二年後、盗まれたラブレターを入手したという連邦捜査官が現れ、ナーシッサは彼と交渉して自らの肉体と交換に手紙を取り戻すという内容である。手紙は回帰し、ナーシッサの性と交換可能なだけの価値をもつ。十二年前には果たせなかったロマンチックな目的を果たしたのである。

そして先にもふれたように、エルノーラがジョン・サートリスの娘であることがこの作品の冒頭で記されている。[19] バイロンの手紙を曽祖父の南部ロマンスの代替物として読むならば、『土にまみれた旗』で回避した曽祖父の二つの側面、すなわち南部ロマンス作家であることとシャドウ・ファミリーをもっていたことをフォークナーはこの短編で描き、そして受け入れたと解釈することができる。

したがって、一方で「女王ありき」は「混血の問題が新しい形でとり扱われ［中略］フォークナーの眼が厳しい現実に向けられていく転換期の作品の一つとして重要である」（小山、二七七）。フォークナーはシャドウ・ファミリーの問題を深く受け止め、この後、曽祖父像のもう一つの形象であるトマス・サトペンが登場する『アブサロム、アブサロム!』（*Absalom, Absalom!*, 1936）や『行け、モーセ』

(*Go Down, Moses*, 1942)において大胆に異人種混淆(ミセジネイション)のテーマを追求してゆくことになる。

他方で、フォークナーは回帰した南部ロマンスの手法を用いながら、ジョン・サートリスを主人公とする短編連作『征服されざる人びと』(*The Unvanquished*, 1938)を書く。そこに現れる女性兵士ドルーシラ・ホークの表象には、曽祖父の作品に登場する男装して戦うヒロイン、イザベル(『モンテレーの包囲』)とエレン(『スパニッシュ・ヒロイン』)の影響がみられるだろう。そして後には、オーガスタス・ボールドウィン・ロングストリート(Augustus Baldwin Longstreet)やトマス・バングズ・ソープ(Thomas Bangs Thorpe)ら旧南西部作家たちの遺産を利用することになる。[20]『土にまみれた旗』においていったん南部の価値観から脱出したフォークナーは、盗まれた手紙の回帰とともにアメリカ南部文学史に帰還したのである。

『土にまみれた旗』からの引用の和訳について、フォークナー全集所収の斎藤忠利氏訳『サートリス』(冨山房、一九七八年)を参照させていただいた。

注

[1] Malcolm Cowley, *The Faulkner-Cowley File: Letters and Memories, 1944-1962*, 66. 邦訳大橋健三郎・原川恭一訳『フォークナーと私――書簡と追憶　1944～1962』（冨山房、一九六八）。訳文は邦訳を使わせていただいた。
[2] ミドルネームのCについて、デュクロスはフォークナー家に伝わるファミリー・バイブルの記述をもとにClarkであるとしている（Duclos [1998], 16）が、ウィリアムソンはウィリアム・C・フォークナー自身がClarkと記した文書は存在せず（Williamson, 442, notes 3）、Cは曽孫フォークナーのミドルネームともなったCuthbertを表すのではないかと推測している（75）。
[3]『失われたダイヤモンド』の脚本は現存しないが、一八八三年に若干の改変を加えて再演された際の新聞記事からおおよそのプロットを知ることができる（Duclos [1998], 146-147）。「アドコック一家惨殺犯A・J・マッキャノンの生涯と告白」は現在まで発見されていない。
[4] 個々の作品を論じる紙幅はないが、後期の三作、とりわけ『れんが造りの小さな教会』は語りの手法を含め、論じるに値する作品である。
[5] ウィリアム・C・フォークナーは一八六一年南軍の大佐となったが、南北戦争が終わったのちも一般に「フォークナー大佐（Colonel Falkner）」と呼ばれた。
[6] ウィリアム・C・フォークナーの人生全体については、デュクロスの一九六一年提出の博士論文（一九九八年公刊）がなおもっとも詳しい。
[7] B. A. Botkin, ed. *A Treasury of Southern Folklore*, 379-381.
[8] "Interview with Jean Stein," *Writers at Work: The Paris Review Interviews*, 141.
[9] *FD*, 3, 11, 111. ウィリアム・C・フォークナーの容貌については『ヨーロッパ駆足漫遊記』の見返しの肖像画参照。
[10] 二人の人間を殺した点でも共通しているが、状況は異なる。先にも述べたようにウィリアム・C・フォー

クナーは個人的なトラブルから二人の人間を刺殺した（Duclos [1998], 53-66）。ジョン・サートリスは黒人の投票を巡って二人の「カーペットバガー」を射殺した（*FD*, 23, 242-243）。

［11］ウィリアムソンは、もう一人リーナ（Lena）という娘がいた可能性を示している（Williamson, 67）。

［12］実際ウィリアム・C・フォークナーとエメリンの墓は、同じリプリー墓地にある（Williamson, 64）。

［13］ヴァージニア・ハインズ・マッキニー（Virginia Hines McKinney）の発言。Lourie Strickland Allen, "Colonel William C. Falkner: Writer of Romance and Realism," 204.

［14］「『天国のことばかり言ってる人が、みんなそこに行けるわけじゃなし』とエルノーラは歌った」（*FD*, 40）、「彼女の声は、日なたに広がる大気に運ばれて、豊かに、哀調をおび、もの悲しく聞こえてきた」（222）、「彼女は悲しげにいつ終わるともなく歌った」（395）。

［15］ウィリアム・C・フォークナー自身、この詩人を愛読していた。バイロンの影響は最初の詩集『モンテレーの包囲』に色濃い（「この詩は［中略］バイロンの影響をとりわけ受けている」（Singal, 29））し、実際に詩行の引用もある（例えば、"Who conquers me shall find a stubborn foe."（*The Siege of Monterey*, 4）はバイロンの風刺詩『イングランドの詩人とスコットランドの批評家』（*English Bards and Scotch Reviewers*）からの引用である）。ヨーロッパを旅した際には、バイロンがグイッチョリ伯爵夫人と住んだピサの家や彼が生をうけたロンドンの通りを訪れ（*Rapid Ramblings in Europe*, 142, 529）、旅行記では詩の引用を含む数多くの言及を行っている（279, 284, 311, 314, 366, 464）。

［16］バイロンは別の手紙でもナーシッサの歩く姿に執着している（"Just to see you walk down the street . . . I think of you at night the way you walk down the street . . . . I know more than watch you walk down the street with cloths." (*FD*, 108-109)）。

［17］書くことへの軽蔑と対応するように、この作品では読むことにもまったく価値がおかれていない。ミス・ジェニー（Miss Jenny）は「人間がどちらかといえば多彩な有為転変を見せるのが楽しく、正確無比な事実性よりもロマンスの華やかさが好きであった。そこで、届いたときには前日の新聞ということになっても、

内容がいっそうすさまじい夕刊紙をとり、冷静ながら貪るように、放火や殺人、なんともひどい自堕落や姦通の記事を読んだ」(*FD*, 38)。医師のピーボディ(Peabody)の診察室には「色が毒々しい紙表紙の三文小説の山ができている。これはピーボディ先生の蔵書で、このソファーに横になって、彼はその小説類を何度も読みかえして、診察時間を過ごした。それ以外の書物は、ただの一冊もない」(98)。ナーシッサが読むものは、バイロンの猥褻な恋文と兄からの意味不明瞭な手紙である。彼女は、怪我で伏せっているベイヤードのために本を読んできかせるが、ベイヤードは書物のことなどまったく関心がない(224-225)。サートリス家のオフィスには「ロマン派の歴史物(the historical-romantic school)に属する雑多な小説類」があって――これらのなかに『メンフィスの白い薔薇』があってもおかしくはあるまい――それらを「次々と読み進むのが、今の[オールド・]ベイヤードの全読書量と」なっている(33)。

[18] こう読むならば、ヤング・ベイヤードの双子のジョン・サートリスは、曽祖父ジョン・サートリスの身代わりということになろう。ヤング・ベイヤードはジョン・サートリスをも死なせたのである。

[19] "Old Bayard . . . was her [Elnora's] half-brother . . . " ("There Was a Queen," 727).

[20] 「馬には目がない」("Fool About a Horse," 1936)および『村』(*The Hamlet*, 1940)の馬商人パット・スタンパーのエピソードにはロングストリートの「馬交換」("The Horse Swap")(『ジョージア風景』(*Georgia Scenes*, 1835)所収)の、「熊」("The Bear," 1942)にはソープの「アーカンソーの大熊」("The Big Bear of Arkansas," 1841)の影響が指摘されている(高橋、七六-七七/廣瀬、二九三)。

引用文献

Allen, Lourie Strickland. "Colonel William C. Falkner: Writer of Romance and Realism." Ph.D. diss., University of Alabama, 1972.

Blotner, Joseph. *Faulkner: A Biography*. 2 vols. New York: Random House, 1974.

Botkin, B. A., ed. *A Treasury of Southern Folklore: Stories, Ballads, Traditions, and Folkways of the People of the South*. New York: Crown Publishers, 1949.

Brown, Calvin S. "From Jefferson to the World." *Faulkner: International Perspectives*. Ed. Doreen Fowler and Ann J. Abadie. Jackson: University Press of Mississippi, 1984. 3-29.

Byron, George Gordon. *The Complete Poetical Works, Vol. 1*. Ed. Jerome J. McGann. Oxford: Clarendon Press, 1980.

Cowley, Malcolm. *The Faulkner-Cowley File: Letters and Memories, 1944-1962*. New York: Viking Press, 1966.

Duclos, Donald Philip. "Colonel Falkner-Prototype and Influence." *The Faulkner Journal*. 2. 2 (1987): 28-34.

——. *Son of Sorrow: The Life, Works and Influence of Colonel William C. Faulkner 1825-1889*. San Francisco, London and Bethesda: International Scholars Publications, 1998.

Falkner, William C. *The Little Brick Church*. Philadelphia: J. B. Lippincott & Co., 1882.

——. *Rapid Ramblings in Europe*. Philadelphia: J. B. Lippincott & Co., 1884.

——. *The Siege of Monterey: A Poem*. Cincinnati: Published by the Author, 1851.

——. *The Spanish Heroine: A Tale of War and Love. Scenes Laid in Mexico*. Cincinnati: I. Hart & Co., 1851.

——. *The White Rose of Memphis*. New York: G. W. Carleton &Co., 1881.

Faulkner, William. *Essays, Speeches, and Public Letters*. Ed. James B. Meriwether. New York: Random House, 1965.

——. *Flags in the Dust*. 1929 (as *Sartoris*). New York: Vintage International, 2012.

——. "Interview with Jean Stein." *Writers at Work: The Paris Review Interviews*. Ed. Malcolm Cowley. New York: Viking

Press, 1958. 119-141

——. *Selected Letters of William Faulkner*. Ed. Joseph Blotner. New York: Random House, 1977.

——. "There Was a Queen." *Collected Stories of William Faulkner*. New York: Random House, 1950. 727-744.

McDaniel, Linda Elkins. *Annotations to Faulkner's* Flags in the Dust. New York: Garland Publishing, Inc., 1991.

Singal, Daniel J. *William Faulkner: The Making of a Modernist*. Chapel Hill: University of North Carolina Press, 1997.

Watson, James G. *William Faulkner, Letters & Fictions*. Austin: University of Texas Press, 1987.

Williamson, Joel. *William Faulkner and Southern History*. New York and Oxford: Oxford University Press, 1993.

小山敏夫『ウィリアム・フォークナーの短篇の世界』（山口書店、一九八八年）。

高橋正雄『アメリカ南部の作家たち』（南雲堂、一九八七年）。

バイロン『バイロン詩集』阿部知二訳（新潮文庫、一九六七年）。

廣瀬典生『アメリカ旧南西部ユーモア文学の世界』（英宝社、二〇〇二年）。

フォークナー、ウィリアム『サートリス』斎藤忠利訳（冨山房、一九七八年）。

「老い」の逆説

――『野性の棕櫚』に見る「老い」のメランコリー

森　有礼

1. はじめに

本論はウィリアム・フォークナーの『野性の棕櫚』(*The Wild Palms*, 1939) を採り上げ、「老い」の他者性と自己疎外的特徴について考察するものである。周知のように『野性の棕櫚』は、貧しい研修医のハリー・ウィルボーンと裕福な夫を持つ人妻シャーロット・リトンメイヤーとの逃避行を描く「野性の棕櫚」(“Wild Palms”) と、一九二七年のミシシッピ河氾濫の史実を舞台として、洪水の中から救出された若く名前のない妊婦と共に軽舟に乗って漂流を続ける「背の高い囚人」の旅の顚末を描く「オールド・マン」(“Old Man”) の二つの物語とが一章ずつ交互に提示される「二重小説」(Millgate, 69)

である。但し本論では特に「野性の棕櫚」の章に焦点を当て、フォークナーの描く「老い」が、当時の白人中産階級のいわゆる「規範的（男性）ジェンダー」の埒外にある他者性を表象していることを論証する。具体的には、従来性愛／恋愛と金に対して未熟で無知な若者と考えられてきたハリー・ウィルボーンを、自身の「老い」に対して自意識的・自覚的な存在として捉え直し、彼とその愛人シャーロット・リトンメイヤーとの逃避行を、一種の「老いらくの恋」として読み直すことを試みる。

　具体的な議論を始める前に、簡単に「老い」の表象を巡る状況について確認したい。例えばキャスリーン・ウッドワードは二〇〇六年の論文「年齢を演じ、ジェンダーを演じる」の中で、合衆国の男性は、しばしば自身と同年齢か、もしくはより若い女性に対しても「自らをより若いと見做し」ており、また合衆国には「女性は……男性よりもはるかに早く『老いる』という文化」が存在していると述べて、高齢者差別（エイジズム）が同時にジェンダー差別を伴っていることを指摘する。またアメリア・デファルコは二〇一〇年の著書『不気味な主体』(*Uncanny Subjects: Aging in Contemporary Narrative*) の序文で、「多くの人々にとって加齢は自己疎外の過程であり、自己の二重化を齎す」、つまり「老いとは、外にいる相手に対して老いた主体が表象することになる差異」であり、自身の中にいる「老いた奇妙な他者」を「内面化する」こと (DeFalco, 5) だと述べて、「老い」が自己疎外と自己の他者性の顕在化として認識されると主張する。

　本論は、ウッドワードとデファルコの指摘に基づいて以下の問いを立てる。一つは、高齢者差別（エイジズム）が同時にジェンダー差別を内包し、また経済的もしくは社会的階級差を反映し得るか、もしくはある種の性的未成熟や逸脱に対しても適合するのか、というものであり、もう一つは、「老い」が齎す自己疎外は当事者にとっては主観的なものであり、彼／彼女の外界に対しては政治的なものではないか、というものである。これらの問いを巡って、次節以降ではハリー・ウィルボーンの「老い」のモードを検証してみたい。

2. ハリーの未熟さとジェンダー的不安定さ

ジョセフ・R・アーゴに拠れば、『野性の棕櫚』を特徴づけるのは中断／中絶（abortion）である。ハリーとシャーロットの駆落ちを描く「野性の棕櫚」と、背の高い囚人と若い妊婦の旅を扱う「オールド・マン」の章が交互に提示されるという形式上の「物語的中断」（Urgo, 257）も然りながら、アーゴが特に注目するのは「野性の棕櫚」セクションにおける「中断／中絶のイメジャリ」（263）である。ニューオーリンズでの研修医の立場と、裕福な夫と二人の娘を持つ母の立場を共に放棄して出奔したハリーとシャーロットは、シカゴでの世間並みの「体面（respectability）」（*WP*, 111）を保った暮らしを中断してユタからテキサスへと旅を続け、さらに思いがけない妊娠とそれに続く違法な中絶とシャーロットの死による「ハネムーン」（71）の突然の終焉に到るまで、彼等の人生は度重なる中断／中絶に満ちている。アーゴは彼等のこうした一連の行動を「伝統的なジェンダー的権力から自身……を引き抜こう（unplug）」（Urgo, 254）とする試みと看做しており、またその意味において彼等はジョン・N・デュヴァルの指摘する通り「フォークナーの逸脱的なカップルでも……自身の周辺性について最も自覚的」（Duvall, 47）な存在となる。それ故ハリーとシャーロットは既存のジェンダーロールから逸脱しまたそれを攪乱する、フォークナーの基本的に保守的で農本主義的な社会に対する危険な「両性具有的」(55) カップルでもある。

こうした従来の批評動向に倣いつつも、本論は特にハリーのジェンダー的曖昧性が、彼の世間的未熟さに根差している点に着目したい。彼は二歳の時に亡くなった父の遺言に従って禁欲的な窮乏生活を送って医科大学を卒業するが、二十七歳になるまで恋愛の経験がなく、シャーロットとの出会いによって遅まきながら訪れた思春期に当惑している。そのために彼は常に一種の未然形、つまり人生において未だ何かになろうとしてもがいている未熟な状態に留まらざるを得ない。その一例として、彼が逃避行の最終段階において、自ら施した中絶手術の失敗のために死に瀕したシャーロットを診察するように中年の医師に頼み込む際にも、彼はなお「自分は絵描きになろうとしている」(*WP*, 15) と述べていることを指摘できよう。その意味で彼の人生は、「運命の示し手」である「父の姿」(Duvall, 41) に束縛され、それから逃避することに費やされているようにも見える。だがこうした未然形の人生を送るハリーの姿は、同時に彼が生きる社会におけるそのジェンダー的曖昧性――有り体に言えば、彼の男性の規範的ロールモデルからの逸脱――をも露呈してゆく。

こうしたハリーのジェンダー的曖昧性に関して本論が注目するのは、シャーロットとの関係において彼のカウンターパートとなる、シャーロットの夫フランシス・リトンメイヤーである。というのも、伝統的な家長にして社会的成功者である彼の存在が、ハリーの未熟さとジェンダー的曖昧性を強調するからだ。まずは彼が物語におけるジェンダー規範をいかに明快に具現化しているかを確認しよう。リトンメイヤー家でのパーティの場面で、ハリーと相対するリトンメイヤーの様子は次の様に紹介される。

彼女［シャーロット］は立ち止まると、彼［ハリー］の手首を握って彼と同年配の男の方に連れて行った。その男は黒のダブルのスーツを身に着けており、波打つ金髪は少し薄くなりかけており、さほど男前と言う顔でもなく、割と感も鈍く、知的と言うよりは抜け目のない感じだが、全体的にはどちらかと言えば穏やかそうで、自信に満ちて慇懃で、成功を収めた人間らしい様子だった。「こちらがラット［リトンメイヤー］よ」と彼女は言った。(*WP*, 14)

女性と付き合う金も時間もないほどに倹約を重ねた「禁欲的」(28) 大学生活を送り、卒業後もインターンとして侘しい独身者の生活を送ってきた「田舎者」(33) であるハリーとは対照的に、リトンメイヤーは、ハリーがそれまで手にすることのなかった富、社会的地位、妻子、つまり彼がこれまでの人生において「拒絶してきた金と……愛」(30、傍点部分に対応する原文はイタリック。以下の引用でも同様) を手に入れているばかりでなく、そこに至る過程としての青春のひと時をも謳歌してきた、陳腐ながらもアメリカン・ドリームを体現するような存在である。リトンメイヤーの成熟した成功者然とした態度は、広大な屋敷に高価な調度品を設え、「昼は……絵を描き、夜はピアノを弾いたり、自分では気にも掛けず……その名前を敢えて知ろうともしない人々に酒を振る舞ったりして過ごす」(33) ことができるほどの莫大な財力とも相俟って、彼が当時の白人中産階級の男性の規範的ジェンダーモデルの代表であることを物語っている。

こうしたリトンメイヤーに対して、ハリーの逸脱的立場は際立った対照を成す。彼は、逃避行の最初の滞在先であるシカゴに着いた翌朝「僕は恋愛に慣れなければいけない。僕はこれまで一度も恋愛したことがなかったんだ。そうだ、ぼくは少なくとも自分の年齢から少なくとも十年は遅れているんだ」（73）と述べて、自身の未熟さを認めている。またシャーロットに「どうしようもない貧乏人」（37）呼ばわりされるほどの、彼の吝嗇さと金銭に対する常習的な臆病さは、幼くして父を失って以降の倹しい独身生活の中で染み着いたものであろうが、彼のこうした金銭的不安が、彼の性的な未熟さ／未経験を裏打ちしていることは興味深い。

また時折彼は金三〇〇ドル也という金額を打ち抜いた桃色の銀行小切手を取り出すこともあった。その様子には丁度阿片中毒者がパイプを手順通りに準備するような、殆ど儀式的と言っていいものがあった。それから暫くの間、阿片吸飲者がそうするように完全に現実を放棄して、その金の使途を数々思い浮かべ、その合計額の様々な取り合わせや、それで買えそうな品々をあれこれとジグソーパズルの様に組み合わせてみたが、これが一種の自慰行為であり（僕は金については未だに、そして恐らくこれからもずっと思春期なのだと考えながら）、もし本当に小切手を現金化してその金を使えるとなったら、自分にはそんな考えを弄ぶ勇気すらないだろうということも分かっていた。（80）

ここでハリーは、リトンメイヤーがシャーロットの旅費にと手渡した三〇〇ドルの小切手の使い道について夢想しているのだが、実際にはそれを使い込むことさえ考えられない彼の心境は、そのまま彼の異性に対するそれとしても理解できる。先述したように、「金に、それ故愛に」(30)対して自らが「ずっと思春期」に留まると感じるハリーの様子からは、彼の性的未熟さがその金銭面での臆病さを反映していることが窺える。

今一度確認すれば、彼の未熟さはそのジェンダー的曖昧性と密接に関連している。それが典型的に窺えるのは、シャーロットと駆落ちする際のハリーとリトンメイヤーの様子が対照的に描かれる次の場面である。

彼等［リトンメイヤーとシャーロット］は、というのは夫と妻のことだが、二人ともそこにいた。夫は地味で目立たない様子を装った黒いスーツを着て、表情を面に出さない大学四年生のような顔をして、妻をその恋人に引き渡すという矛盾に満ちた行為が、教会の結婚式での花嫁とその父の決まりきった儀式と殆ど同様に、非の打ち所のない格式ばった正統な行為である、と言った雰囲気を醸していた。妻は夫の側で黒いドレスの上にコートの前を開いたまま着ていて、速度を緩めた列車の窓を熱心に、しかし疑念や苛立ちはなく見つめていたので、ウィルボーンは再び初心で経験の浅い女性でさえ持っている、同棲生活の仕組に対する本能的な熟練と親密さ——鳥が自分の翼に対して抱くような、女たちが愛の運命に対して抱く曇りのない自信——つまり一瞬にして羽の生え揃った女達を、申し分のない安息の地から、陸地も見えない未踏のあてどない空間へと羽ばたかせるような、迫り来る自分に相応しい幸福に対する穏やかで断固とした信念について思いを馳せた(罪ではないと彼は考えた。僕は罪など信じない。それはタイミングを誤るだけだ。人は生まれながらに、時と世代を共にする無数の名もない人の群れと共に、名もない集団行進の中に埋もれているのだ。一度足を踏み外したり、躓いたりすれば踏みつけられて死んでしまうのだ。）(46)

ここに描かれた二人の様子は、両者の精神的成熟度の違いを浮き彫りにする。自分の「妻をその恋人に引き渡す」際にも毅然とした態度を崩さぬリトンメイヤーが皮肉にも花嫁の父に喩えられているのに対し、いわば新郎に比されるべきハリーは、新婚生活に赴く「初心で経験の浅い女性」、即ち花嫁の心情に接近してゆく。こうした両者の年齢差と、ハリーの側のジェンダー的逸脱を思わせる状況は、さらに自身の結婚生活の破綻に自ら加担せざるを得ないリトンメイヤーの懊悩と、この期に及んでなお後悔も慚愧の念も感じないハリーとの対比によってより強調される。ここでのハリーは、リトンメイヤーの自虐的なまでに倫理的に振る舞うという「大人の男性」としての規範的態度と対照的に、残酷なまでに無思慮で未熟な若者として描かれており、その様子が彼のジェンダー的逸脱と共に強調される。

　但しここで花嫁の父とその花婿とに比されるリトンメイヤーとハリーが、実は同じ二十代後半の男性であることは確認しておくべきであろう。ほぼ同年配のこの二人をあたかも父子程の年齢差があるかのように切り分けるのは、何よりも両者が置かれた社会的・経済的布置の違いであり、それは同時にリトンメイヤーという規範的男性像に対するアンチテーゼとしてハリーを前景化する。換言すれば、ハリーが仮にもリトンメイヤーに比肩し得るような規範的な存在たるためには、彼が功成り名を遂げた「持てる者」として、社会的に承認されることが不可欠である。ハリーがいわゆる「持たない男／持てない男」として、経済力も人生経験も乏しい未熟な若者の役回りを演じるのは、富を、地位を、そして妻子を持つリトンメイヤーとの対比の結果であって、必ずしも彼等の実年齢の差に基づくものではない。この意味で「成熟」／「老成」／「老い」とは相対的なものであり、政治的な文脈において規定されることが分かる。

3.「喪失なき喪失」と「老い」の逆説

もちろんこれだけなら、ハリーの未熟さは、伝統的な父権主義的家族モデルの理想的男性像から乖離した彼の社会的少数派としての立場を反映しているに過ぎない。問題は、彼とさして年齢の違わないリトンメイヤーの姿に、逆説的にハリー自身の潜在的な「老い」の兆しが垣間見られることであり、その意味でハリーは未熟さと「老い」とを同時に体現する存在である点である。前述したように、リトンメイヤーの財力と社会的地位はハリーを圧倒し、彼を未熟な「田舎者」の立場に置く。だがそれは必ずしもリトンメイヤー自身が、ハリーと比較して特段に男性的な活力や魅力に溢れていることを意味するわけではなく、むしろ両者の本質的な相同性を暗示する。前節で見た彼の「黒のダブルのスーツ」を纏った身なりの良さはともかく、「少し薄くなりかけ」た「波打つ金髪」や、「さほど男前」でもなく、「知的と言うよりは抜け目のない」様子は、可能性として同年配であるハリーの外見をも間接的に表している。特にリトンメイヤーの頭髪は彼の肉体的加齢の明確な指標であると同時に、ハリーの二十七歳という年齢が、その内面的未熟さとも、彼とシャーロットにニューオーリンズの浜辺のコテージを賃貸しした中年の医師の目に映る「若い」（5）外見とも裏腹に、世間的には青年期の終わりに近づきつつあることを暗示している[一]。

とは言え、白人中産階級のジェンダー規範に則り社会的に盤石の地位を得たリトンメイヤーにとっては、老成することはむしろその社会的地位と信頼とを保障することにも繋がる。だが「持たない男／持てない男」であるハリーにとって、己の若さの喪失を受け入れることは、それ以降の人生における可能性を放棄することを意味する。二十七歳の誕生日の朝、寝台に横たわったまま自分の足先を見つめつつ、彼は自分の「老い」を悟る。

二十七歳の誕生日の朝、彼は目を覚ますと足元にかけて短くなっていくようにみえる自分の両足を見た。彼にはそれが、もう取り戻すことの出来ない二十七年の歳月が小さく先細って次々と足先の向こうに消えてゆくように思えた。あたかも彼の人生が、まるで無為で無気力なまま戻ることのない流れの上を漂ってゆくかのように、なすすべもなく仰向けになって横たわっているようだった。彼にはその歳月が見えるような気がした。彼の青春時代が消え去った虚しい歳月を――放蕩と蛮勇、情熱的で悲劇的で儚い青年期の恋の日々、年頃の男女が荒々しく熱狂して執拗に弄り合う肉体、こういったものは彼のものではなかったのだ。彼は横になってこう考えていたが、それは必ずしも自尊心からではなく、また間違いなく彼が信じている甘受からでもなく、むしろ既に肉体にではなく、記憶の中にしかない、色褪せて（遂には）形も定かでない姿を眺める中年の宦官が、去勢を受ける前の失われた時代を振り返る時のような平穏を以てであった。僕は金を、それ故愛を拒絶したのだ。捨てたのではな

> く、拒絶してしまったのだ。僕にはそんなものは必要ないのだ。後一年か二年か五年後には、自分が真実だと信じていることが真実であることが分かるだろう。そんなものは求める必要すらないのだから。(29-30)

ここでハリーは、情熱的な恋愛の経験さえない虚しい青春すらも今や自分の人生からは消え失せた、という徹底的な喪失感に浸っている。再びアーゴを引けば、この時ハリーは自分が実質的な社会的参与から「引き抜かれ、平穏のうちに」横たわる「宦官、身体的な男性性の否定であり……また最早性的存在でもない静謐さの化身」(Urgo, 256)であることを理解するに至るのだが、その時彼は恋愛の契機としての金＝社会的参与を拒絶すると同時に、性的存在としての自己をも否定することとなる。このようにして、自身の性的欲望の達成不能性を欲望それ自体の断念と言わばすり替えることによって自身の「老い」を甘受しようとするハリーの自己欺瞞のレトリックは、いずれ「自分が真実だと信じていることが真実であることが分かる」というハリーの台詞からも明らかである。このレトリックに基づく自己疎外こそが、この場面におけるハリーの喪失感の源泉となっている。[2]

ここで確認したいのは、この時ハリーが用いるレトリックが、一種の「喪失なき喪失」という矛盾を孕む点だ。彼をここで襲っている喪失感は、実際には元より自身の所有物ではないもの、つまり本当は一度たりとも体験することのなかった「情熱的で悲劇的で儚い青年期の恋の日々」を失うという逆説に基づいている。この不在の体験が消えゆく様を夢想するハリーは語り手によって「中年の宦官」に喩えられるが、両者には決定的な違いがある。それは「宦官」が男性器の切除という具体的な対象喪失を伴うのに対して、ハリーにはそもそもその対象となる体験／記憶が欠如している点である。

この「経験／所有することすらなかったために失われた対象」としての青春に対する終わりなき喪の作業に耽るハリーは、フロイト的な意味のメランコリーに陥っていると言えよう。確認すれば、フロイトは論文「喪とメランコリー」(“Mourning and Melancholia” 1915) において次のように述べている。喪の行為とメランコリーは共に愛情の対象の喪失に起因し、「心の状態としては、深い苦痛に満ちた不機嫌と外的世界への関心の撤去とによって、また愛情能力の喪失によって、さらには何事の実行をも妨げる静止と自尊感情の低下とによって特徴づけられる」。またこの自尊感情の低下が「自己叱責や自己非難として現れ、それは処罰を妄想的に期待するまでに至る」と述べて両者の共通性を指摘するが、一方で両者の決定的な違いとして「喪の行為には自尊感情の混乱がない」(Freud, 252) ことも強調している。フロイトはメランコリーの特徴を次のように述べている。

一連の症例を見れば、メランコリーもまた愛の対象喪失に対する反応であるのは明らかである。だが他の誘因が異なる場合を見ると、より観念的な意味での喪失が存在することが認められる。対象は実際に死んだのではなく、愛情の対象として失われたのである（例えば婚約者に捨てられた女性の場合）。さらに他の症例では、この種の喪失が存在したと確信しているものの、しかし何が失われたかを明確に理解できない……［メランコリー］患者は、誰を失ったかは理解しているものの、自分の何を失ったかは分からないのだ。(253-54)

この指摘をハリーの例に当てはめれば、彼の「喪失なき喪失」がメランコリックな性質を持つのは明白である。彼は自分が愛／欲望の対象たるべき「青年期の恋の日々」を失ったことは認識しているが、その具体的な対象を体験／所有したことがないために、自身にとっての喪失の意味や意義を理解することはできない。但しこうした喪失の実感は、フロイトに従えばハリーに大きな自尊感情の低下を齎すこととなる。ハリー自身が抱く「中年の宦官」という自己イメージや、同僚のインターンからの執拗なパーティへの誘いを、永年の窮乏生活を強いてきた「峻厳なモーセ」のような「平穏と諦めの守護者」(*WP*, 31) の制止に従って必死に断ろうとする様子、さらには先述した自分の「思春期」に怖気づいて躊躇している様子からは、彼自身が己に忍び寄る「老い」の兆しを一種の自己の尊厳の喪失と看做していることが窺える。このようにして終わることのないメランコリーの中で、達成不能な性的欲望＝手に入れることの出来なかった性的対象を、彼自身の主体的な「拒絶」という形で「穏やか」に貶めつつ諦めることこそが、ハリーにとっての「老い」の実態でありその受容の仕方である。その意味で本作における「老い」とは、リトンメイヤーに代表される規範的な男性像とそのジェンダーロールに対する自己滅却的な拒絶の身振りであり、またそれからの逸脱としての一種のメランコリックなひきこもりでもあると言えよう。

　かくして「老い」と未経験、或いは未熟さはハリーの中で等価となる。これが「喪失なき喪失」が齎す逆説であり、規範的男性として正しく成熟し得なかった彼が占め得る唯一の場でもある。換言すれば、恋愛や結婚という形で己の性的潜在力（ポテンシャル）を実演（パフォーマンス）／実行し得ないということは、それ自体が一種の性的逸脱であり性的能力の欠如の暴露となるのだ。そしてそれこそがハリーのメランコリーの中核を占める、彼自身の中において失われた物自体である。いささか短絡的ではあるが、ハリーから失われつつある若さ／青春とは、このように純粋にパフォーマティヴなものであり、かつその欠如が政治的に「老い」を表象するようなものである。この文脈において、前節で確認したハリーのジェンダー的曖昧性もまた、彼自身の性的逸脱と性的不能性の指標となる。シャーロットとの駆落ちはこうした欠如を埋める対象としての愛人、そして恋愛を探し求める旅であり、その意味で「老い」からの逃避でもあるが、ハリーの未熟さ、及びそれに起因する逸脱的で不完全な彼の男性性は、この逃避行の全行程を通じて彼について回る、自身の「老い」のオブセッションをも表象している。もとより父の遺志に逆らってシャーロットとの恋愛に走るというハリーのエディプス的反逆は、彼をファミリー・ロマンスのエディプス・コンプレックス的構図における息子の立場に据えるが、それもやはり合衆国の白人中産階級における規範的男性ジェンダーに照らした際の、彼の未熟さや幼さを仄めかしていることも併せて確認しておきたい。

　それ故ハリーにとって、性的イニシエーションは極めて重大な意味を持つ。以下に引用するのは、彼が逃避行の間にシカゴで出来た友人マッコードに対して、自身が長年抱え続けた自身のヴァージニティの重圧について語る場面である。

いいかい、僕は存在しなかった。それから存在するになり、時間が生まれると遡及的に過去と未来とができる。だから僕はかつて存在したことになり、だから今は存在しないことになるし、時間も一度も存在しなかったことになる。それは童貞である時のようなものだ、童貞である瞬間なのだ。その状態は、その事実はそれを失う瞬間以外には、実際には存在しないのだ。それがあんなに長く続いたのは、僕が年を取り過ぎていたからなんだ、余りに長く待ちすぎたからなんだ。二十七年は、十四、五歳か或いはもっと若い時に捨てるべきだったものを身体から取り除くには長過ぎたんだ——玄関の階段下とか午後の干し草置場で、二人の初心者が喘ぎながら乱雑に荒々しく慌てて互いを弄り合ったりすることを。(116)

ここでハリーは自己の存在を、その喪失の瞬間のためにのみ束の間存在するヴァージニティに準えながら、思春期に入った頃に通過しておくべき性的体験を経験するまで、長い間自分が存在しないも同然であったことを告白する。二十七年という「長過ぎ」る童貞の期間は、彼がシャーロットと出会うまで彼の同時代の仲間達からも性愛からも疎外されたまま徒に年を重ねてきたことを物語る。ハリーにとっては、童貞であることそれ自体が性的潜在力の欠如であり、且つそれを喪失する適切な機を逸したまま年を経てしまったという意味で、自身の内在的且つ切迫した「老い」の症候であるのだ。

それ故ヴァージニティの喪失とは、ハリーにとって自身の性的潜在力を確認し証明するために不可欠である。断言すれば、彼がシャーロットとの出会いに触発され駆落ちに踏み切るのは、ちょうど『アブサロム、アブサロム!』(*Absalom, Absalom!*, 1936) に登場するトマス・サトペンが、六十歳を前にして、十五歳の少女ミリー・ジョーンズに対して惣領となる男児を儲けようと虚しく試みたように、それが言わば女性を自身の欲望の媒介者として、己の男性としての最後の性的潜在力を賭けて、自身の「老い」に挑戦する必死の試みであったからである。こうした試みを、サトペンによる児戯にも似たミリーの誘惑の様に倣って戯れに「老いらくの恋」と呼ぶことは出来ようが、だがこうした自己投棄だけが、自己疎外の末に自己滅却の淵に立たされたハリーにとっての存在証明なのだ。但し冒頭のアーゴの指摘にあるように、この試みが繰り返される中断／中絶の中で、ついにはハリー自らによる中絶手術（とその失敗によるシャーロットの死）によって未完のまま途絶するのは、彼の自己投棄の本質的不可能性を暗示していることも付け加えておきたい。

4.「老い」からの逃避と成熟の不可能性

ところでハリーに取り憑いている「老い」のオブセッションは、パートナーであるシャーロットとの関係からも看取できる。彼等が出会って恋に落ちたのが、ハリーがまさに自身の青年期の終わりを自覚した二十七歳の誕生日であったのは偶然ではない。前節で述べたハリーのメランコリーに関する議論を踏まえれば、彼女が彼の、経験／所有することすらなく失われた青春の日々の代理表象の位置に立つからこそ、ハリーは彼女の誘いに応じるのだ。その意味では、シャーロットは常にハリーの欲望の症候であり、彼女を巡るハリーの眩惑と幻滅は、そのまま彼自身の「老い」に対する反応であると言えよう[3]。

ところでハリーのみならずシャーロットにとっても、夫だけでなく、二人の娘すら捨てて選んだハリーとの新たな生活は、リトンメイヤーとのかつての結婚生活に代表されるような規範的ジェンダーロールの否認であると共に、何よりもこうしたジェンダーロールが前提とする家族制度の拒絶であり、その意味では、彼女の夫が体現する成熟や老成からの逃避と言える。デュヴァルの言葉を借りれば、「自覚的な周辺的(マージナル)カップル」としてハリーとの暮らしに臨んだ彼女にとって、この新たな生活は「老い」に抗う挑戦であったはずだ。事実シャーロットは、彼等の暮らしを「愛が二人を捨て去ることのない永遠の「ハネムーン」(71)たらしめようと望む。それは時の経過と共に陳腐化してゆくような退屈な生の否定であり、その意味で彼女の望む生き方もまた「老い」の否認である。だがシャーロットの主張する「愛と苦しみとは同じもので、愛の価値はそのために支払う代償に等しい」(41)という公理に従えば、こうした生活の中でハリーが真に愛を手に入れようとするならば、必然的に愛人であるシャーロットその人を失わざるを得ないのはある意味自明であり、逆もまた然りである。さらに言えば、カトリックであるリトンメイヤーがシャーロットとの離婚を拒んでいるため、彼等は伝統的な家族モデルを模倣しつつも、それから決定的に乖離せざるを得ない。例えば南部の海岸沿いの街まで流れてきた彼等が家を借りた際に、不動産仲介業者が「二人が夫婦でない」(7)ことを鋭く嗅ぎ取ったことからも窺えるように、彼等は伝統的なジェンダー規範に則った社会においては常に他者として監視され放逐されざるを得ない。従って「罪の中で暮らす」(71)というシャーロットの戯画的なまでにロマンティックなヴィジョンは、客観的にはこうした破滅的結末への接近と、それを遅延するために現在の生活を中断することとの反復とを繰り返す、期限付きのモラトリアムにならざるを得ない。

こうした現実に直面する度に、ハリーは深い絶望を以て自身の「老い」の有様を見つめ直さざるを得なくなる。例えばシカゴでのボヘミアン的生活を中断し、薪と食料の缶詰を携えてウィスコンシンの湖畔にシャーロットと共に隠遁した時に、そうした残酷な反省の機会が訪れる。「小春日和」の日々の中でハリーは、時の流れに沿ってゆっくりと消費されてゆく缶詰の列を眺めながら、自分は「老いた娼婦に誘惑されて、愚者の楽園に誘い込まれ、この一年の老いて疲れたリリスに首を絞められ、体力も意志も吸い尽くされたのだ」(97)と考える。ここでハリーは、シャーロットの言う「ハネムーン」が自分にとっては無機質なクロノス的時間の経過に成り果てていることに気付く。さらにシカゴでの暮らしを続けるために一時的な別居を提案するハリーに対して、シャーロットはあくまでも二人が一緒にいることを主張する。この時ハリーは彼女に絶望しつつ、彼は「神よ彼女を救い給え」(101)と密かに祈らずにはいられない。ここにシャーロットという欲望の対象に唆されて「愚者の楽園」に迷い込んだことに対するハリーの幻滅と絶望を読み取ることは容易だが、注意したいのはこの誘惑者が「老いた娼婦」や「老いて疲れたリリス」に喩えられている点だ。この誘惑者はハリー自身を裏切る自身の欲望であり、それがシャーロットの姿に重ねられていることは間違いないが、若く魅惑的な愛人が、幻滅と共に老いた娼婦に取って代わられたその瞬間に、彼もまたその娼婦のイメージの中に、逃れようもない自身の「老い」、即ち意志も活力も果てた己の姿を見出す。さらにユタの鉱山での滞在時にシャーロットが妊娠していたことが発覚し、彼女に出産して家庭を築くことを拒否され、違法な中絶手術を迫られる時、彼等の「成熟」／「老い」からの、或いは生の陳腐化からの逃避は、不可逆的な終焉を迎える。それは彼等のモラトリアムが決定的に時の流れによって終了する瞬間、つまり否応なく「成熟」／「老い」か破滅かを選択せざるを得ない瞬間であり、かつ離婚できないシャーロットとは新しい家庭を持ち得ないという事実が不可避の現実としてハリーに突き付けられる瞬間ともいえる。それはハリーに取り憑いて離れないメランコリックな「老い」のオブセッションに対して、彼自身がついに決断をしなければならなくなった瞬間でもある。もちろんそれは自分が置かれた状況に強いられた決断であり、彼女と別れない限り、ハリーには中絶手術を引き受けるという選択肢しか残されていない。だがいわばこの「強いられた選択」こそが、ハリーが主体的にシャーロットの、そして自身の不可避の運命を自らに引き受ける転機となる。シャーロットの手術に失敗し、彼女を死なせた罪で五十年の懲役刑を宣告された彼はこれを従容として受け入れ、妻との約束に従って彼を救おうとするリトンメイヤーの三度の誘惑――保釈中の高跳び、法廷での弁護、そして青酸カリによる速やかな死――も断って、監獄の中で残りの人生を送ることになる。

　こうしたハリーの態度を、諦念に基づく単なる自己滅却であり、「老い」の甘受と捉えるべきではない。何故なら、そこにはメランコリーから喪の行為への転回があるからだ。物語の最終盤で、独房の窓外にある棕櫚の木のざわめき（それは本作を通じて、喪われたシャーロットの客観的相関物である）を聞きながら、彼は己の肉体の続く限りシャーロットを喪った悲嘆の記憶を留めておこうと決意する。

　だからどんなに古くとも、それは結局古い肉なのだ。何故ならもし記憶が肉体の外にあるならそれは記憶ではなくなるだろうから。何故なら、それは何を記憶しているのか分からないだろうし、だから彼女がいなくなった時に記憶の半分もなくなったのだ、そしてもし僕がいなくなったら記憶作用の全てが消えてしまうだろう。——そうだ、と彼は思った。悲嘆と無との間で、僕は悲嘆を選ぼう。
(272-73)

この決意が必然的にシャーロットの死＝喪失に基づいている以上、ハリーは男性優位主義的（メイル・ショーヴィニスティック）という誹りを逃れ得まい。だがピーター・ルーリーが指摘するように、ハリーの記憶に残る「古い肉」とは、シャーロットの実体が喪われることで齎される「エロス化された身体」である (Lurie, 158)。「誰を失ったかは理解しているものの、自分の何を失ったかは分からない」というメランコリーの定義に照らせば、「不在のまま消え去った青春の日々」をシャーロットの「エロス化された身体」が代替することで、初めてハリーは自身の中の欠如を「かつて所有し、今は失われた対象」として補完できるようになる。「悲しみと無との間で……悲しみを選」ぶという主体的な選択を行う時、ハリーは初めて喪失を通じて逆説的に悼む対象を手に入れ、「老い」のオブセッションからも、「老い」に対する自己滅却的なひきこもりからも脱することとなる。それは彼にとって一種の解放であり、最低限の自尊心が回復する瞬間である。[4] それ故ハリーのこの決意は、シャーロットを通じて自身の青年期、ひいては客観的には決して幸福とは言えない不毛な人生に対する決別でもあり、メランコリーから喪の行為への移行を齎すこととなるのだ。[5]

もちろんこのようにしてハリーに訪れた解放は、身体的な自由を意味しない。だが赤山幸太郎が指摘するように、「『囚人』として生きることを宿命づけられ」、「生きながらにして死んでいる」ハリーにとっては、それでもなおこの決断は「『生／死』の対立が無効になった『監獄』と言うトポスで……死を内側に折り込んだ生、いわば〈生＝死〉の一元論を〈悲しみ〉として生きる」（赤山、七）実践となりうる。また彼の肉体に留まるシャーロットの「記憶」は、こうした死としての生を送る過程でなお彼の性的潜在力（ポテンシャル）を励起する（七‐八）。トマス・マクヘイニーを初めとして多くの批評家が指摘するように、論者もこの最終場面でハリーは自慰をしている（McHaney, 172-73）と解釈するが、ならば金澤哲が述べるように、この時ハリーは「不毛でひとりよがりではあるものの（あるいはそれゆえに）、家父長制的／資本主義的誘惑からついに自由になった」（金澤［二〇一三］、五四）とも言える。皮肉なことではあるが、白人中産階級の規範的ジェンダーシステムにとっての他者として「老い」のメランコリーに囚われ続けたハリーにとって、この独房こそが、ようやく見つけた、喪われた恋人の「記憶」を留める安息の地である。現実にはひたすら老いさらばえてゆくしかない五十年の刑期の中で、彼の肉体に残る記憶は、ともかく一度は彼が「老い」に抗ったことの証左であるのだ。

5. おわりに

以上で見たように、「野性の棕櫚」は「老い」に対する諦念を巡って「老い」がジェンダー差別同様に、またそれを内包しつつ、経済的及び社会的階級差を反映することを確認した。それは白人中産階級の社会規範に則って正しく成熟出来ない社会的マイノリティを、ジェンダー規範の埒外にあるものとして疎外する。こうした疎外のメランコリックな内面化がハリーの生きてきた「若くして失われた青春」という人生の物語であり、同時にこうした疎外に対する必死の抵抗が、「老い」の政治性に対する挑戦としてのハリー（とシャーロット）の自己投機の旅であった。それは最終的には、一度も経験することなく失った青春を、シャーロットの喪失という「悲嘆」を通じて反復的に追悼することで自己疎外から己の尊厳を回復する試みとして結実した。こうしたハリーのことは自己愛的とも自体愛的とも非難し得よう。しかしそうした自慰的とも言える試みが、「老い」の諦念の克服に不可欠であることも、本作は明らかにしている[6]。

注

[1] 大戦間期のアメリカ合衆国における老いの概念とその変化、及び当時の若さ崇拝と老いに対するオブセッションについては、橘幸子の論文「若作りにご用心——一九二〇年代の若さ崇拝と『グレート・ギャツビー』——」に多くの示唆を得た。

[2] 本書第一章で、金澤哲はフォークナーの描く老いを、「時代および性からの疎外感」と明快に指摘しているが、この場面のハリーもまた二十七年の人生で同時代の仲間達とも恋愛の相手からも疎外されている。

[3] シャーロットがハリーの欲望の症候であるという議論に関しては、詳細は拙論「『エルサレムよ、我もし汝を忘れなば』における身体性の残余」七三–七四及び「カラーブラインド・フォークナー？——『アブサロム・アブサロム！』と『エルサレムよ、我もし汝を忘れなば』における「白人に成りすました男達（ホワイトフェイス・ミンストレルシー）」——」一三六–四二を参照。

[4] 金澤哲は二〇一三年刊行の「ハリーの逃走：“The Wild Palms”におけるペン／ペニス」の中で、「男性性の

極北とでも呼ぶべきもの」を「手に入れた」ハリーが、悲嘆（grief）を決然と選択する場面において、「一種の清々しさのようなもの、あるいは解放感が感じられる」（金澤［二〇一三］、五二）と述べているが、論者が述べるハリーの従容とした老いの受容も、ハリー自身に同様の啓示が齎されたことを前提としている。

［5］一方でひたすら逃避の場として「老い」を求めるのが「オールド・マン」の「背の高い囚人」である。彼は恋人のために列車強盗をして逮捕され彼女に捨てられた時、深い諦念を以て「老い」を受け入れる。氾濫したミシシッピ河での六週間の漂流中に何度も被災者救出の任務を放棄して（或いは被災者である女性と共に）逃亡する機会を得ながらも、彼は「僕がこの世でしたいのは只一つ、自首することだ」（*WP*, 146）と言い続けて監獄に戻ってゆく。彼の絶望的なほどの諦念は、漂流中に出会った蒸気船の船医と交わす会話の中にも窺える。列車強盗の手順の何が悪かったかをよく考えたのならば、次にはもっと上手くやれると唆す船医に対して、背の高い囚人は「次の機会はない」と告げる。その理由を問われて彼はさらに「捕まった時は十八歳だった。今は二十五歳になったんだ」（208）と答える。実際の暦年齢はともかく、監獄に収監されていた七年で、この囚人が人生をやり直すことを放棄するほどに老いてしまったことが、このエピソードからわかる。

［6］作品の議論自体とは直接関係しないが、「野性の棕櫚」の物語が、フォークナーと、彼のハリウッド時代の恋人ミータ・カーペンター（Meta Carpenter, 1908-94）との恋愛に基づいており、別の男性と結婚したミータとの失恋の痛手に耐えるために作家が本作を書いたという自伝的側面を持つことは確認しておきたい。なおその詳細については山下昇、二〇一〇–一一、Williamson, 246-335、*SL*, 338を参照した。

引用文献

DeFalco, Amelia. *Uncanny Subjects: Aging in Contemporary Narrative.* Columbus: Ohio State UP, 2010.

Duvall, John N. *Faulkner's Marginal Couple: Invisible, Outlaw, and Unspeakable Communities.* Austin: U of Texas P, 1990.

Faulkner, William. *If I Forget Thee, Jerusalem [The Wild Palms]* 1939. New York: Vintage, 1995.

——. *Selected Letters of William Faulkner.* Ed. Joseph Blotner. New York: Random House, 1977.

Freud, Sigmund. "Mourning and Melancholia." 1915. *Sigmund Freud 11. On Metapsychology.* Harmondsworth: Penguin, 1991. 245-68.

Lurie, Peter. *Vision's Immanence: Faulkner, Film, and the Popular Imagination.* Baltimore: Johns Hopkins UP, 2004.

Millgate, Michael. *William Faulkner.* New York: Random House, 1965.

McHaney, Thomas L. *William Faulkner's* Wild Palms: *A Study.* Jackson: UP of Mississippi, 1975.

Urgo, Joseph R. "Faulkner Unplugged: Abortopoesis and *The Wild Palms.*" Donald M. Kartiganer and Ann J. Abadie, eds. *Faulkner and Gender: Faulkner and Yoknapatawpha, 1994.* Jackson: UP of Mississippi, 1996. 252-72.

Williamson, Joel. *William Faulkner and Southern History.* New York: Oxford UP, 1993.

Woodward, Kathleen. "Performing Age, Performing Gender." *NWSA Journal* 18. 1 (2006): 162-89. (http://depts.washington.edu/uwch/about_woodward_bio.htm よりダウンロード可能)

赤山幸太郎「『エルサレムよ、我もし汝を忘れなば』における〈生存の技法〉——フォークナーの「ロマン主義」批判——」『中・四国アメリカ文学研究』四八（二〇一二年）、一-一二。

金澤哲「ハリーの逃走："The Wild Palms" におけるペン／ペニス」『コルヌコピア』二二・二三（二〇一三年）、三九-五五。

橘幸子「若作りにご用心――一九二〇年代の若さ崇拝と『グレート・ギャツビー』――」橘幸子・森本道孝・市橋孝道・関良子・服部典之『〈アンチ〉エイジングと英米文学』（英宝社、二〇一三年）、三―一八。

森有礼「『エルサレムよ、我もし汝を忘れなば』における身体性の残余」『フォークナー』一四（二〇一二年）、六六―八一。

――「カラーブラインド・フォークナー？――『アブサロム・アブサロム！』と『エルサレムよ、我もし汝を忘れなば』における「白人に成りすました男達（ホワイトフェイス・ミンストレルシー）」――」細川美苗・辻祥子・新井英夫・森有礼『越境する英米文学――人種・階級・家族――』（音羽書房鶴見書店、二〇一四年）、一二―四六。

山下昇『ハイブリッド・フィクション――人種と性のアメリカ文学』（開文社、二〇一三年）。

グッバイ、ローザ
——フォークナー、ニューディール、「老い」の感染——

塚田幸光

ずっと昔に、我々南部人は、女たちを淑女にしたのだ。ところが戦争が起こって、今度はその淑女たちを亡霊にしてしまった。とすれば、紳士である我々は、亡霊となった彼女たちの物語を聞いてやる以外にないだろう？

フォークナー『アブサロム、アブサロム！』

1．感染する「声」、終わりの「地図」

『アブサロム、アブサロム！』(*Absalom, Absalom!*, 1936) は「亡霊」たちの跋扈する世界であり、死者の記憶／過去を再現、表出させる物語だろう。それは、ローザ・トゥ・クエンティン。老婦人から白人青年に託された「声」の物語である。

> 「あなたもたぶん、……文筆業に携わることになるかもしれませんし、そうなったらこの話を思い出し、これについて書くことになるでしょう。……」
> 「ええ」とクエンティンは言った。だけどこの人の本心はそうじゃない、と彼は思った。本当はこの話を人に話してもらいたいからなんだ。(*AA*, 5)

黒い喪服を纏った老婦人が、四十三年間の沈黙を破り、物語を語り出す。「風もなく暑く、物うく死んだような長い九月の午後」(3)、彼女は薄暗い部屋の片隅に佇む。ブラインドから時折差し込む陽光は、立ちこめた埃を筋状に映し、牢獄を演出するだろう。格子模様の空間は、果たしてナイトメアに接続するのだろうか。そこでは「遠い昔に死んでしまった対象が、怒りを込めて繰り返し語られ」現前する。彼女の声は「途切れるのではなく、ただ消えていくだけ」(3) だからだ。躊躇するクエンティンを前に、彼女は圧倒的な呪詛の「声」を響かせる。南部ゴシック的装置の中、彼女のナラティヴ／語りは熱を帯び、「亡霊」たちを誘発するのだ。それは、エドガー・ポウ「アッシャー家の崩壊」(“The Fall of the House of the Usher,” 1839) にも似て、南部のダークサイドを照射し、聞く者を「沼／記憶」の中へと引きずり込む。

『アブサロム、アブサロム！』が、感染する「声」の物語であることに異論はないだろう[1]。後述するが、クエンティンの「ローザ」体験とは、自らを「亡霊たちのつまった兵舎」(7) と化し、その「声」

を引き受ける同一化のプロセスに他ならない。実際、彼は自身を「一個の存在、一個の実体ではなく、一個の共和国」(7) とみなし、「亡霊化」することは言うまでもない（彼は他者の「声」を満たす「容器」なのだ）。だがここで奇妙なのは、ローザの部屋から開始された密室ゴシックが、シュリーヴとクエンティンが対話するハーバード大学寮の一室で「終わらない」点である。『アブサロム、アブサロム！』の巻末。そこにはフォークナー手製の「年譜(クロノロジー)」「系譜(ジニオロジー)」「地図」が付与され、ヨクナパトーファ・サーガは歴史化、体系化、立体化されているからだ。ゴシック・ナラティヴの〈外部〉に配置された付録たち。これは一体どういうことなのだろうか。

本稿では、『アブサロム、アブサロム！』前後のフォークナー・テクストに焦点を当て、ヨクナパトーファ「地図」の意味を逆照射する。ここで興味深いのは、テクスト〈内部〉に目を向けると、「地図」の出現と二人の老婦人「ローザ」の退場が同期している点だろう。フォークナーが自身の文学地図を作り、同時に、物語の象徴的な語り手をテクストから退場させることは、如何なる関係性を有するのだろうか。そして、『アブサロム、アブサロム！』の同時代性に注目すると、「ニューディール」との関連性も無視できない。一九三〇年代、ニューディールと「地図」、或いはそこに埋め込まれたフォークナー文学と「老い」の関係を考察する。

2. ニューディール×「地図」――FWPと短編サイクル

フォークナーのテクストには、二つの「地図」が存在する。一つは、『アブサロム、アブサロム！』

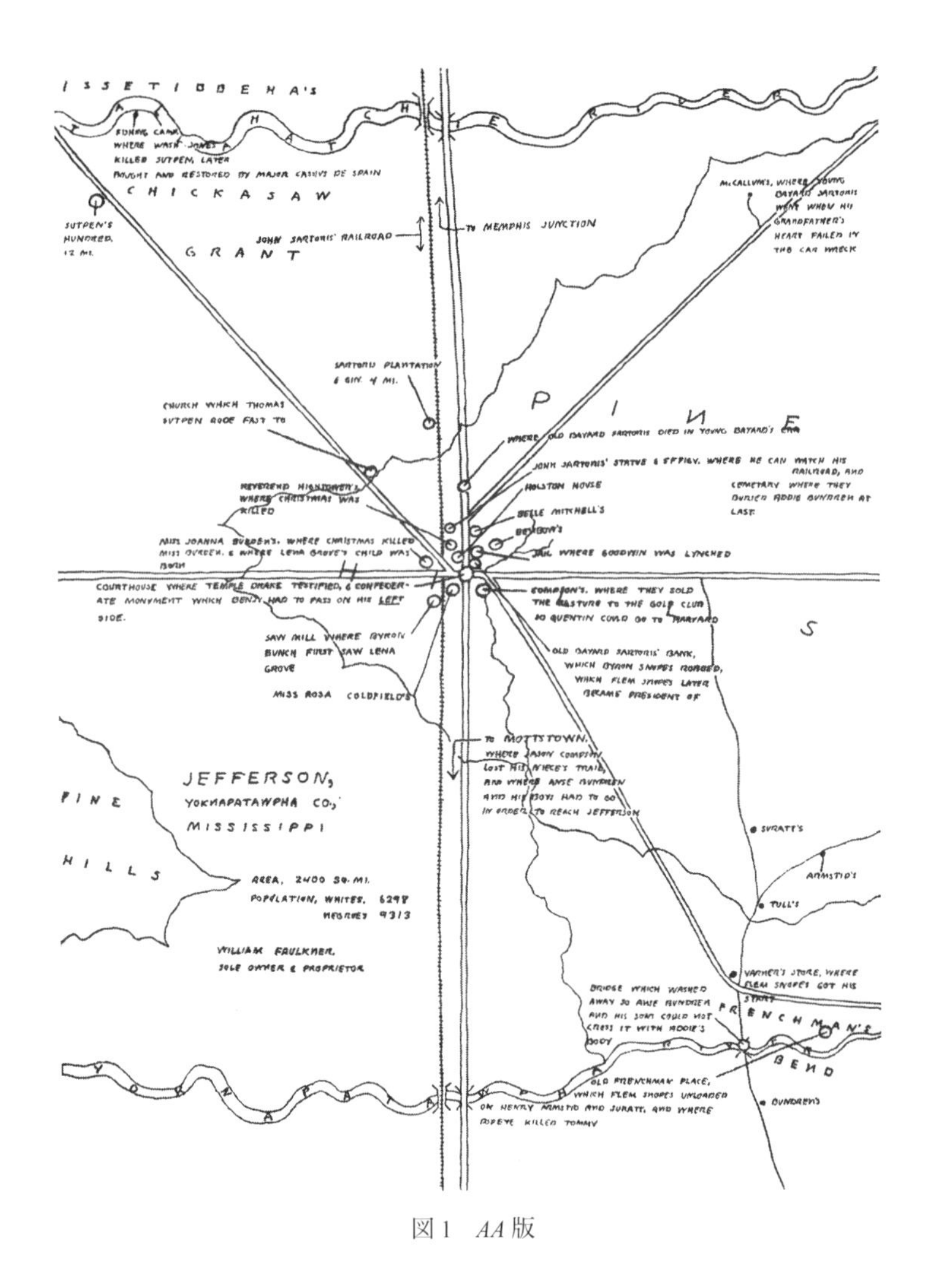
ISSETIBBEHA'S
CHICKASAW
GRANT
FISHING CAMP WHERE WASH JONES KILLED SUTPEN, LATER BOUGHT AND RESTORED BY MAJOR CASSIUS DE SPAIN
SUTPEN'S HUNDRED, 12 MI.
JOHN SARTORIS' RAILROAD
TO MEMPHIS JUNCTION
McCALLUM'S, WHERE YOUNG BAYARD SARTORIS WENT WHEN HIS GRANDFATHER'S HEART FAILED IN THE CAR WRECK
SARTORIS PLANTATION & GIN. 4 MI.
CHURCH WHICH THOMAS SUTPEN RODE FAST TO
P I N E
WHERE OLD BAYARD SARTORIS DIED IN YOUNG BAYARD'S CAR
JOHN SARTORIS' STATUE & EFFIGY. WHERE HE CAN WATCH HIS RAILROAD, AND
HOLSTON HOUSE
CEMETARY WHERE THEY BURIED ADDIE BUNDREN AT LAST.
REVEREND HIGHTOWER'S, WHERE CHRISTMAS WAS KILLED
BELLE MITCHELL'S
BENBOW'S
MISS JOANNA BURDEN'S. WHERE CHRISTMAS KILLED MISS BURDEN. & WHERE LENA GROVE'S CHILD WAS BORN
JAIL WHERE GOODWIN WAS LYNCHED
COURTHOUSE WHERE TEMPLE DRAKE TESTIFIED, & CONFEDERATE MONUMENT WHICH BENJY HAD TO PASS ON HIS LEFT SIDE.
COMPSON'S. WHERE THEY SOLD THE PASTURE TO THE GOLF CLUB SO QUENTIN COULD GO TO HARVARD
S
SAW MILL WHERE BYRON BUNCH FIRST SAW LENA GROVE
OLD BAYARD SARTORIS' BANK, WHICH BYRON SNOPES ROBBED, WHICH FLEM SNOPES LATER BECAME PRESIDENT OF
MISS ROSA COLDFIELD'S
TO MOTTSTOWN. WHERE JASON COMPSON LOST HIS NIECE'S TRAIL, AND WHERE ANSE BUNDREN AND HIS BOYS HAD TO GO IN ORDER TO REACH JEFFERSON
JEFFERSON,
YOKNAPATAWPHA CO.,
MISSISSIPPI
PINE
HILLS
AREA, 2400 SQ. MI.
POPULATION, WHITES, 6298
NEGROES 9313
WILLIAM FAULKNER, SOLE OWNER & PROPRIETOR
SURATT'S
ARMSTID'S
TULL'S
VARNER'S STORE, WHERE FLEM SNOPES GOT HIS START
BRIDGE WHICH WASHED AWAY SO ANSE BUNDREN AND HIS SONS COULD NOT CROSS IT WITH ADDIE'S BODY
FRENCHMAN'S
BEND
OLD FRENCHMAN PLACE, WHICH FLEM SNOPES UNLOADED ON HENRY ARMSTID AND SURATT, AND WHERE POPEYE KILLED TOMMY
BUNDREN'S

図1　*AA* 版

の付録、ヨクナパトーファ地図（図1）であり、もう一つは、マルカム・カウリー編集のアンソロジー『ポータブル・フォークナー』（*The Portable Faulkner*, 1946）において改訂・採録された地図である（図2）。二つの地図は、フォークナー文学の見取り図、ヨクナパトーファ郡の視覚化に他ならない。

『アブサロム、アブサロム！』の「地図」は、タラハチ川やヨクナパトーファ川、ジョン・サートリ

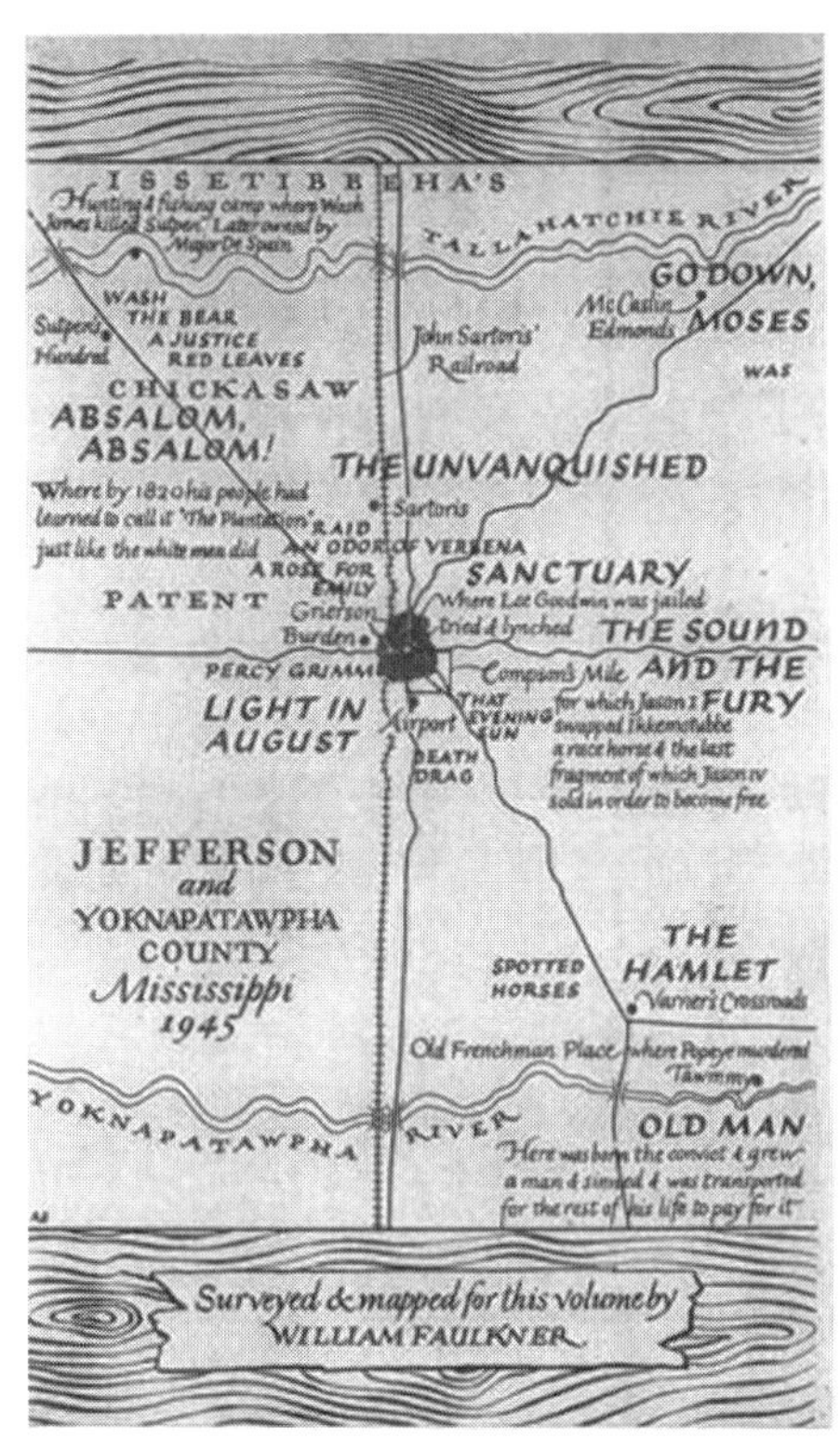

図2　カウリー版

ス鉄道やサトペン荘園、南軍兵士の記念碑、ヴァーナーの店やフランス人屋敷などに加え、バイロンがリーナに出会う製材所、テンプルが証言した裁判所、フレムが頭取になるサートリス銀行など、主要作品の場所と事件が記載され、複数のテクストが地図上で交差する。インターテクスチュアリティは緩やかにマッピングされ、フォークナー文学の痕跡・軌跡が明示的に刻まれるのだ（フレムの事例が好例だが、そこには未来に向けた予告すら行われている点も重要だろう）。さらに興味深いことに、「地図」は複数のテクストを横断し、『アブサロム、アブサロム！』に同時掲載された「年譜」「系譜」は、フォークナー文学の縦軸となる。フォークナーは、テクストの縦横の糸を交差させることで、サーガとしての自律性・全体性を与え、より大きな物語、或いは歴史に接続する回路を開いたと言っていい。

個別の「事件」を記載した『アブサロム、アブサロム！』版の地図に対し、カウリー版の地図では、五つの「家」を軸とした「作品名」が記載されている点も見逃すべきではない。サトペン家『アブサロム、アブサロム！』、コンプソン家『響きと怒り』(*The Sound and the Fury*, 1929)、サートリス家『征服されざる人びと』(*The Unvanquished*, 1938)、マッキャスリン家『行け、モーセ』(*Go Down, Moses*, 1942)、スノープス家『村』(*The Hamlet*, 1940)。それぞれの舞台が視覚化され、テクスト・マッピングが完成する。フォークナーを「唯一の所有者」とする架空の場所ヨクナパトーファ。地図は、その記憶を刻み、物語を立体化するのだ。

ここで我々は、ある点に注目する必要があるだろう。フォークナーは何故『アブサロム、アブサロム！』に地図を付けたのだろうか。ヨクナパトーファの視覚化とは、フォークナーの気まぐれではなく、彼の文学の安易なガイドブック化を意味しない（『響きと怒り』に付与された人物紹介の「付録」と同根だろう）。[2] 一九三〇年代に注目すれば、それは作家による「地誌」制作の時代、フランクリン・ローズベルトによるニューディール政策FWP（Federal Writers' Project）の地誌編纂と無縁ではないからだ。プロパガンダ映画を統括したOWI（Office of War Information）、写真部門を担ったFSA（Farm Security Administration）に顕著だが、ニューディールの文化事業とは、文化シンクタンク、或いは文化のデータベース化と同義である。言い換えればそれは、「成熟」した国家へと歩み寄る「文化」生成と言えばいいだろう。[3] FWPは地域文化やフォークロアを収拾し、その多様性や雑種性をニューディール的ナショナリズムに包摂する。差異を取り込み、管理し、全体性のなかで再構成する国家事業。一九三八年にミシシッピ州のガイドブックが刊行された背景には、FWPによる文化収拾と管理・統合のイデオロギーがあったことは否定できない。[4]『尼僧への鎮魂歌』（*Requiem for a Nun*, 1951）に、『ミシシッピ・ガイド』（*Mississippi: A Guide to the Magnolia State*, 1938）からの多数の引用がある点などは、フォークナーとFWPを繋ぐ好例だろう。宮本陽一郎が指摘するように、一九三〇年代において、「ニューディール政権による国家という政治的全体性の再構築と、フォークナーによる文学的全体性の再構築が平行する」（宮本、二九三）。つまり、『アブサロム、アブサロム！』の「地図」とニューディール的な地誌編纂は、時代の表裏であり、必然であると言えるのだ。[5]

ニューディールが文化を収拾し、フォークナーは物語をマッピングする。地誌編纂と文学地図。『アブサロム、アブサロム！』の「地図」を通じて見えてくるニューディールの「顔」は、多様性と雑種性を管理・包摂するナショナルな振る舞いに限りなく近い。ローズベルトに収斂するイデオロギーと、フォークナーを「唯一の所有者」とするヨクナパトーファとは、ローカルをナショナルへと統括する試みとして、二重写しとなるからだ。

当然のことながら、フォークナー文学の方向性は、ニューディールの政治学に全てを委ねているわけではない。しかしながら、伝記的な視座からアプローチすると、彼の創作スタイルは、奇妙にも同時代の変化に接続し、関係性を有する。ここで注目すべきは、彼の「短編小説」の多さである。恐慌の最中、多くの作家が失業し、ＦＷＰに依存していたことは周知だろう（リチャード・ライトやラルフ・エリソン、スタインベックなど、数多の著名作家ですらＦＷＰに参加していた）。ＦＷＰは作家救済が目的であり、知的な公共事業に等しい。だが、フォークナーはこの「知的公共事業」に依拠するのではなく、ハリウッドでの台本書きに甘んじながらも、三〇年代に、五十を超える短編を書き、それを長編へと編入するスタイルを確立しているのだ。短編を複数の雑誌へ「切り売り」してはいるが、その苦境を利用し、作家として自立の道を歩んだと言えばいいだろう。例えば、『アブサロム、アブサロム！』出版に至る三六年末までに、彼は二十一の短編を書き、それらの多くを長編に組み入れている。「待ち伏せ」（"Ambuscade"）や「退却」（"Retreat"）を『征服されざる人びと』へ編入、「ライオン」（"Lion"）を『行け、モーセ』へ、「斑馬」（"Spotted Horses"）や「ジャムシードの中庭のとかげ」（"Lizards in Jamshyd's Courtyard"）を『村』へ、という具合である。さらに残りの短編は、短編集『これら十三篇』（*These 13*, 1931）と『ドクター・マーティノ、他』（*Doctor Martino and Other Stories*, 1934）へと編入、再構成する無駄のなさだ[6]。

このエコノミカルな「短編サイクル」が、ヨクナパトーファ・サーガの飛躍的な増殖、拡大に接続した点は看過すべきではない。ＦＷＰと恐慌、ハリウッド台本書きと短編切り売り。経済的に安定していたとは言い難いこの時期に、フォークナーは自身の最高傑作『アブサロム、アブサロム！』を書いただけでなく、『八月の光』（*Light in August*, 1932）、『パイロン』（*Pylon*, 1935）、『征服されざる人びと』、そして『野性の棕櫚』（*The Wild Palms*, 1939）や『村』などの長編を完成させている。『行け、モーセ』に組み込む短編を含めば、ヨクナパトーファの五大ファミリーは、この三〇年代に全て出そろう。サーガの増殖は、地図の出現を準備したと言うべきだろう。テクスト生成と文学地図は、この意味において連動するからだ。

だが果たして、『アブサロム、アブサロム！』における「地図」は、上記以外の理由を持ち得ないのだろうか。文学地図とは、サーガ増殖に付随するガイドマップでしかないのか。我々はテクスト〈内部〉の要因を探る必要があるだろう。

3.「老婦人」とは何か――ジェニー、亡霊、『土にまみれた旗』

文学地図の出現と同期する現象とは何か。それは、フォークナー文学の「転調」に他ならない。創作時期が重なる『アブサロム、アブサロム！』と『征服されざる人びと』、とりわけ『村』以降は、物語のトーンが異なるからだ。そこにはクエンティンに見られるナイーヴな語り、或いは旧家没落の物語ではなく、勃興するプアホワイト・スノープスが前景化する点に顕著だろう。ならば、トーンの変化を探るキーワードとして、「ローザ」或いは「老婦人」の消失は、どのように位置付けることができるだろうか。

『アブサロム、アブサロム!』と『征服されざる人びと』には、二人の「ローザ」が登場する。前者はローザ・コールドフィールド、後者は(グラニー)・ローザ・ミラード。果たせるかな、同じ名前と異なるキャラクターという組み合わせに対し、我々は既視感を抱くはずだ。例えば「ベイヤード」(『土にまみれた旗』)や「クエンティン」(『響きと怒り』)を想起すればいい。フォークナーは、鏡像関係、或いは愛憎の象徴として、「双子」的な名前を使い、そこに象徴的な意味を付与することを好む。世代を超えた二人のベイヤードやクエンティンは、その名前を通じて象徴的に結びつき、物語を駆動していたはずだ。ならば、この二人の「ローザ」は如何なる役割を担い、何故彼女たちは「老婦人」である必然性があるのだろうか。そして、物語からの両者の退場/消失、フォークナー文学の「転調」、そして文学地図は、如何に交差し、結びつくのだろうか。

まず、「老婦人」の役割、「老い」の意味を整理しよう。フォークナーの中期テクストにおいて、「老い」は「歴史」の意味に限りなく近い。それは、彼の習作時代、例えば詩編「肖像」("Portrait")において、自らを「老人」に例え、失恋した恋人を慰める偽装された「老い」とは異なる。[7] フォークナーは『土にまみれた旗』以降、つまりヨクナパトーファの構築に際し、老婦人に南部の歴史を担わせているからだ。彼女たちが身に帯びた「老い」は、歴史に接続し、「亡霊」としての男たちの記憶を語り、現前させる。[8]

実際、老婦人の役割は、フォークナーのテクストにおいて肯定的に描かれ、母親のイメージを付与されている(彼自身の言葉を借りれば、芸術とは「女性」の原理である)。しかしながら、ここには一種の「捻れ」が潜むだろう。「『サートリス』への序文」で強調されるのは「再生産／出産」のイメージである。

本当の意味で、芸術的にも哺乳動物的にも、再生産ということほど個人的なものはない。本当にそうなのだ。なぜなら芸術とは、いまだに女性の原理、自我から生まれ、抗いながら緩む肉体によって孕まれた、生きるものと膨らんでは身二つに分かれる身体を、手探りに感じ取りたいという欲望だからである。(Kinney, 119)

「再生産(リプロダクション)」とは、「書くこと」と「生むこと」だろう。だがフォークナーは、女性的(フェミニン)な「物語る」能力を、若き女性キャラクターには付与しない（『響きと怒り』のキャディに「沈黙」を与えたことを想起すればよい）。むしろ、その役割は「老婦人」に与えられ、彼女たちこそが南部の歴史の生き証人として、その価値観やイデオロギーを伝える存在となる。フォークナーは、出産に接続しない「再生産」を、無限に増殖する物語へと変換し、「老い」の意味を書き換えるのだ。加えて、老婦人たちは、両親との関係を構築できない孤独な主人公たちの心の穴を埋め、疑似的な親子関係を「再生産」する。しかしながら老婦人は、物語を生み出す際、ある困難な存在に接続してしまう。それは南部的「亡霊(ゴースト)」に他ならない。

一九二〇年代後半から三〇年代、恐慌とその余波の時代において、フォークナーがリアリズムに背を向け、旧南部や再建時代の物語を多く描いたことは注目すべきだろう。彼が中期テクストのスタイルとして選択したのは、過去への視線、或いはロマンティックな歴史への視座であり、同時代を切り取ることではない（当然、それはメタフォリカルな同時代批判を内包し、アレゴリーでもあるわけだが）。リアリズムでなく、ゴシック的ロマンティシズム。だからこそ、彼は「亡霊」たちの跋扈する世界を好んだと言えばいいだろう。『土にまみれた旗』の冒頭シーンは象徴的である。死者ジョン・サートリスについて、息子のオールド・ベイヤードとフォールズ老人が語り出す（*FD*, 3-7）。そこでは、生きている二人には実体感がなく、死んでいるジョン・サートリスが実体感を帯びる。「父と息子」の関係から開始された物語は、いつしか生死反転の主題へとスライドしていくのだ。現実よりは虚構を、生よりは死を求めるという現実否認、適応不能の南部的メンタリティ。或いは、死者たちの饗宴。テクストは、生者が「亡霊」に、亡霊／死者が「実体」になるという逆説を促す。

ジョン・フレイザーが言うように、敗戦とは蠱惑的であり、ロマンティシズムを誘発する（Fraser, 33）。フォークナーは、「失われた大義」を美化し、現実を否認し、虚構空間で詩的感受性に遊ぶ旧南部的メンタリティを提示し、その呪縛の強さを「亡霊」に仮託する。『土にまみれた旗』に顕著なように、幻想の南部に拘泥し、過去／記憶への旅を志向する二人のベイヤードを見れば、南部の歴史的な強制力、磁場の苛烈さは一目瞭然だろう。そのなかで、死者は実体に、生者は亡霊に、語り手の存在は希薄となるのだ。オールド・ベイヤードとフォールズ老人の語りとは、フォークナー的ゴースト・ワールドであり、男たちはすべからく亡霊となってしまう。

ゴースト・ワールド。フォークナーの中期テクストの特徴は、このワードに集約されるだろう。そして、だからこそ、死者を再び実体化させる「老婦人」が重要となる（「老い」が「歴史」を前景化させると言えばいいだろう）。男たちの死後、ジョン・サートリスの彫像が見下ろす共同墓地。そこで女性たちは死者を弔い、彼らの物語を想起する。老婦人ジェニーの記述を辿ろう。

ミス・ジェニーは、子供たちが色あざやかな日曜日の晴れ着を着て、ゆったりといささかぎこちなく、静かに眠る死者たちの間で遊んでいるのを見守った。やれやれ、あれでやっと最後になった。あれは、尊大な男たちの欲望の残滓を囲み、もったいぶった秘密会議に呼び出されたのだ。男たちの亡霊は、虚飾に満ちたその身振りを朽ちない石に刻み、虚飾をかたどった異教的な印の下で、静かに朽ち果てるだろう。そう思うとミス・ジェニーは、かつてナーシッサが、男たちのいない世界について触れたことを思い出した。そこでは、平和な街路に、平穏の屋根を葺いた住居が並んでいるのかしら。そう思ったが、はっきりとは分からなかった。（*FD*, 428-9）

ナーシッサが言う「男たちのいない世界」。それは亡霊たちの跋扈する世界であり、「（死者が）生きている」世界である。死者は記憶として想起され、再現し、生き返る。ジェニーの語りは、死者の現前であり、「共通の記憶」（22）へと人々を誘うのだ（南部の共同幻想は、老婦人がそのイデオロギーを担保する）。フォークナーは、サートリス家という家族単位から物語を書き始め、そこに南部の歴史を溶かし込む。ここにおいて、老婦人は「老い」故の歴史を纏い、それを語り、記憶を現前させることで、逆説的に南部的イデオロギーを肯定するだろう。だからこそ、死者はより巨大な亡霊として回帰する。

『土にまみれた旗』における老婦人の語りを通じて、フォークナーは、亡霊たちの跋扈するサーガの「スタイル」を確立させたことは確かだろう（「地図」は、その語りの軌跡でもある）。だが、同時にそれは、サーガのリミットを提示する点を忘れるべきではない。老婦人の語りは、南部的ロマンティシズムを全開し、リアリズムからの乖離を促す。過去／記憶の中に人々を縛るからだ。ならば、ローザの「語り」はどうだろうか。それはジェニーと如何なる差異があるのだろうか。我々はその差異にこそ注目しなければならない。

4.「老い」の感染――ローザ、クエンティン、『アブサロム、アブサロム！』

四十三年間の沈黙を破り、ゴシック的密室で、老婦人が青年に物語を語る。果たしてそれは偶然なのか、必然なのか。選ばれた青年クエンティンにとって、ローザの語る圧倒的な呪詛の物語とは、反転した愛であり、抑圧された性衝動であり、メタフォリカルな南部の歴史に他ならない。そして、多くの批評家たちが言うように、ローザの「声」を引き受けるクエンティンは「空白／白紙（タブララサ）」となる[9]。ローザの「老い」は、クエンティンの「若さ」を上書きし、その「空白」は南部の歴史で満たされるというわけだ。この瞬間、クエンティンは、もう一人の「老婦人」になると言っていい。

　スクリーンとしての身体。クエンティンは次のように思う。

> 単なる名前だけは、どのようにでも入れ代わることができ、ほとんど無数にあった。彼の幼少時代は

> それらの名前で満たされていた。彼の身体は、敗者たちの名前が木霊する虚ろな大広間であり、彼は一個の存在ではなく、一個の実体でもなく、一つの共和国みたいだった。(44, 7)

クエンティンには、二人の「別個のクエンティン」の声が聞こえてくる。亡霊たちの声に耳を傾けずにはいられないクエンティン、そして「亡霊扱いされるには若すぎるが、それにもかかわらず、彼女(ローザ)と同じく南部に生まれ育った故に、いずれにしろ亡霊にならなければならないクエンティン」(4-5)。亡霊たちの混淆する身体とは、歴史の木霊する身体だろう。クエンティンはローザの語りを受けて、「老い」を身に纏い、語り出す。クエンティンの語りは、ローザとの同一化の帰結。老婦人の語りから、フェミニンな男性の語りへ。このスタイルこそが、中期フォークナー文学の代名詞ではなかったか。

加えるなら、同一化による語りの連鎖は、ローザとクエンティンの関係のみに限定されない。例えば、ローザは、チャールズ・ボンについてもその空白性を言及する――「ボンは不在だったときはいて、帰ってきたときはいなくなり、三人の女が何かを土の中に埋めて泥をかけると、彼は一度もいたことがなくなったのです」(123)。ボンの身体は多くの「声」が木霊し、その物語を聞くクエンティンに感染する。

『アブサロム、アブサロム!』とは、「声」の感染の物語であり、複数の物語が入れ子に結びつく同一化の迷宮だろう。実際、「白紙」としてのクエンティンは、ローザの物語を書き込まれ、六章までは自発的な語り手とはならない。しかしながら、老婦人化したクエンティンは、シュリーヴとの対話の中で、別種の同一化を試みる。彼らは自らが語るキャラクター、ヘンリーとボンに同一化するのだ。

今その部屋にいるのは二人ではなく四人である。だが、息をしていた二人は、今や別々の個人ではなくなり、双生児みたいなものに、青年そのものの姿になったみたいだった。(236)

語り手と聞き手が反転し、物語の中に没入し、現実と虚構が反転する。クエンティンはシュリーヴに語り（六・七章）、シュリーヴはクエンティンに語る（八章）。結果、同一化の連鎖は、語り手／聞き手、キャラクターへと感染し、複数の差異を踏み越える――「二人ではなく四人になり、その四人が二人に。チャールズ―シュリーヴと、クエンティン―ヘンリーの二人になり……」(267)。クエンティンの「ローザ体験」は、彼の老婦人化を促し、女性的な物語を「再生産」する能力を誘発するだろう。だからこそ、『響きと怒り』で自害した彼が再度呼び戻され、物語を聞き／語る役割を担うのだ。

確認すれば、『土にまみれた旗』のジェニーの語りとは、あくまで「亡霊」たちを呼び戻し、彼らの英雄譚を語るに過ぎない。それは女性による南部的イデオロギーの「再生産」であり、男性中心の父権システムを逆説的に担保する。老婦人はいわば南部的イデオロギーの番人であり、だからこそ彼女たちの語りはノスタルジックで、ロマンティックである必然性がある。フォークナーが、それをサリーの「織物」として表現した箇所は有名だろう。

彼女は十五年もずっとそれを作っていた。いろんな形や色の織物の切れっぱしを入れた、すり切れて、汚らしいブロケードのいびつな袋を肌身離さず持ち歩いていたのだ。彼女はその切れっぱしで、何かの模様を作る気にはなれなかった。それで根気のいるピクチュア・パズルの断片のように並べ替え、組み合わせ、考え込み、組み合わせ、並べ替えた。鋏は使わず、組み合わせだけで何かの模様にするか、何かの模様を作り上げようとしていた。つまり、色のついた切れっぱしの皺を、ぶよぶよしたパテのような色の指でのばし、何度も並べ替えていたのだ。(*FD*, 160)

老婦人は「ピクチュア・パズル」の断片を再構成し、終わることのない物語を産み出す。「織物（テクスタイル）」は「テクスト」へと反転し、そのパターンは無限だろう。しかしながら、『アブサロム、アブサロム！』におけるローザの語りは、ノスタルジックな「断片」ではない。それは公私ない交ぜの呪詛の歴史、或いは欲望の残滓だからだ。クエンティンの「ローザ」体験とは、自らを老婦人化するに止まらない。ローザの欲望を内面化し、それを自身に向ける暴力性へと反転させるのだ。ローザの「老い」とは、圧倒的な歴史であり、抑圧された欲望であり、それに感染したクエンティンは、そこから動けない。

クエンティンのローザ体験とは、「老い／歴史」に感染し、その物語を再創造・再生産するプロセスである。だが、ここで彼はリアルな「南部」を見ていない。あくまでそれは、ローザ経由のサトペン家の物語、或いはその創造・創造の記憶であるからだ。ならば、もう一人の「ローザ」とローザ体験は、ベイヤードに何を見せるのだろうか。

5. ローザ・トゥ・ローザ——『征服されざる人びと』と南部パノラマ

『アブサロム、アブサロム！』は、ローザ・コールドフィールドの語りで始まり、「地図」で幕を下ろす。だが「ローザ」と「地図」は、このテクストだけに特徴的な要素ではない。一九三四年一月頃、スノープス物語と『尼僧への鎮魂歌』を中断したフォークナーは、『アブサロム、アブサロム！』の執筆を開始し、同時に「待ち伏せ」や「退却」を『サタデー・イブニング・ポスト』誌に寄稿する（前出のように、両短編は『征服されざる人びと』に編入）。サトペン家の勃興からその終焉。『アブサロム、アブサロム！』のローザは、それらをクエンティンに語る一方で、『征服されざる人びと』のローザ・ミラードは、敗戦後の南部、パノラマ的な「いま」をベイヤードに見せる。二人の「ローザ」は異なる視座で南部を捉え、『アブサロム、アブサロム！』の巻末には「地図」が付き、『征服されざる人びと』の冒頭では、少年たちが作る「模型地図」が描かれる。

その夏、リンゴーと僕は、燻製小屋のうしろに、生きている模型地図（リビング・マップ）を作った。ヴィックスバーグは薪置き場から拾ってきた一握りの木片で作り、ミシシッピ川は鋤の先で固い地面を掘るようにしてつけた一筋の溝に過ぎなかった。この模型地図（川と街と地形）は生きていて、小規模とはいえ、地勢に見られるあの守勢さながらに、どっしりとした抵抗力を持っていた。（*UN*, 3-4）

幻想の南部、或いは歴史を再現する「模型地図」。少年たちの作る「抵抗力」のあるヴィックスバーグとは如何に。それは南北戦争における北軍の勝利を決定づけ、南軍敗戦の象徴的な戦場ではなかったか（少年たちは南部人であるにもかかわらず、グラント将軍になろうとする皮肉！）。フォークナーの描く「地図」とは、地誌的なものではなく、歴史をたぐり寄せるフィクショナルな地図だろう。そして、その地図から見えてくる歴史は、決して居心地のいいものではない。少年たちは穴のあいたバケツで水を運び、ミシシッピ川を作る。だが、その刹那、灼熱の太陽は、その川と地面を灼いてしまう。歴史の再現と消失。矛盾する行為は、ニューディール的な地誌作成に対する批判的な眼差しに他ならない。フォークナーは、地図の向こう側に「物語」を見たいのだ。

ヴィックスバーグの「模型地図」は、白人ベイヤードと黒人リンゴー、二人の少年の共同作業である。だが別角度から眺めると、フォークナーがここに人種以外のファクターを埋め込んでいる点に気付くだろう。ベイヤードは、次のように語る。

> リンゴーと僕は同じ月に生まれ、同じ乳を飲み、長いこと寝るのも一緒、食べるのも一緒だった。あまりにも長くそうしていたので、リンゴーはおばあちゃん（グラニー）のことを、僕と同じく「おばあちゃん（グラニー）」と呼んでいた。もう黒ん坊でなくなってしまったか、それとも僕がもう白人の子でなくなってしまったのか。ともかく、僕たち二人とも、黒ん坊でも白人でもなくなり、もう人間でもなくなってしまって、ハリケーンの上を飛ぶ二匹の蛾、二枚の羽のように、最高の征服されざるものになっていたのだ。(7)

乳母を共有し、共に寝起きし、白人の老婦人を「おばあちゃん（グラニー）」と呼ぶ。人種の異なる二人の少年は、兄弟よろしく、入れ替え可能な程に密接な関係にある。少年時代を回想する語り手ベイヤードにとって、グラニー・ローザを介したリンゴーとの関係は、「母」の庇護のもとで守られる「二匹の蛾」、「最高の征服されざるもの」だろう。

老婦人ローザ、ベイヤード、リンゴーという疑似的な母子とその一体感に関しては、メンフィスへと敗走する六日間のエピソードや、北軍に奪われた騾馬と銀器を取り戻すエピソードに顕著である。だが、とりわけ強調すべきは、少年たちによる北軍兵士への発砲事件である。ローザは少年たちをかばうため、彼らをスカートの中に隠して、その場をやり過ごすのだ。

リンゴーと僕は、膝と顎とをくっつけるようにして、おばあちゃんの両脇に座り、その脚に身体をぴったりつけていた。揺り椅子の脚台の先に、それぞれ背中をぎゅっと押しつけていると、おばあちゃんのスカートがまるでテントのように、僕たちの上に広げられた。(28)

スカートとはいわば「家」であり「子宮」。彼らは母親の懐に抱かれているような安堵感を得て、恐怖は霧散するだろう。ローザの体温を感じるスカートのなかで、彼らは息を潜める。それはまるで繭の中で羽化を待つ「二匹の蛾」。危険と隣り合わせであるにもかかわらず、そこにはロマンティックな安心感に満ちている。ベイヤードは、ローザの「匂い」に包まれているからだ(28)。

ベイヤードの語りはノルタルジックな響きを伴い、現実逃避的な傾向を有する。フォークナーの主眼は、ローザによる南部パノラマを描く前に、疑似的な「母子」関係を強調し、そこに意味を付与することにある。実際フォークナーは、ロバート・K・ハースへの手紙の中で、『征服されざる人びと』の主題がグラニー／ローザと少年たちの関係である点を強調しているのだ（*SL*, 106）。そして、ここで注目すべきは、「老婦人」の圧倒的な存在感だろう。『征服されざる人びと』のローザは、『土にまみれた旗』のジェニーに限りなく近い。南北戦争での祖先の勇士を語り、サートリス家の「血」に言及し、ヤング・ベイヤードに象徴されるサートリス家の悲劇を見つめ、「荒々しいが情け深い愛情」（*FD*, 259）を示し、ときにはベイヤードにミルクさえ飲ませる（49, 229）。[10]「祖母」であり「母」であり、「教育係」であり「乳母」。或いは、南部の男性中心的なイデオロギーを補完し、強化する存在。それが老婦人の役割であり、その価値観の伝承は、白人少年たちにとっての「南部人」へのゲートウェイとなる。父母ではなく「老婦人」。歴史を繋ぐその「老い」こそが、南部イデオロギーの深度を担保すると言っていい。

当然のことながら、父母不在の主題は、『征服されざる人びと』でも確認できる。ベイヤードの母はこの世になく、父ジョンは南北戦争に従軍し、不在である――「お父さんはテネシー州で戦争してるよ」（*UN*, 5）。南北戦争から再建時代への過渡期の南部。その風景を見せ、価値観と精神性を伝え、母親的な愛情を示し、父親のような厳格さをベイヤードに示すのは、彼の側にいる老婦人ローザである。彼女が示す愛情は、ロマンティックな「母子」像を照らし出すが、同時に敗戦後南部の「リアリティ」を見せる点は注目すべきだろう。彼女が見せる南部は、ヴィックスバーグの「模型地図」のような「南北戦争ゲーム」とは異なる（Jenkins, 308）。そこに幻想の南部は出現しないのだ。そして、「私たちは見た（"We saw"）」という記述が示すように、ローザ、ベイヤード、リンゴーの一体感は、彼らの視座を一致させ、もう一つの「ローザ体験」を促す。
「ローザ体験」とは、敗戦後の南部パノラマを通じたベイヤードの南部人教育に他ならない。だが、興味深いのは、その視座がリアリティに根ざし、ロマンティックな南部とは無縁な点である。黒人たちが逃亡し、女子供だけが残された荒廃した大地のワンシーンを見よう。

僕たちは先に進んだ。馬の足はこれまで以上に遅いように思えた。後ろには砂煙が立ち、両側には焼けた家や綿繰り機や押し倒された柵があった。白人の女子供たちが（黒ん坊は一人もいなかった）、黒人小屋からこちらをじっと見ていた。（83）

焼けた家々や倒れた柵、そして黒人小屋に住む女子供たち。ベイヤードは、「今ではすべての人が一度に死んでしまった土地を通っていく」ように感じ、（自由を求めて北部を目指す）黒人たちが移動する音に恐怖する。刹那、ローザは一人の女性を見つける。彼女はすすり泣いている。

僕たちが道に出たとき、その女は道端に蹲り、両手に何かを抱えていた。おばあちゃんが傍に立っていた。抱えていたのは生まれて数ヶ月の赤ん坊だった。おばあちゃんが取り上げてしまうかもしれないと思って、女はそれを強く抱えているようだった。「気分が悪くて、ついて行けませんでした」と、その女が言った。
「みんな私を置いて行ってしまったんです」（84）

ローザは歩くことを促すが、その女性は聞き入れない。そして彼女は、「私たち、ヨルダンに行こうとしているんです。イエス様がそこまで連れてって下さいます」と言う（85）。

ローザの南部パノラマは、リアリティに根ざし、同時に宗教的な色合いを帯びている。荒廃した土地と残された母子。そして、「出エジプト」とキリスト教的時間を暗示する聖書ナラティヴ。ローザがベイヤードに見せる敗戦後の南部は、我々にある既視感を抱かせるだろう。それは、ニューディール・プロジェクト、FSAに参加したフォトグラファーが切り取った一九三〇年代の農村風景に限りなく近い。南北戦争後の南部テクストと、恐慌時代のコンテクストが交差するのだ。

南部を描くことの二面性、つまりローザ・コールドフィールドのような歴史と記憶の混在するフィクショナルな南部に対し、ローザ・ミラードはカメラ・アイにも似た視座で、同時代の風景を切り取る。後者のそれは、さながらFSA写真に添えられた「キャプション」だろう。客観的な視線の先、読者を宗教的な時間の中に誘う点も共通する。この意味において、フォークナーはニューディールのFSAを意識していたと忖度しうる。ウォーカー・エヴァンズやドロシア・ラングらFSAフォトグラファーが捉えた風景とは、貧困と荒廃、或いは乾いた大地と照りつける日差しの中、生き延びる女子供や老人ではなかったか。そのファインダー越しの視座は、厳しさのなかに尊厳を見出し、形而上的・宗教的だったはずだ。農村写真は、それが審美的な写真であれ、政治的な写真であれ、「恐慌」時代のアメリカを捉えた貴重なショットに他ならない。ラングの「移動農民の母」（"Migrant Mother," 1936）が、恐慌と聖書ナラティヴを融合させ、アメリカ的「出エジプト記」を模倣したことは有名だろう。ならば、ローザの南部パノラマ、とりわけ母子のエピソードは、「移動農民の母」の別ヴァージョンである。そしてそれは、「移動農民の母」にインスピレーションを得たスタインベック『怒りの葡萄』(*The Grapes of Wrath*, 1939)の母子シーンを予告する、と言えば言いすぎだろうか。

6. グッバイ、ローザ――「老婦人」と「地図」

『アブサロム、アブサロム!』のクエンティンは、ローザの「死」を経て、物語を語り出す。つまり彼の役割は、物語の前半では「聞き手」であり、後半では「語り手」となることは重要な指標であり、『響きと怒り』で自害したはずの彼が呼び戻された理由がここに潜むだろう。端的に言うならば、その理由は女性に付与されていた「物語る能力」を、女性的「男性」に譲渡するためであり、それはアン・グッドウィン・ジョーンズが指摘するように、クエンティンが自身の物語を語ることを促し、「男らしさの女性化」へと導く(Jones, 68)。結果、ローザの死を通過する舞台をフォークナーが用意したと考えられるのだ。それは、本論文の主旨に即して言い換えれば、クエンティンの「老婦人化」であり、「老い」の感染の別名だろう。実際、クエンティンが語り手となるには、ローザの死は不可避である。というのもフォークナーは、男性が死に、女性がその物語を語ることで南部イデオロギーを持続させるという、ミス・ジェニーに顕著な老婦人の語りのリミットを見据えていたからに他ならない。老婦人の語りは、結局のところ、「父と子」というエディプス的父権構造を反復・強化してしまう。つまり、女性に物語を語らせることが、父権を逆接的に再生、再現してしまう矛盾、そしてそのリミットに、フォークナーは気づいたと言えるからだ。

当然のことながら、フォークナーの主眼は、父権の再強化ではない。むしろ、その終わりを見つめることであり、故に老婦人の語りが彼の内部で齟齬をきたし、スタイルの変更が行われる。『征服されざる人びと』に編入される短編群の変化に、その経緯は顕著だろう。一九三六年の短編「征服されざる人びと」でローザの死を体験し、「ヴァンデー」で復讐を遂げたベイヤードは、その後、「典型的」な南部白人男性の道を辿らない。三七年の短編「美女桜の香り」では、南部的名誉やそのマチズモを証明しうる復讐を拒絶し、自己言及的な語りを通じて、南部とは何かを模索するのだ。「僕は僕とともに生きねばならない」(*UN*, 240)と言うベイヤードは、死に魅了され飲み込まれたヤング・ベイヤードの対極だろう。

二人の「ローザ」を経験した青年は、一方でその語りに飲み込まれ、自らを老婦人化するのに対し、他方でその体験を契機とし、「南部」的なものから距離を取る。後者ベイヤードの変化は、南部の歴史、或いは老婦人からの決別の瞬間だろう。「老い」に感染し、飲み込まれる前者クエンティン。或いは「老い」を経験し、そこから距離を取る後者ベイヤード。「老婦人」という語りのスタイルの変更は、以後、対象から距離を置く語り手ラトリフを生み出し、客観的・現実的な南部を映し出す。そしてフォークナーは、これまでの南部を示し、これからの「南部」へと繋げるために「地図」を作るのだ。老婦人の退場、そして地図の出現。ヨクナパトーファ・アナザーストーリーの幕開けとして地図。それは、スタイルの変更を宣言する瞬間だろう。我々はこの転換点を意識すべきなのだ。

注

［1］『アブサロム、アブサロム！』が、語り手／聞き手による「解釈／再解釈」の連鎖を生み、「物語化／歴史化」によるテクストの複層性を促す点については、多くの批評が存在する。例えば、カール・ロリーソンを参照されたい。

［2］「付録」は、テクスト〈外部〉に接続し、テクスト〈内部〉を逆照射する。そして、『響きと怒り』の解釈を変える点については、サディアス・デイヴィスとスーザン・ドナルドソンの議論を参照されたい。『アブサロム、アブサロム！』の「系譜」や「地図」同様、この「付録」をガイド的に読まないことが大事だろう。〈付録〉はテクストの一部であり、重要な構成要素であるからだ。

［3］宮本が指摘しているように、ニューディールのFWPによる地誌編纂事業は、フォークロアの収集を通じて、アメリカを再定義する（宮本、三〇〇）。それは「多様性を抑圧するのではなく包摂する」（三〇〇）ことであり、ネイション生成のイデオロギー装置だろう。ニューディールが「文化」を収集し、記述した意味は大きい。

［4］フォークナーは、ラルフ・エリソンやソール・ベロー、スタインベックらのように、FWPに深く関与したわけではない。だが、そのプロジェクトから多くの示唆を得ていた可能性は否定できない。左翼文学運動はフォークロアを重用し、文化産業はその大衆的人気を取り込み、ニューディールFWPはそれを積極的に活用して、リージョナルな文化のナショナル化を目指す。つまり、フォークロアとは、一九三〇年代における文化と政治の結節点であり、だからこそフォークナーは、その意義に敏感に反応したと推測できる。その証拠に、『征服されざる人びと』(1938)、『村』(1940)、『行け、モーセ』(1942) など、フォークロアに満ちた小説を発表し、同時代との接続を試みているからだ。その意味において、フォークナーは、『アブサロム、アブサロム！』に顕著な「記憶への遡行」という従来のスタイルではなく、パッチワーク・キルトのように

フォークロアを収集し、それを「南部」という文化に接ぎ木するスタイルへの移行を目指す。「ローザ・コールドフィールド」的な「記憶」の想起ではなく、現在の南部に接続するフォークロアを「蒐集」する「ラトリフ」的語り手が、ここで必要となってくるわけだ。

二十世紀初頭の「文化戦線」に関してはマイケル・デニング、FWPにおける政治と文化の交差に関してはジェリー・マンジョーネとモンティ・ノーム・ペンカワーの論考が参考になる。

［5］フォークナー文学のマッピングは、カウリーの『ポータブル・フォークナー』を経由して、冷戦期のナショナルな文学へと接続する。ローレンス・H・シュウォーツが指摘するように、フォークナーは、冷戦期の政治学を通じて、ナショナル・ライターへと変貌し、ノーベル賞を獲得したことは否定できない。ロックフェラー財団、国務省、大学、出版、そして知識人が共闘し、国民作家を作り出した冷戦期の文学プロパガンダとフォークナーの再評価は無縁ではないからだ（Schwartz, 73）。しかしながら、ここで興味深いのは、フォークナー自身が、冷戦期における政治と文化の共犯関係を予見するかのように、『響きと怒り』に「アペンディクス」、『アブサロム、アブサロム！』に「地図」、「年譜」、「系譜」を加え、ヨクナパトーファを視覚化、立体化している点だろう。当然それは、彼の文学に対するガイドブック的な「分かり易さ」を演出する。これは偶然なのか、意図的なのか。ニューディールから戦後、冷戦期にかけて、ナショナルな政治学とフォークナーの文学が相補的な関係を有している点は看過すべきではない。

［6］一九三〇年代にフォークナーが発表した短編は五十を超えている。以下のページの表は、「斑馬」（"Spotted Horses"）が『スクリブナーズ』誌に掲載された三一年から、『村』が出版される四〇年までの一覧である。フォークナーの代表的長編の裏側では、その長編に組み込まれた多くの短編が存在するのだ。短編と長編の呼応関係は、別種の解釈を誘発するだろう。

［7］一九二二年六月、『ダブル・ディーラー』（*Double Dealer*）誌にフォークナーの「肖像」（"Portrait"）が掲載される。これは失恋した恋人を慰め、彼女に片思いする男性の詩である。この詩が奇妙なのは、男性は孤独と老いを意識し、女性に忠告するというスタイルであり、およそ若き詩人の習作としては、健全とは言い難

1935	Skirmish at Sartoris	*Scribner's*	*The Unvanquished*	3月 *Pylon* 出版 12月ハリウッド台本書き
	Golden Land	*Amrican Mercury*		
	That Will Be Fine	*Amrican Mercury*		
	Uncle Willy	*Amrican Mercury*		
	Lion	*Harper's*	*Go Down, Moses*	
1936	The Brooch	*Scribner's*		1月 AA 完成 2月～5月、 7月 ～ 1937 年 5月 ハリウッド台本書き 10 月 AA 出版
	Two Dollar Wife	*College Life*		
	Fool About a Horse	*Scribner's*	*The Hamlet*	
	The Unvanquished	*Saturday Evening Post*	*The Unvanquished*	
	Vendée	*Saturday Evening Post*	*The Unvanquished*	
1937	Monk	*Scribner's*	*Knight's Gambit*	6月 "Afternoon of a Cow" タイプ原稿を Coindreau に渡す。 7月 "An Odor of Verbena" 完成 9月 WP 執筆開始
1938				2月 *The Unvanquished* 出版 6月 WP 完成 11月 Robert K. Hass 宛に「Snopes 三部作」構想を伝える
1939	Barn Burning	*Harper's*	*The Hamlet*	1 月 WP 出版 10月 *The Hamlet* 完成
	Hand Upon the Waters	*Saturday Evening Post*	*Knight's Gambit*	
1940	A Point of Law	*Collier's*	*Go Down, Moses*	4月 *The Hamlet* 出版
	The Old People	*Harper's*	*Go Down, Moses*	
	Pantaloon in Black	*Harper's*	*Go Down, Moses*	
	Gold Is Not Always	*Atlantic Monthly*	*Go Down, Moses*	
	Tomorrow	*Saturday Evening Post*	*Knight's Gambit*	

AA = *Absalom, Absalom!* WP = *The Wild Palms* [*If I Forget Thee, Jerusalem*]
DM = *Doctor Martino and Other Stories*

【フォークナー短編一覧（1931 ～ 1947）】

Date	Title (Short Story)	First Publication	Publication	
1931	Ad Astra	*American Caravan IV*	*These 13*	2月 *Sanctuary* 出版（1932年に「序文」付きモダンライブラリー版）
	Dry September	*Scribner's*	*These 13*	
	That Evening Sun	*Amrican Mercury*	*These 13*	
	Hair	*Amrican Mercury*	*These 13*	
	Spotted Horses	*Scribner's*	*The Hamlet*	
	The Hound	*Harper's*	*The Hamlet*	8月 *Light in August* 執筆開始
	Fox Hunt	*Harper's*	DM	
	Carcassonne		*These 13*	9月 *These 13* 出版
	Divorce in Naples		*These 13*	
	Victory		*These 13*	12月 *Idyll in the Desert* 限定出版
	All the Dead Pilots		*These 13*	
	Crevasse		*These 13*	
	Mistral		*These 13*	
	A Justice		*These 13*	
	Dr. Martino	*Harper's*	DM	
	Idyll in the Desert	Random House		
1932	Miss Zilphia Gant	Book Club of Texas		5月ハリウッドで台本書き MGM（6週間の契約）
	Death Drag	*Scribner's*	DM	
	Centaur in Brass	*Amrican Mercury*	*The Town*	
	Once Aboard the Lugger	*Contempo*		6月 *Miss Zilphia Gant* 限定出版
	Lizards in Jamshyd's Courtyard	*Saturday Evening Post*	*The Hamlet*	
	Turnabout	*Saturday Evening Post*	DM	10月 *Light in August* 出版
	Smoke	*Harper's*	DM	
	Mountain Victory	*Saturday Evening Post*	DM	1932年11月～1933年5月 Oxfordで台本書き
1933	There Was a Queen	*Scribner's*	DM	4月 *A Green Bough* 出版
	Artist at Home	*Story*		
	Beyond	*Harper's*	DM	
1934	Elly	*Story*	DM	1月頃 Snopes と *Requiem for a Nun* を中断し AA 執筆
	Pennsylvania Station	*Amrican Mercury*		
	Wash	*Harper's*	DM / AA	
	A Bear Hunt	*Saturday Evening Post*		4月 DM 出版
	The Leg		DM	
	Black Music		DM	7月ハリウッド台本書き
	Mule in the Yard	*Scribner's*	*The Town*	
	Ambuscade	*Saturday Evening Post*	*The Unvanquished*	12月 *Pylon* 完成
	Retreat	*Saturday Evening Post*	*The Unvanquished*	
	Lo!	*Story*		
	Raid	*Saturday Evening Post*	*The Unvanquished*	

いからだ。

「肖像」は、フォークナーがエステルに送った手製の詩集『春の幻』(*Vision in Spring*, 1984) の一部である(執筆時期は一九二一年頃)。ここでフォークナーは、彼のペルソナとして登場するピエロが、憂鬱と執着心に苛まれながら、内面を変化させていくプロセスを描く。ピエロは、「老い、疲れ、孤独に」苛まれ、夢幻の世界に生きる住人となる。フォークナーは「老い」の側から若さを見つめ、自身の未熟さを隠す。それが詩編のナルシシズムと滑稽さ、作家としての未成熟の「涙」となるだろう。

[8] 南部における老婦人の歴史性については、ダイアン・ロバーツやファイラー・スコットを参照されたい。また、「南部」からのテクスト・アプローチについては、ジョン・T・マシューズの新刊を見よ。

[9] クエンティンの「空白」性については、ドリーン・ファウラーなどの論考を収めた *Faulkner and Psychology* を参照されたい。

[10] 黒人乳母と白人少年の親密な関係は『響きと怒り』が好例だが、その萌芽は『兵士の報酬』(*Solders' Pay*, 1926) にある。ドナルドやジョーンズの母親は、物語の始めから不在であり、その不在を埋めるように、二人の黒人乳母が惜しみない愛情を白人の少年たちに注いでいる。黒人乳母と白人少年の「母子」関係こそが、人種の差異を越境する可能性だろう。

参考文献

Blotner, Joseph. Ed. *Selected Letters of William Faulkner*. New York: Random House, 1977.
Cowley, Malcolm. *The Portable Faulkner*. New York: Viking, 1946.

Davis, Thadious M. "Reading Faulkner's Compson Appendix: Writing History from the Margins." *Faulkner and Ideology*. Eds. Donald M. Kartiganer and Ann J. Abadie. Jackson: UP of Mississippi, 1993. 238-52.

Denning, Michael. *The Cultural Front: The Laboring of American Culture in the Twentieth Century*. New York: Verso, 1996.

Donaldson, Susan V. "Reading Faulkner Reading Cowley Reading Faulkner: Authority and Gender in the Compson Appendix." *The Faulkner Journal* 7.1 &2 (1991-92): 27-41.

Faulkner, William. *Absalom, Absalom!* New York: Vintage, 1990.

——. *Flags in the Dust*. New York: Vintage, 1973.

——. *Sartoris*. New York: Harcourt Brace, 1929.

——. *The Unvanquished*. New York: Vintage, 1990.

——. "On the Composition of *Sartoris*." *Critical Essays on William Faulkner: The Sartoris Family*. Ed. Arthur F. Kinney. Boston: G.K. Hall, 1985.

Federal Writers' Project of the Work Progress Administration. *Mississippi: The WPA Guide to the Magnolia State*. Jackson: UP of Mississippi, 1938.

Fraser, John. *America and the Patterns of Chivalry*. New York: Cambridge UP, 1982.

Hobson, Fred Ed. *William Faulkner's Absalom, Absalom!: A Casebook*. New York: Oxford UP, 2003.

Jenkins, Lee. *Faulkner and Black-White Relations: A Psychoanalytic Approach*. New York: Columbia UP, 1981.

Jones, Anne Goodwyn. "'Like a Virgin': Faulkner, Sexual Cultures, and the Romance of Resistance." *Faulkner in Cultural Context*. Eds, Donald M. Kartiganer and Ann J. Abadie. Jackson: UP of Mississippi, 1997.

Kartiganer, Donald M. and Ann J. Abadie, eds. *Faulkner and Psychology*. Jackson: UP of Mississippi, 1991.

Kinney, Arthur F. Ed. *Critical Essays on William Faulkner: The Sartoris Family*. Boston: G. K. Hall & Co., 1985.

Mangione, Jerre. *The Dream and the Deal: The Federal Writers' Project, 1935-1943*. Boston: Little Brown, 1972.

Matthews, John T. *William Faulkner: Seeing Through the South.* Malden: Wiley-Blackwell, 2010.
Penkower, Monty Norm. *The Federal Writers' Project: A Study in Government Patronage of the Arts.* Urbana: U of Illinois P, 1977.
Roberts, Diane. *Faulkner and Southern Womanhood.* Athens: The U of Georgia P, 1994.
Rollyson, Carl. *Uses of the Past in the Novels of William Faulkner.* Lincoln: iUniverse, 2007.
Schwartz, Lawrence H. *Creating Faulkner's Reputation: The Politics of Modern Literary Criticism.* Knoxville: University Tennessee Press, 1990.
Scott, Ann Firor. *The Southern Lady: From Pedestal to Politics 1830-1930.* Charlottesville: UP of Virginia, 1995.
宮本陽一郎『モダンの黄昏　帝国主義の改体とポストモダニズムの生成』（研究社、二〇〇二年）

『行け、モーセ』と「老い」の表象

田中敬子

1．はじめに

ウィリアム・フォークナーは、家系や地域の歴史が重んじられる南部家父長制社会に生まれ育ち、高齢者層を社会の当然の構成員とみていた。だが彼の初期の小説では、黒人に対してと同様、老人に対してもある種の類型化は存在する。そのステレオタイプとはどのような役割を果たしたのか。その後、老人または「老い」のテーマはフォークナーにとってどのように発展したのか。さらにフォークナー自身が年を重ねると、彼の創作技法や作品のテーマはエドワード・サイードのいう晩年様式（レイト・スタイル）で説明しうるような特色を示すのだろうか。

サイードは芸術家の晩年様式として、それまでの作品の集大成としての調和、成熟を裏切るような例に注目する。彼は、読者をとまどわせる矛盾や混沌を老年期の衰退としてとらえるのではなく、今までのスタイルを逸脱または解体して革新へ向かおうとする精神の表れとして評価する（Said, 7-8）。フォークナーの場合、『アブサロム、アブサロム！』（*Absalom, Absalom!*, 1936）後の小説は、それぞれ短編として先に雑誌に掲載されたものを収録、加筆修正して、短編サイクルともいうべき形でまとめる方法が多くなる。マイケル・グリムウッドはこの時期のフォークナーの経済的、精神的な苦境を詳述し、フォークナーは自らの作家としての能力にも南部の歴史にも絶望して、一九四〇年以降の彼の小説は衰退、混迷へ向かう、と結論している（Grimwood, 254-63）。グリムウッドがその例証の一つにあげている『行け、モーセ』（*Go Down, Moses*）が出版された一九四二年五月、フォークナーは四十四歳であり、老齢を意識するのはまだ早いように思われる。しかし二十世紀前半では二十一世紀の現在ほど平均寿命が長くはない。またマルカム・カウリーが『ポータブル・フォークナー』（*The Portable Faulkner*, 1946）の企画をフォークナーに持ちかけた一九四四年頃から、フォークナーの書簡には自分の年齢への言及や、ハリウッドでの仕事に追われて自分がアメリカでは無名に近いままであることを嘆く文章が散見される（*SL*, 182, 199 参照）。一九四〇年、彼は経済的苦境のなかでランダム・ハウスからヴァイキング社へと自分の出版社を変更することも考えた。同年フォークナーが、のちに小説『行け、モーセ』を構成することになる短編を原稿料目当てに雑誌社に次々と送り続けながら、自らの「老い」を意識して創造力の枯渇を恐れていたことは十分考えられる（122-24 参照）。

一方で、既出の短編群に修正を加え、意識的な反復や逸脱を織り込んで新たな小説様式に変えるというのは、サイードのいう発展可能性を秘めた晩年様式とみなすこともできる。『行け、モーセ』について、フォークナーが最初の題名『行け、モーセ、その他の短篇』(*Go Down, Moses and Other Stories*)に異を唱えてランダム・ハウスに対してこれは小説だと主張し、一九四九年の第二版から『行け、モーセ』になった経緯はそれを暗示する。とはいえ、以前に執筆した作品を新作で何らかの形でパロディ化、脱構築する傾向は、フォークナーの前期作品から見られる。それは必ずしもフォークナーの晩年の技法に限らない。フォークナーの中期作品を締めくくる『行け、モーセ』は、老年期の衰退の症候を表し始めたものなのか、それとも晩年様式への転換を示すものなのか、それともフォークナーがそれまで築いてきた様式の継承的発展なのか。

最近のフォークナー批評は、『行け、モーセ』が伝統的な小説様式の規範を逸脱して時系列や登場人物たちの関係があいまいであることを積極的に評価する傾向にある。[1]しかしこの小説の変則性はポストモダニズムの観点ばかりでなく、フォークナーが老人の可能性を広く試していることとも関連するのではないか。『行け、モーセ』では、ヨクナパトーファの白人たちの対自然、対黒人の所業やアメリカ合衆国存立の意味が、アイザック・マッキャスリンの少年から成人に向かう期間と老年期を二つの焦点として総括される。アイザック・マッキャスリンは当初、フォークナーの狩物語に登場する狩猟の上手な一老人にすぎなかった。しかしクエンティンが主人公であった「ライオン」("Lion," 1935)などの狩物語が『行け、モーセ』に組み替えられる時点で、主人公は少年アイクとなる。アイクは森へのイニシエーションを経験する少年、さらには老人の主人公として、マッキャスリン家の歴史とデルタの森に対峙する位置を与えられる。アイクがクエンティンと交代するのは、マッキャスリンの家系が重要となったうえに、主人公の少年期から青年期の視点と、老年期の視点という二つの焦点による楕円構造、その二重の焦点のずれと往来が必要だったからであろう。『響きと怒り』（*The Sound and the Fury*, 1929）のクエンティン・コンプソンは、そのずれが生じることや社会が時代によって変化していくことを恐れて自殺を選んだともいえる。時の経過とそれがつきつける現実にどう対応するのかは、老年期に向かう人間の課題である。また『行け、モーセ』のなかの短編「昔の人々」（"The Old People"）が示すように、長く生きてきた老人（"old people"）は原初の森やアメリカ建国精神を思い起こさせる神話的な父の表象ともなりうる。ただし、それは神聖な「起源」とは限らず、何事か——例えば破壊——の始まりでしかないかもしれない。老人は、神話化とともに、時代が変遷する現実も暗示する。

この論考では、まずフォークナーの前期作品である『サートリス』／『土にまみれた旗』（*Sartoris*, 1929 / *Flags in the Dust*, 1973、以下『土にまみれた旗』として記載）に登場する老人たちの類型的な役割を確認した後、フォークナーの老人描写が複雑化していく様子を「エミリーへの薔薇」（"A Rose for Emily," 1930）を例に指摘する。次にこれらを踏まえて『行け、モーセ』のアイク・マッキャスリンと父権の葛藤、および人種混淆の問題について、この小説の成立過程を検討し、クエンティン・コンプソンにも言及しながら論じる。それによってフォークナーが『行け、モーセ』で「老い」の表象をどのように利用したか検討する。

2. 老人類型を超えて

『土にまみれた旗』はフォークナーの小説の中でも老人たちの占める割合が大きく、彼らはそこで旧南部社会の誇りを持ち続ける気概を示している。作品冒頭から黒人の老人ウィル・フォールズは、南北戦争時のサートリス大佐の思い出を大佐の息子であるオールド・ベイヤードに長々と語る。彼は昔話ばかりしているが、オールド・ベイヤードの顔にできた腫れ物を民間療法の秘薬で治してしまう。オールド・ベイヤードの叔母ミス・ジェニーも、サートリス一族の昔を繰り返し語って聞かせる一方、サートリス家をてきぱきと取り仕切っている。老人たちは南部の敗北という大きなナラティヴを物語ることによって共同体の帰属意識を共有し、旧南部の記憶をまざまざとよみがえらせ、疲弊した南部社会をかろうじて維持する力をもっている。ただし作者は、そのノスタルジックな語りの魅力を老人たちの間にとどめて封印する。『土にまみれた旗』は彼らのアイデンティティを確認し、礼を尽くして過去に収める儀式ともなっている。

『土にまみれた旗』では老人たちの身体がことさら強調されることは少ない。しかしその後フォークナーは、次第に老人の身体性に注目するようになる。『サンクチュアリ』(*Sanctuary*, 1931) の老人パップの眼疾、「エミリーへの薔薇」のエミリー・グリアソンの小柄ながらぶよぶよした体、鉄灰色の髪は容赦なく描かれる。これらは、描写される人物の内面が不可解でとらえがたいときの代替情報となる。『アブサロム、アブサロム!』でも、クエンティンを翻弄するミス・ローザの老いた小柄な身体やその臭いへの言及がある。相手を理解しがたい状況において、観察者ことに若い世代の観察者にとって、制御不能の時の影響を受けて老化している身体は、しばしば絶対的な他者を表象する。『土にまみれた旗』の後、フォークナーは「エミリーへの薔薇」で早くも老人の意味の多様性を探っている。この短編でもエミリー・グリアソンをあくまでも旧時代の淑女扱いするスティーヴンズ判事ら、古風な年寄りの男たちはいる。またエミリーの葬式に南軍の軍服を着て参列する高齢者たちは、世代を混同してエミリーと舞踏会で踊ったという錯覚に陥っている。彼らにとっては「すべての過去の時代は、次第に先端が細まってゆく道ではなくて、冬の季節もほとんど届きそうもない、ひろびろとした草地であり、そこは、最近の十年間という狭いびんの首によって、現在の彼らから隔てられているにすぎないのである。[2]」ここでの南部社会は、時間概念を混同する老化現象や古い時代感覚を、老人たちの特権として許容する余裕を持っている。

だがこの短編でエミリーは、淑女と高齢者という、当然庇護されるべき二つの類型を利用して南部社会に挑戦する。彼女は恋人の死体を屋敷の中に留め置く点で時間にも挑戦しているが、自らの身体の老化や恋人のミイラ化は避けられない。またグリアソン家の黒人の召使トービーは、歳月を経て声もしわがれ白髪頭となって、エミリーの死を機に出奔する。この物語は、南部社会の怪奇な逸話として「オールド・ミス」であるエミリーや彼女に長年仕えた黒人従者トービーを伝説化するベクトルを持っている。しかし死体のそばに鉄灰色の髪の毛を残したエミリーと、年老いて行方知れずになるトービーは、時の暴力にさらされる身体を抱え、旧南部のリスペクタブルな老人類型から逸脱している。

『八月の光』(*Light in August*, 1932) でハイタワーは、妻が死んだ後の独り住まいで黒人料理女との関係を町の人びとに疑われた。しかし「エミリーへの薔薇」でグリアソン家の敷地から異臭がしたとき、町の人びとは、若い黒人男性召使一人で家を清潔に保てるはずがない、というだけである。名門のプライドが高い落ちぶれた白人女性と、彼女とあまり年の違わぬ黒人の従僕は、おそらく同じ屋根の下で主従の関係を超えることはなかっただろう。町の人びとは、砒素を買ったエミリーが自殺するかもしれないと思ったが、彼女がホーマーを毒殺する可能性は考えようとしなかった。淑女の殺人よりもさらに強い禁忌である異人種間の、しかも階級差を超えたセクシュアルな関係はありえない。ありえない疑惑は最初から無視され、語り手もまったく言及しない。しかしホーマー・バロンの死骸に遭遇した町の人びとと読者が、朽ち果てる身体の存在を認めるとき、エミリーとトービーは、老いとともにセクシュアリティも持ちえたはずの身体性をわずかなりとも回復する。「エミリーへの薔薇」は、淑女の神話と、生身の身体とその老化の両方を示す。

こうしてフォークナーは次第に、共通の共同体ナラティヴから孤立またはそれに反抗し、加齢によって変形した身体にその生き方が集約される老人に注意を向けるようになる。『行け、モーセ』では、アイザック・マッキャスリンも「デルタの秋」(“Delta Autumn”)で衰えた身体をさらす。以下、フォークナーのキャリア中期を締めくくり後期作品へとつながる『行け、モーセ』で、アイザック・マッキャスリンをめぐる老人表象と、さらにそれがこの作品にとってどのような意味を持つかを検討する。

3.『行け、モーセ』

3.1.「昔あった話」と「行け、モーセ」

一九四二年五月に出版された『行け、モーセ』は既出の諸短編をもとに修正、加筆を加えた形で完成し、その成立事情は複雑である。しかしもとの短編原稿から完成した作品に至る経過については、ジェイムズ・アーリーやジョアンヌ・J・クレイトンのテクスト研究があり、ジョゼフ・ブロットナーの伝記にも詳しい。それにガーランド社から出版されたフォークナー原稿シリーズ中の『行け、モーセ』の巻を参照すれば、おおまかな成立事情はわかる。この小説のもととなるいくつかの短編原稿の執筆期、フォークナーはローワン・オークやグリーンフィールド農場の維持に苦慮しており、雑誌の原稿収入が非常に重要だった。しかし小説の成立過程を見ていくと、そのような経済的困難にあっても彼は『アブサロム、アブサロム!』(1936) から『征服されざる人びと』(*The Unvanquished*, 1938) に至る小説の問題を大小様々に継承発展して、『行け、モーセ』に投入していったことがわかる。雑誌用に書かれた短編がそれまでのフォークナー作品と関係しながらどのように小説化されていったか、『行け、モーセ』最初の短編「昔あった話」("Was") を中心にたどってみよう。

『行け、モーセ』冒頭の短編「昔あった話」は、もとは「すんでのところで」("Almost") と題された原稿で、一九四〇年六月フォークナーから『サタデー・イヴニング・ポスト』誌あてに送付されたが、掲載を断られた。[3] 小説中の「昔あった話」はアイザック・マッキャスリンの親族キャロザーズ・マッキャスリン・エドモンズが九歳の時に見聞きした、黒人奴隷追跡とそれに関わるアンクル・バック、そしてアンクル・バディ・マッキャスリンの話である。もとの「すんでのところで」は大筋では同じ話だが、語りの視点は九歳のベイヤード少年で、祖母「グラニー」(*WFM*, 151, 55) や相棒リンゴーの名前にも言及があり (150)、この原稿が書かれた当初ではサートリス家を軸とした『征服されざる人びと』系の話となっている。また、逃亡する奴隷のテレル (トミーズタール) の名前はあっても彼がマッキャスリン家と関係する混血であったとは述べられていない。最後のポーカー勝負で札を配るトミーズタールの手は「黒い手 (black hand)」(170) とのみ書かれている。

一方、のちに『征服されざる人びと』に収められる短編「退却」("Retreat," 一九三四年十月『サタデー・イヴニング・ポスト』誌初出) は南北戦争時のサートリス大佐と息子の話だが、ここにアンクル・バック・マッキャスリンが登場して町の広場で十四歳になる前のベイヤード・サートリスを呼び止めている (*US*, 22)。そして一九三七年、「退却」が『征服されざる人びと』に組み込まれるために修正された時には (Blotner [1974], 959)、アンクル・バックことシオフィラス・マッキャスリンとアンクル・バディことアモディーアス・マッキャスリンが父の死後、本屋敷を黒人奴隷たちの住居にして自分たちは質素な小屋に移り住んだという、小説『行け、モーセ』の「昔あった話」でも使われるエピソードが追加されている (*U*, 350-51)。『征服されざる人びと』の「退却」で語り手のベイヤードは、彼らが七十歳を過ぎた独身男で、アンクル・バディがポーカー勝負でアンクル・バックに勝ってサートリス大佐指揮下に入ったと述べている。さらに彼らは、人が土地を所有するのではなく土地に人が住まわせてもらっていると考えている (351-52)。これはアイザック・マッキャスリンが「熊」("The Bear") で展開する主張のもとになるものである。すなわち『征服されざる人びと』が出版された一九三八年の時点で、マッキャスリン家の老いた双子は端役ながら独特な個性を持ち始めている。しかし一九四〇年六月段階の短編原稿「すんでのところで」は雑誌掲載を狙った喜劇的要素が強く、奴隷制についての双子の独自の見解などは見当たらない。

「すんでのところで」の原稿を雑誌掲載再挑戦のために書き直していた一九四〇年七月頃（この時の書き直しはマイナーなもので、後述するように、語り手が「キャス」・エドモンズに変わるなど、重要な変更が行われるのは一九四一年六月になってからである [Blotner [1974], 1074]）、フォークナーは短編「行け、モーセ」も書いていた（Creighton, 88, 168 / Blotner [1974], 1054）。両原稿は後に修正されて小説『行け、モーセ』の最初と最後を構成することになる。「行け、モーセ」は一九四〇年九月十五日に『コリアー』誌が採用し（Blotner [1974], 1060）、一九四一年一月二十五日同誌に掲載されたが、もとの原稿では、シカゴで死刑となった黒人サミュエル・ワーシャム（ブッチ）・ビーチャムの名前は最初ヘンリー・コールドフィールド・サトペンであり、祖母はローザ・サトペンとなっていた（*WFM*, 179）。それが二回目に名前が出た時にはキャロザーズ・エドモンズ・ビーチャムとなり（180）、そこが線で消されてフォークナーの手書きで出版時の名前に落ち着いている。つまり短編「すんでのところで」と「行け、モーセ」のもと原稿には、最初それぞれ『征服されざる人びと』と『アブサロム、アブサロム！』の影響が残滓のようにあって、後に『行け、モーセ』の冒頭と最終部を構成する二つの短編原稿がほぼ同時期に書かれていたとしても、その二つから直ちに『行け、モーセ』という小説の核が形成されたわけではない。

ただ『行け、モーセ』で「火と暖炉」（"The Fire and the Hearth"）のもととなる短編「法の一項」（"A

『行け、モーセ』関連の作品初出表

作品名	初出年月	掲載雑誌または書物
Sartoris	1929年　1月	
"A Justice"	1931年　9月	*These 13*
"A Bear Hunt"	1934年　2月	*The Saturday Evening Post*
"Retreat"	1934年 10月	*The Saturday Evening Post*
"Lion"	1935年 12月	*Harper's*
Absalom, Absalom!	1936年 10月	
The Unvanquished	1938年　2月	
"A Point of Law"	1940年　6月	*Collier's*
"Gold Is Not Always"	1940年 11月	*The Atlantic Monthly*
"The Old People"	1940年　9月	*Harper's*
"Pantaloon in Black"	1940年 10月	*Harper's*
"Go Down, Moses"	1941年　1月	*Collier's*
"Delta Autumn"	1942年 5-6月号	*Story*
"The Bear"	1942年　5月	*The Saturday Evening Post*
Go Down, Moses [and Other Stories]	1942年　5月	

Point of Law")は、一九四〇年一月四日にフォークナーからハロルド・オーバーあてに送付されてその年の六月には『コリアー』誌に掲載され、同じく「火と暖炉」の一部となる「金かならずしも」("Gold Is Not Always")は一九四〇年二月にオーバーが原稿を受け取り、十一月に『アトランティック・マンスリー』誌に掲載されている(Blotner [1974], 1057, 60)。またそれと関連した「暖炉の火」("The Fire on the Hearth")も同時期に書かれて、オーバーに送られた。[4] このように、抜け目のないルーカス・ビーチャム物がすでに書かれているので、同年七月ごろに書かれた「行け、モーセ」で死刑囚のサミュエル・ワーシャム・ビーチャムという名前が最終決定した時には、この短編はサトペン家の亡霊を引きずった最初の黒

人名からビーチャム家という別の黒人たちへの方向性が見え、全体の物語へ発展していったのかもしれない。それはフォークナーが一九四〇年五月二十二日、ロバート・K・ハースあての手紙で黒人たちの物語を四つ書いているのでそれにもう少し話を足して本にできるだろう、という手紙を出していることとも呼応する（*SL*, 124）[5]。

「すんでのところで」では黒人奴隷テニーを所有している一家の姓はプリムだった。「行け、モーセ」でブッチ・ビーチャムの名前が採用され、「すんでのところで」のソフォンシバ・プリム（*WFM*, 163）の姓が、一九四一年六月頃に書き直された「昔あった話」ではビーチャムに変えられ、マッキャスリン家の混血奴隷トミーズタールがビーチャム家の奴隷テニーと結婚することで、黒人のビーチャム家は成立する。小説『行け、モーセ』は「昔あった話」から始まるが、この物語はアイザック・マッキャスリン誕生の起源の話であるとともに、黒人のビーチャム家とルーカス・ビーチャム誕生の起源の話でもある。

しかしながら小説『行け、モーセ』の最終章には、マッキャスリン家の父系の血を強く意識している白人と黒人の男性主人公、アイク・マッキャスリンとルーカス・ビーチャムは登場しない。彼らの代わりにそこにいるのはルーカスの妻で孫の死を悼むモリー・ビーチャムと彼女と一緒に育った白人のベル・ワーシャムである。黒人と白人の和解の可能性は、二人の年老いた黒人と白人の女性に委ねられ、最初の短編と最後の短編の対位法的な均衡はない。一方、「行け、モーセ」と同時執筆に近い「すんでのところで」の最後ではモーセという名前の老犬が出てくる。マッキャスリン兄弟が家に戻った時、彼らの猟犬モーセはまたキツネを追いかけて、空箱を頭からかぶった滑稽な混乱状態にある。小説『行け、モーセ』が出来上がった時にも、この犬の名前は変更されていない。アイクは、奴隷に対する祖父の近親相姦を察して贖罪意識に悩み、黒人をその窮状から解放するモーセになりたいと考えていたはずである。しかし「すんでのところで」と「行け、モーセ」の短編がほぼ同時に書かれた時、つまりアイクという存在もまだ明らかでなかった当初から、フォークナーはモーセのような一人の神話的ヒーローによる黒人救済は困難を極める、と老犬モーセを通して揶揄していることになる。そして完成した小説の冒頭と最終の章はねじれを起こしたままである。

白人による黒人搾取を追及する点で『行け、モーセ』はそれまでのフォークナーの小説の集大成となる。しかし搾取の結果の一つである人種混淆がこの小説で具体的な形をとるには、時間がかかっている。『アブサロム、アブサロム！』(1936) の最後でシュリーヴは、ボンの孫に当たるジム・ボンドの子孫が将来増え続けて西半球を占め、二千年たてば自分たち白人も混血となっているだろうとクエンティンに話す。『アブサロム、アブサロム！』でシオフィラス・マッキャスリンは、チャールズ・ボン埋葬の時に登場していた (*AA*, 126)。この時シオフィラスはボンを南軍兵士として弔ったのであって、彼の混血疑惑のことは知らなかったはずである。しかしサトペン家に関する大きな謎であったチャールズ・ボンという人物の埋葬に唐突に登場するシオフィラスを通じて『アブサロム、アブサロム！』と『征服されざる人びと』はつながり、トミーズタールが混血であると明記されている「昔あった話」とも通底する。奴隷トミーズタールと彼をいつものように追跡するシオフィラスは、チャールズ・ボンとヘンリー・サトペン同様、同じ父から生まれた兄弟である。だが「昔あった話」を読んだだけでは読者はそのことになかなか気づかない。一九四〇年十二月十六日、ハロルド・オーバーあて送付された短編「デルタの秋」で、アイザック・マッキャスリンは（ここでは黒人女性と関係したのはまだロス・エドモンズではなく、マッキャスリン家の血筋とは関係ないダン・ボイドという男だが）、異人種結婚が当たり前になるのは「千年から二千年先だろう」（*US*, 278）とおののきながら考える。このころにやっと、『アブサロム、アブサロム！』から持ち越された混血の黒人の運命というテーマは焦点化してくる。そして翌年、「熊」が書かれる。

3．2．アイク・マッキャスリンとサム・ファーザーズ

白人の強大な父権が絡む異人種混淆の問題は『行け、モーセ』の重要なテーマであるが、この小説のもう一つの特徴は老人の存在である。マッキャスリンの双子も最初の登場から老齢に近く、ルーカス・ビーチャムもサム・ファーザーズも老人である。アイザック・マッキャスリンがフォークナー作品に初めて登場するのも、一九三四年二月『サタデー・イヴニング・ポスト』誌初出の短編「熊狩り」（"A Bear Hunt"）で老狩人としてである。[6] 一九三五年十二月、『ハーパーズ』誌に発表された「ライオン」はクエンティン少年が主人公で、後の「熊」のもとになった短編だが、ここにもアイクが老人狩人として登場する。彼にはシオフィラスという孫がいるが、それはおそらく、一九三四年十月初出の短編「退却」にすでに登場したアイクの父親シオフィラス・マッキャスリンの名前を引き継いだのであろう。「熊」ではアイクがクエンティン少年と替わり、「ライオン」のアイク老人にあたる役はクエンティンの祖父コンプソン将軍が引き受けている。『行け、モーセ』で数多くの老人が登場するなか、アイザックに特徴的なのは、彼には老人と少年のイメージの互換性があるということだ。老人

アイクを少年クエンティンの役割に移行させ、また同一主人公の少年時と老年時の話を小説中に混在させることによって、『行け、モーセ』は混血を世代を超えた問題、父または祖父と息子、孫の問題として扱う。

「昔あった話」は、冒頭でアンクル・アイクに子供はいないことが明示され、アイクの父母の晩婚のエピソードにみられるゲーム的な不毛性と彼の孤独な老年期は共鳴する。物語中のポーカー勝負自体、冷酷な冗談のようだが、アイク・マッキャスリンは自分がこの世に生まれでる起源として、このブラック・ユーモア的な話を従兄（カズン）から聞かされて育った。小説『行け、モーセ』は「昔あった話」をはじめ、はぐらかしや意図的な空白が読者を戸惑わせるが、主人公のアイク自身も両親について欠落感を抱いている。父の記憶もほとんど持たないアイクが、父たちによって書き残された記録——といっても断片的な記録の土地台帳しかないのだが——にこだわる一方、デルタの森での狩猟初参入体験を、自らの誕生の現場として神話化するのも当然であろう。

アイク・マッキャスリンは「熊」で、デルタの森の入り口を母の胎内へとさかのぼる産道と感じるが、森が彼の母とすれば、彼が父と仰ぐのはサム・ファーザースである。「昔の人びと」でアイクは初めて仕留めた鹿の血をサムによって額に記される。彼はその儀式を通して森の狩人としての自覚を持ち、さらにサムが「じいさま（grandfather）」(*GDM*, 137）と呼びかける大鹿と出会う。後にマッキャスリン家の台帳を読み込んだアイクにとって、直系の祖父ルーシャス・クインタス・キャロザーズ・マッキャスリンは奴隷に子供を生ませ、さらにその子トマシーナにも子供を産ませるという罪深い人間である。アイクが成人してマッキャスリン家の土地相続を拒否したとき、彼は強い父権の代表者である祖父を否定して、自らの出自をインディアンの神話の世界へと移し変える作業を完成させた。アイクは「サム・ファーザーズが僕を自由にしてくれた（Sam Fathers set me free）」（222）と言う。サムは同じマイノリティの老人でも、ルーカス・ビーチャムのように交渉にたけたトリックスター的なしたたかさや現世の物欲を持たず、アメリカ合衆国の近代文明と対峙する自然を代表する。もちろん彼の混血の意味は、アイクと従兄のキャロザーズ・マッキャスリン・エドモンズの間で議論される。しかしアイクは、「行かせてください（Let me go）」（128）とだけ言ってひとり森に帰るサムに、アフリカの血よりもチカソー族の酋長の血が強烈な、孤高の原始人の威厳を見ている。

だがサム・ファーザーズが最初にフォークナーの作品に登場したとき、彼は『行け、モーセ』でのような神話性をそれほどまとってはいなかった。「正義」（"A Justice," 1931）［7］でクエンティン・コンプソンは、十二歳のときサムから聞いた話を回想して語っている。ここでのサム・ファーザーズは大工で、森の狩人としては語られていない。またクエンティンが再び主人公となる「ライオン」（1935）は大熊に立ち向かう野犬の話で、ブーン・ホガンベックが犬の助太刀をして熊を倒すが、そこにはサムは登場しない。しかし一九四〇年九月に『ハーパーズ』誌に掲載された「昔の人びと」には、クエンティンらしき少年主人公と彼の狩猟の師サム・ファーザーズが出てくる（雑誌掲載時にはクエンティンという名前は出てこないが、もとのタイプ稿では少年の父がサムから「コンプソンさん」と呼びかけられている［*WFM*, 6］）。

「正義」でサムが語るところによれば、彼はチョクトー族酋長の血統ではない（*CS*, 344）。酋長となるイケモタビーが連れ帰った奴隷の黒人女性とクローフィッシュフォードというチョクトー族の男の間にできた子供である。ただし女性には黒人奴隷の夫がいたためイケモタビーによって「二人の父がいた（Had-Two-Fathers）」（345）と名づけられる。すなわち彼は半分黒人、半分チョクトー族であった。クエンティンはサムの黒人としての身体的特徴も指摘しているが、コンプソン農場でのサムのふるまいは黒人らしくなくてクエンティンを当惑させる。またサムが語る自らの生い立ちのもとは、十二歳の少年に聞かせる話としては少々不適切で、クエンティンは当時の自分は彼の話がよくわからなかった、と告白している。帰り道、祖父のコンプソン将軍からサムと何を話していたのかと聞かれても「なんでもありません（Nothing, sir)」（360）と答えている。サムの話はクエンティンにとってよくわからないもののなんとなくグロテスクで、そのまま祖父に繰り返して披露する類のものではないと感じられたのであろう。少年クエンティンは、サムにこのような人生をもたらした南部奴隷制社会の知識もそれを批判する能力もまだ十分ではなく、「たそがれのかすかに不吉な宙吊り状態（faintly sinister suspension of twilight)」（360）のなかにいる。

しかし回想する大人のクエンティンは、意識の薄暮の段階は過ぎて、自ら南部白人社会の責任を負わねばならない時がきたと知っている。およそ百歳の（343）サム・ファーザーズは、自分の生い立ちのもとになった話を性的な滑稽譚として淡々と語った。しかしクエンティンのほうは成長するにしたがって、酋長という権力を掌握するために親族を毒殺することもいとわぬ男、奴隷の黒人女性に手を出す別の男、チョクトー族と奴隷売買をした自分の曽祖父、さらにそれらに翻弄されながら南部の歴史の縮図となって生き抜いた老人と自分のかかわりを考えさせられる。「正義」はのちのクエンティンにとって少年時代の無垢の終わりを告げる話となっている。しかし『行け、モーセ』のアイザック・マッキャスリンにとってサム・ファーザーズは、従兄から聞いた自分の生い立ちのもととなる粗野なエピソードを帳消しにし、彼を歴史の外、太古の無垢の自然という神話の世界へ解放してくれる導き手となる。

その後、「昔の人びと」雑誌版（一九四〇年九月、『ハーパーズ』誌）では、サムの血統に少し変更が加えられた。サムは七十歳くらいでチカソー族酋長イケモタビーと奴隷の黒人女性の孫に当たる（US, 202）。「昔の人びと」の主人公の少年は、サムが黒人たちと交わりながらも白人に対して他の黒人たちのような態度はとらない理由について、サムの高貴な血のせいだと推測している。サムの酋長の血統は小説『行け、モーセ』ではさらに強化され、小説中の「昔の人びと」でのサムはイケモタビーの息子である。「熊」でデルタの森を象徴する大熊の死と呼応して死ぬサムは、消滅していく先住民の王の子であらねばならず、同じネイティヴ・アメリカンでも平民のブーンとは違う（「ライオン」ではブーンの祖母も酋長の姪だが［184］、雑誌版「昔の人びと」ではブーンは平民である［203］）。小説の「昔の人びと」では、サムはイケモタビーとクアドルーン（四分の一黒人）女性奴隷の間に生まれている。アイクの従兄キャロザーズ・マッキャスリン・エドモンズは、白人の主人を受け入れた黒人奴隷であるサムの母の「裏切り」に言及し、奴隷制のしがらみの中に入ってしまったことがネイティヴ・アメリカンとしてのサムの悲劇だという説を展開する。しかしサムが森で暮らすようになると、白人と黒人とインディアンの混血という異人種混淆の問題は昇華されていき、この老人は〈原始の自然と共生する父〉という起源になる。そしてアイクは、私有財産制の頂点に立つ祖父マッキャスリンと先住民のサムという二人の象徴的な父から一人を選び、祖父伝来の土地相続を拒否する。

3．3．アイク・マッキャスリンとクエンティン・コンプソン

アイク・マッキャスリンは『行け、モーセ』という小説形成過程で、クエンティンが担っていた役割を一部肩代わりする形で主役のひとりとなる。ジョン・T・アーウィンはクエンティン・コンプソンについて、彼の自殺は単に妹キャディの処女喪失の痛手によるのではなく、『アブサロム、アブサロム！』でのサトペン家をめぐる混血問題、南部奴隷制の衝撃が大きくかかわっているという。アーウィンの解釈では、クエンティンは父より先に死ぬ息子としてイエス・キリスト的な受難を引き受け、父権制社会の父から息子へ継承される秩序を断ち切り、個人の魂の救済を試みたのである（Irwin, 130-33）。とするとアイク・マッキャスリンも、父権の象徴であるルーシャス・クインタス・キャロザーズ・マッキャスリンの土地相続を拒否することによって――その結果として、結婚はしたものの子孫も拒否してしまうことになる――クエンティン・コンプソンの例に従ったのかもしれない（もちろん年代記的には、アイクの方がはるかにクエンティンより年上だが）。アイザックという名前にもかかわらず、彼はアーウィンが論じるところの、旧約聖書的な父の法――すなわちアブラハムが息子アイザックを犠牲にすることを免れる代わりに、息子より先に死ぬことを受け入れて子孫、家系が続くことを神に約束してもらう（126-29）――を選ばなかった。アイクは直系の家系を断絶し子孫を持たないことで、クエンティンと同じく個人の魂の救済というイエス的な受難を選択する。彼が大工の仕事を選んだのも偶然ではない。『アブサロム、アブサロム！』の影響が残る『行け、モーセ』でフォークナーは、アイクを使って、クエンティン・コンプソンやヘンリー・サトペンとチャールズ・ボン

による父への反抗を反復する。

ただ『行け、モーセ』において、アイクは土地相続は拒否したが、黒人のビーチャム家の子供たちのために委託された財産を管理して分配する権利と義務は手放さなかった。それは混血の親族への良心的な責任の取り方にみえる。しかしそれは財産分与の指定によって彼らを死後も支配するという祖父のやり方を、「父の遺言」と土地台帳に何度も書き込んでいた父シオフィラスと同じく反復することにもなる。アイクは一方では南部伝統の父権制を物質的に拒否しつつ、一方で言葉として継承するという矛盾に満ちた生き方をしている。「デルタの秋」でロス・エドモンズの愛人に対する彼の態度があいまいなのも当然である。アイクは黒人のビーチャム家出身である彼女にコンプソン将軍からもらった角笛を渡す。もし彼がそこで混血の赤ん坊を、女系であれマッキャスリン家の末裔、と言葉に出して認めることができていれば、自分の子孫がなくても新たなマッキャスリンの家系を開くアブラハムになれたかも知れない。しかし彼は親族の混血と近親相姦に恐怖と嫌悪しか示せなかった。「デルタの秋」でアイクはナチスの台頭を許さないと楽観的に語るが、実際には純血にこだわる自らの生き方も同時代のナチスの問題も、深く認識しているとは言いがたい。

「デルタの秋」のアイクは、若い連中とさして変わらぬ射撃の腕を保っていると自身では思っている。しかしテントの簡易ベッドに横たわる彼の姿ははかなげで、その「節くれだって血の気のない、骨が軽く干からびている老人の指(the gnarled, bloodless, bone-light bone-dry old man's fingers)」(*GDM*, 267)は、ロスが「火と暖炉」で眺めたモリー・ビーチャムの「干からびて黒ずんだ根っこの小さな塊(a tiny clump of dried and blackened roots)」(78)のような手を想起させる。モリーは「行け、モーセ」でロス・エドモンズが彼女の孫をエジプトに売った、と非難する。だがマッキャスリン家の当主であることを拒否し、ロスの教育にもまともにかかわってこなかったアイザックにもその責任の一端はある。と同時に、「デルタの秋」でロスの愛人に関する衝撃の事実に打ちのめされて簡易ベッドに横たわっているアイクと、これに続く「行け、モーセ」冒頭で、監獄の簡易ベッドで死刑を待つブッチ・ビーチャムは、人生の敗残者として二重写しになる。黒人霊歌を唱えて孫の死を嘆くモリーの姿は一種のピエタ像である。それならば、モリーが母代りに育てた孫のブッチの死を嘆くとき、キリストになり損ねたアイザックも黒人の母の嘆きによって同様に慰撫される可能性をフォークナーは想定していないだろうか。もちろん、モリーよりアイクのほうが先に生まれているはずなので、老人アイクがモリーの息子や孫になるわけはない。またアイクがテントで赤ん坊を抱いた若い混血女性と対面した時、「母」である彼女はアイクを、愛すら忘れた老人として非難する。しかしモーセばかりでなくイエスになることにも失敗したアイク・マッキャスリンも、また母と呼べるのはモリーだけだったアイクの親族ロス・エドモンズも、父祖の犯してきた過ちを贖うことに失敗した自らの死を弔ってほしいという願望を持っているのではないか。人生に敗北した彼らが還って許しを請う先は、プランテーションの長である白人の父でも原始世界の父サム・ファーザーズでもなく、黒人の母である。そこには当然、一九四〇年一月末に亡くなったフォークナーの乳母キャロライン・バーへの彼の想いも作用しているはずである。

　イエス・キリスト的受難を反復するアイクとクエンティンの類似性、アイクとブッチの二重性、さらにはアイクの母としてのモリーといった解釈が、年代を無視する点で荒唐無稽であることは承知している。しかしシオフィラス・マッキャスリンの息子アイザックに、もとはシオフィラスという孫がいたり、クエンティン少年がアイク・マッキャスリンに交代したり、アイク・マッキャスリンの役がコンプソン将軍に交代したり、『行け、モーセ』ではもとの雑誌用短編やそれ以前のフォークナー作品の登場人物が大胆に入れ替わり交代する。この小説執筆時のフォークナーの想像力は、いわば「エミリーへの薔薇」での老人たちの記憶の瓶のイメージのように、年代の制限を超えて自由に往来している。それはフォークナーが時間感覚を混同する老人になったという意味ではない。しかし世代を超えて父と息子、または孫が対決しなければならないような家系の混血の問題に直面する上で、少年を老人として、または反対に老人を少年に戻して時を往来して物事を検討する自由が、作家には必要だったのではないか。

4. おわりに

フォークナーは『土にまみれた旗』で、南部老人の類型を通して、失われゆく旧南部を丁寧に見送った。そして人生もゆうに半ばを過ぎたと感じられ始めた一九四〇年ごろから、彼はアイザック・マッキャスリンの少年期と老年期を描くことで、新南部がデルタの森に代表される大自然も失ったこと、しかし奴隷制の影響は依然として続くことを改めて確認する。一方でサム・ファーザーズは、混血性より大自然を代表する先住民としてより理想化され、『土にまみれた旗』の老人たちに見られる類型化に通じる恐れもある。また「デルタの秋」で老人アイザックが幻視する狩人と森の獣たちの永遠の交歓のイメージは、殺すものと殺されるものの二項対立が一瞬無効になったユートピアである。それは『行け、モーセ』が示す厳しい現実から超越した、老人の無時間の夢の世界でもある。しかし父権制社会の権力によるマイノリティ搾取は世代を超えて反復されており、フォークナーはこの小説でヨクナパトーファの登場人物たちを縦横に関連づけて問題の核心に迫ろうとする。そこで年代枠を超えて人物やエピソードが連想されるのは、アイクの大森林の夢が「時空間から自由な次元（a dimension free of both time and space）」（*GDM*, 261）に遊ぶのとは違い、それまでの作品枠を解体して問題意識を自由に組み直すという、サイードのいう芸術家の晩年様式に近づいている。時系列を超えた「ひろびろとした草地」に想像力を委ねることは、フォークナーにとって「老い」の貴重な創造力となる。一九四六年の『ポータブル・フォークナー』中の「付録——コンプソン一族」（"Appendix: Compson, 1699-1945"）で、フォークナーはナチス将校と一緒の写真に取り込まれたキャディ・コンプソンを幻視した。それには『行け、モーセ』の「デルタの秋」で、ロスの愛人である混血女性をデルタの森どころか南部からも追い払いたかったアイザック・マッキャスリンと、純血のために近親相姦をも夢想したクエンティン・コンプソンとの二重性、純血へのこだわりとナチスへの連想、という時空間を超えた想像力が寄与しているはずだ。『行け、モーセ』は老人表象の試みの一環として、ヨクナパトーファの時空間枠をより自由にずらし、あるいは越えようとする。それは世界を歴史的により大胆に俯瞰する点で、フォークナーのその後の作品への橋渡しの役割を果たしている。

注

［1］たとえばアイク・マッキャスリンの黒人性を指摘するジョン・デュヴァルやアンクル・バックとバディのゲイ疑惑を論じるリチャード・ゴッデンとノエル・ポークなどがあり、パトリック・オドネルも『アブサロム、アブサロム！』に比べ『行け、モーセ』がポストモダンである点を強調する。

［2］《all the past is not a diminishing road but, instead, a huge meadow which no winter ever quite touches, divided from them now by the narrow bottle-neck of the most recent decade of years》（*CS*, 129）。和訳は「エミリーにバラを」（龍口直太郎訳、新潮世界文学四十一『フォークナー』I、一九七一年）、七九一によった。

［3］一九四〇年七月書き直してハロルド・オーバーを通じて再送するも、採用されなかった（Blotner [1974], 1051, 1054-55）。

［4］送付は一九四〇年二月のことで、"An Absolution" と "Apotheosis"（Blotner [1974], 1078）は "The Fire on the Hearth" のより早い時期の原稿である（Blotner [1974], 1036, 1037）。

［5］四つの物語とは "A Point of Law," "Gold Is Not Always," "The Fire on the Hearth" そして一九四〇年三月十八日、オーバーに送付された "Pantaloon in Black"（Blotner [1974], 1038, 39）だろう。

［6］原稿は一九三三年十一月ごろ書かれたという（Blotner [1974], 822-23）。

［7］*These Thirteen* 初出。一九三〇年十一月には "Indian Built a Fence" のタイトルで、『サタデー・イヴニング・ポスト』誌に送るも採用されず（Towner, 181）。

引用文献

Blotner, Joseph. *Faulkner: A Biography*. 2 vols. New York: Random House, 1974.

——, ed. *Selected Letters of William Faulkner*. New York: Vintage, 1978.

——, Thomas L. McHaney, Michael Millgate, Noel Polk, and James B. Meriwether, eds. *William Faulkner Manuscripts 16*. Vol. I. New York: Garland, 1987.

Cowley, Malcolm, ed. *The Portable Faulkner. Revised and Expanded Edition*. New York: Viking Penguin, 1977.

Creighton, Joanne V. *William Faulkner's Craft of Revision: The Snopes Trilogy*, "*The Unvanquished*", *and* "*Go Down, Moses*." Detroit: Wayne State UP, 1977.

Duvall, John N. "William Faulkner, Whiteface, and Black Identity." *Race and White Identity in Southern Fiction: from Faulkner to Morrison*. New York: Palgrave Macmillan, 2008. 17-61.

Faulkner, William. *Collected Stories of William Faulkner*. New York: Vintage International, 1976.

——. *Novels 1926-1929*: Soldiers' Pay, Mosquitoes, Flags in the Dust, The Sound and the Fury. New York: The Library of America, 2006.

——. *Novels 1936-1940*: Absalom, Absalom!, The Unvanquished, If I Forget Thee, Jerusalem [The Wild Palms], The Hamlet. New York: The Library of America, 1990.

——. *Novels 1942-1954*. Go Down, Moses, Intruder in the Dust, Requiem for A Nun, A Fable. New York: The Library of America, 1994.

——. *Uncollected Stories of William Faulkner*. Ed. Joseph Blotner. New York: Random House, 1979.

Godden, Richard. "Reading the Ledgers: Textual Variants and Labor Variables (with Noel Polk)." *William Faulkner: An Economy of Complex Words*. Princeton: Princeton UP, 2007. 119-55.

Grimwood, Michael. *Heart in Conflict: Faulkner's Struggles with Vocation*. Athens and London: U of Georgia P, 1987.

Irwin, John T. *Doubling and Incest/ Repetition and Revenge: A Speculative Reading of Faulkner.* Baltimore and London: The Johns Hopkins UP, 1975.

O'Donnell, Patrick. "Faulkner and Postmodernism." Ed. Philip M. Weinstein. *The Cambridge Companion to William Faulkner.* Cambridge: Cambridge UP, 1995. 31-50.

Said, Edward W. *On Late Style: Music and Literature Against the Grain.* New York: Vintage, 2007.

Towner, Theresa M. and James B. Carothers. *Reading Faulkner: Collected Stories*. Jackson: UP of Mississippi, 2006.

フォークナー、ウィリアム「エミリーにバラを」龍口直太郎訳、新潮世界文学四十一『フォークナー』I（新潮社、一九七一年）、七七九-九一。

狩猟物語の系譜と老いの表象
――『行け、モーセ』を中心に

梅垣昌子

1．老いの受容――フォークナーの遺言書

1．1．はじめに――夢と現実と死の先へ

「ミシシッピは、テネシー州メンフィスの、とあるホテルのロビーに始まり、ずっと南へ伸びてメキシコ湾に達する。」一九五四年にフォークナーが雑誌『ホリデイ』（*Holiday*）に発表した作品「ミシシッピ」（"Mississippi," 1954）の冒頭である。[1] その二十一年前、フォークナーは妻のエステルと生後二か月余りの娘ジルを連れて、メンフィスのピーボディホテルに向かっていた。この時期フォークナーは毎週のようにメンフィスの空港に通い、ヴァーノン・オムリーから飛行訓練を受けていたのである。

「ミシシッピの有名な作家で、空飛ぶ父親でもあるウィリアム・フォークナー」という文言を添えた写真が、メンフィスの新聞『プレス・シミター』(*Press-Scimitar*) に掲載されたのは、飛行記録が三十時間を超え、単独での操縦にも挑戦し始めた頃であった (Blotner [1974], 814-15)。第一次世界大戦の末期に合衆国の陸軍航空隊に志願するもかなわず、英国空軍への入隊に目標を変更して士官候補生になったものの、空中戦のヒーローとしての一歩を踏み出す前に終戦で除隊となったフォークナーは、遅延した夢の平和的な実現に没頭していたようだ。

そのフォークナーが、自家用機の前で誇らしげに立っている写真がある。左肘を張って手を腰の後ろに当て、ゆったり垂らした右手の指先に吸いかけのタバコを挟んだ、三十五歳過ぎのウェイコー (Waco) 機のオーナーは、瞳が隠れて見えないほどに目を細め、左右の口角を頬の一番高いところまでつり上げて、歯を見せずに満面の笑みを浮かべている。かくも破顔のフォークナーは、長年彼のポートレイトを撮影し続けたコーフィールドの膨大な写真コレクションの中を探しても、他に見つからない。写真集の緒言でカーヴェル・コリンズが引用した「ビルは脚本家としてではなく、俳優としてハリウッドに行くべきだった」というコーフィールドの言葉が示すとおり、フォークナーは常にカメラの前で澄ました完璧な被写体だったのだ (Cofield, ix)。

この写真が撮られた約半年後、フォークナーはオムリーと共にニューオーリンズに飛ぶ。メキシコ湾とつながる汽水湖のポンチャートレイン湖に面して、シューシャン空港が建設され、三日間の記念行事が進行中だった。しかし到着したフォークナーの耳に飛び込んできたのは、前日の航空ショーで起こった曲芸飛行士の痛ましい墜落死のニュースだった。到着日の最大のイベントは、飛行機の設計

photograph by Jack Cofield.

The Cofield Collection, Archives and Special Collection, University of Mississippi Libraries.

士であると同時に、エア・レースで輝かしい成績を更新中の若きスター飛行士、ジミー・ウェデルのショーであった。そのウェデルもこの半年後の一九三四年、初心者を飛行指導中に墜落死する（Blotner [1974], 850）。

ウェデルの事故の二日後、三十六歳のウィリアム・フォークナーは、長年の友人である弁護士フィル・ストーンの事務所で、三ページ七条にわたる遺言書を作成した。

その翌年、フォークナーが支援して飛行士となった弟のディーンも墜落死する。さらにその次の年、オムリーも命を落とす。旅行客として乗った飛行機の、着陸時の事故であった。まさに「ミシシッピ」の北端から南端まで、夢の翼で駆け巡った若きフォークナーは、その対極にある突然の死に立て続けに直面することになったのである。[2]

1．2．書き換えられた遺言書――実人生と作品世界の交錯

このあとフォークナーは数回、人生の節目に遺言書を書き換えている。[3]

一九三四年の段階でフォークナーが妻への贈与対象として示すことができた不動産は、結婚直後に購入したローワン・オークの屋敷のみであった。また作家としての成果については、『兵士の報酬』(*Soldiers' Pay*, 1926) と『サンクチュアリ』(*Sanctuary*, 1931) に関わるすべての報酬を、それらの作品の手書き原稿の売却益も含めて、母親のモード・フォークナーに遺贈する旨が記されている。しかし一九四〇年にフォークナーが署名した遺言書は、加筆されて六ページ十五条に及ぶ内容になっていた。その各ページにフォークナーが記した日付は、三月二十七日。フォークナー兄弟の成長を見守っ

てきた、黒人の乳母キャロライン・バーが倒れてから、ちょうど二か月後である。彼女の死に際して「仕事をする時間も気力もなくなってしまった」(*SL*, 117) フォークナーは、スノープス三部作の第一作目となる『村』(*The Hamlet*, 1940) の校正に取り組んでいるところだった。

このとき四十二歳になっていたフォークナーは、屋敷に隣接する「ベイリーの森」や、オックスフォードの町から約三〇キロ先にある一三〇ヘクタールほどの「グリーンフィールド農場」の所有者になっていた。新たに挿入された遺言書の第十一条でフォークナーは、娘のジルが成人するまでの間、弟のジョンに農場の自由な使用を認めるとともに、「黒人のネッド・バーネットがこの農場に留まるかぎり、今の家に賃料なしで住める」こと、また農場内に「定められた二ヘクタールの土地を、死ぬまで小作料なしで耕せる」こと、さらにネッドが農場を離れる場合には、遺言執行人であるフィル・ストーンと弟のマリーが、「彼の生きている間はずっと、遺産から毎月五ドル支払うこと」などを明記している。ネッド・バーネットは曾祖父の時代からの執事で、フォークナーの農場購入後、そこに居を移していた。

この遺言書を作成したあとフォークナーは、円熟期の傑作といわれることの多い『行け、モーセ』(*Go Down, Moses*, 1942) を出版する。この作品の中核となる狩猟物語「熊」の第四番目のセクションには、ジェイムズ・ワトソンの指摘するとおり、フォークナー自身の遺言書の中身を一部反映した内容が含まれている。フォークナーは作中で、自分自身の遺言書において「ネッド・バーネットに認めたのと同様の土地の使用権を、ルーカス・ビーチャムに付与している」のである (Watson, 184)。[4]

ネッドの死後、フォークナーは一九五一年に再び遺言書を書き換える。その同じ月に、『馬泥棒についての覚え書』（*Notes on a Horsethief*, 1951）が出版された。この作品はまもなく、フォークナー自身が「畢生の大作になるだろう」（*FCF*, 91）と意気込んだ『寓話』（*A Fable*, 1954）に組み込まれることになる。

このようにフォークナーは、三十代の半ばから断続的に遺言書と向き合ってきた。遺言書が作成され更新された時期と背景は、フォークナーが人生の中間決算を要所で再三実行していた様子をかなり雄弁に物語っている。遺言書というと一般的に、晩年という言葉を連想しがちである。しかしフォークナーは、最初の遺言書から老いを意識していたわけではなかった。むしろ生と隣接する突然の死の深淵を覗きこんでいた。たとえそれが、贈与すべき資産の保持者であることを内外に示すための、一家の長としてのジェスチャーであったとしても、である。しかし二番目以降の遺言書については、事情が異なる。それらは長寿を全うした乳母マミー・バーや、執事ネッドの死を経て作成されたものであり、財産の目録も家族への責任も一層増してくる。この時期からフォークナーの生と死と老いへの向き合い方の変化が、作品にも反映されてくる。

本稿では、二番目の遺言書と成立時期が重なる『行け、モーセ』を起点とし、作家の実人生と複雑に交錯する作品世界において、フォークナーが最終的にどのような老いの表象に辿りついたのかを考察する。具体的には、『行け、モーセ』の中のアイザック・マッキャスリンを主人公とする三つの狩猟物語「昔の人たち」「熊」「デルタの秋」を中心に、まず老いの二つのかたちを浮き彫りにする。次にそれらを包摂する老いの様相を視野に入れ、最後にフォークナーの狩猟物語の系譜と晩年のスタイル(レイト・スタイル)との関わりを考察する。

2. 老いの対位法――三つの狩猟物語

2. 1. 老いとアイデンティティの問題

フォークナーの最初の遺言書の作成が、暴力的に訪れる突然の死の感覚を契機としていることは既に示唆したとおりである。これに対して、二度目の書き換えには老いの影がさしている。フォークナーとほぼ同時代を生きたボーヴォワールが、老いと死を簡潔に対比しているのを見てみよう[5]。ボーヴォワールは『老い』の中で、「人生のあらゆる現実のなかで(老いは)われわれがそれについてもっとも長いあいだたんに抽象的な概念しかもたない現実である」(ボーヴォワール、九)というプルーストの言葉を紹介し、その対極にある死については「われわれの直接的可能事の一つであり、あらゆる年齢においてそれはわれわれを脅かしている」(九)と述べている。

人はこの虚無[死]を前にして形而上学的眩暈を感じるかもしれないが、ある意味でそれは人を安心させる。[中略]私はこの消滅のなかにおいても私の自己同一性(アイデンティティ)を保持しているのである。二十歳のとき、四十歳のときに、老いた自分を考えることは、自分を別の者[他者]と考えることである[6]。

ボーヴォワールはこのように、死と老いの観念が生に与える影響を個人のアイデンティティという側面から説明している。

個人がひきうける運命という意味での老いを考えるとき、その最大の問題は、アイデンティティの保持の困難さにある。そうであれば、老いと向き合うことはすなわち、時の経過に従って増殖する他者を内在化する、不断の作業にほかならない。

ではフォークナーは、『行け、モーセ』の中の三つの狩猟物語、すなわち「昔の人たち」「熊」「デルタの秋」において、どのような「老い」のありようを提示したのだろうか。語りの手法やエピソードの並置などによって常に両義性を担保するフォークナーのテキストには、「老い」の対位法が見られる。白人の少年アイクことアイザック・マッキャスリンの狩猟の師であるサム・ファーザーズの老年と、後年のアイクの老境とが対置されている。以下、この二人の老いを、その「外部性」と「内部性」の均衡あるいは断層に注意して考察する。「他者の目に映る姿」と、「主体がそれをのりこえつつ身に引き受ける姿」(一六)の均衡のうえにアイデンティティの安定的な保持が成立するとするならば、そのバランスが両者の生き方を定めてゆくさまを巧みに用いつつ、この二人の老いがどのように提示されているのかを明らかにする。

2. 2. サムの老い――複雑なエスニシティの「戦場」で

『行け、モーセ』の中心部に配置された狩猟物語群には、狩猟の舞台であるミシシッピのデルタ地帯の大森林と一心同体の存在として描かれる登場人物がいる。三つの人種の血、すなわちインディアンと黒人と白人の血をもつサム・ファーザーズである。三つの狩猟物語には、六十代から七十代のころのサムが描かれている。サムという一人の人間に凝縮した人種とエスニシティの均衡あるいは解消されない拮抗が、少年アイクの心に刻印されるさまを見てみよう。

「昔の人たち」は十歳のアイクのイニシエーションの物語であるが、その中でアイクに狩猟の真髄を教えたサムの出自と生き方が詳しく語られる。サムはチカソーのチーフと混血の黒人女性との間に生まれた。サムの父親のイケモタビーはチーフの女系の子孫であったが、出奔した先のニューオーリンズから混血の女性奴隷を連れ帰り、身ごもらせる。その後、叔父のイッシティベハーからチーフの座を奪って後釜に座り、自分の子供を宿した混血の女性を別の黒人奴隷と結婚させたうえで、その黒人家族をアイクの祖父であるキャロザーズ・マッキャスリンに売ったのである。実の息子に与えた「サム・ファーザーズ」という名前は、チカソーの言葉で「父親が二人いる」という意味である。このような生い立ちやチカソーの昔話を、サムは少年アイクに話して聞かせる。

アイクは、サムの目の奥に時折ふと現れる独特の表情に気づくのだが、それが何によるものかを十七歳年上の父親代わりの親族、キャス・エドモンズから教えられる。キャスによれば「それは隷属の印ではなく、囚われの印」[7]である。サムが囚われているのは、マッキャスリン家の奴隷という檻ではなく、「チカソーの戦士かつチーフの直系の血に、奴隷の血が入ったという認識」(*GDM*, 168)の檻である。しかしそれだけではない。キャスは続けてアイクに説明する。「奴隷の血のみならず、それを奴隷の境遇にした種族のまさにその血も、わずかながら入っている。彼の身体は彼自身の戦場であり、彼自身の屈服の場、挫折の墓場なのだ」(168)。黒人と白人そして誇り高きチカソーが、サムの中で三つ巴の戦いを繰り広げている様相が、アイクの心に刻まれる。サムは生まれながらにして自らの内に、互いに相容れない他者を抱えているのである。その拮抗のうえに、サムはハンターの能面をつけ、そのアイデンティティを確立している。「白人とか黒人とか先住民ということではなくハンターなのであり、耐え忍ぶ意志と不屈の精神を備え、生き残る技と謙譲の精神を身につけた」(191)狩猟者として、サムは少年アイクに多大な影響力を与えているのだ。

このように複雑に絡み合うエスニシティを内面に抱えるサム・ファーザーズは、外部との関係をどう保っているのだろうか。サムの体躯は先住民のそれで、髪と爪の色に黒人の特徴が現れているのみであるが(168)、「昔は奴隷の身そして今では自由の身であることの旗印」(206)となっている、着崩れて変色したオーバーオールを常に身にまとい、狩猟の現場ではアイクの「父親の所有物だった帽子をかぶっている」(220)。内的な三つ巴のせめぎ合いを奇妙なかたちで表面化しつつ、マッキャスリン農園の一角にある黒人たちの住居に住むサムであるが、彼は白人の指図を決して受けない。「どのような取り決めがサムとキャロザーズの間で結ばれたのか少年のアイクには知る由もなかったが」(169)、あくまで自分のペースで働くサムは、「働くとすればそのときには、白人の仕事をしていた」(169)のである。共に暮らす黒人たちも、「彼が依然としてチカソーの息子であることを知っていた」(169)。白人の農園主も、鍛冶や大工の仕事をする彼に対して、作業に関する命令を出すことは決してなかった。狩猟のオフシーズンに「みんながいないあいだ番をするため」(173)と理由をつけて、キャスたちが毎年秋になると出かけるデルタの狩猟キャンプに移り住むことを決めたのは、サム自身であったし、また自分の死に方や埋葬方法を決めたのも、彼自身であった。大森林の主のような大熊「オールド・ベン」がついに仕留められた、その同じ日に、いにしえのハンターの血を受け継ぐサムは、ひっそりと命を閉じる。

少年アイクの観察眼を通して浮かび上がってくるサム・ファーザーズは、内面の戦場における「屈服」と「挫折」を糧に、静かに漲る強力なアイデンティティを獲得し、何者にもへつらうことなく自分の意志に従って生きている。一方、サムのそのようなあり方を周囲の人々も認識し、受け入れている。生まれながらにしてエスニシティの三つ巴の戦場を抱えるがゆえに、恒常的に他者を内在化して生きてこざるを得なかったサムの内部性は、自らの外部性をもコントロールする強靭さを獲得したのである。

「昔の人たち」や「熊」において、ハンターとしての揺るぎないアイデンティティを保持しているサム・ファーザーズは、少年アイクにとって祖父同然の年齢に達している。では老人としてのサムの身体は周囲にどのように映り、サムの総体はどう評価されているだろうか。少年が物心ついたときサムは「すでに六十歳」(166)で、アイクが成年に達する「熊」では七十歳をこえている。しかしながら、サムの肉体の老いは決して強調されてはいない。作品の中でサムがどのように提示されているか、詳細を見てみよう。例えばサムは、「馬のたてがみのような髪をもち、七十歳になっても白髪の気配は全くなく、その表情が笑顔でほころばない限り、年齢が出ない顔だった」(166-67)。サムは大森林で少年に付き添い、想像を超える大鹿や大熊との邂逅に際して「びっくりするのはいい、それは当然だ、だが恐れるな」(207)というハンターの精神を教える。「すばやく、そしてゆっくり撃て」(163)という心得からはじまり、「前から行くな。まだ死んでいない場合は足で攻撃されてずたずたにされる。後ろから近づいてまず角をがっしりつかめ」(164)という事後の注意に至るまで、こと細かにアイクに伝授する。そのサムを間近で見つめるアイクの脳裏に焼き付けられたのは、「一定の間隔でかすかにアーチのように膨らんでは萎む鼻の穴と、瞳の奥に浮かぶ野性の激しさを秘めた滑らかさ」(217)、別の言い方をすれば、「底知れずちらちらと燃える情熱と誇りの質感」(198)であった。サム・ファーザーズは死の瞬間まで生粋のハンターであり、町の名士であるド・スペイン少佐をはじめとする白人の狩猟者たちに信頼され、少年から「精神的な父親」(326)として拠り所にされる存在として提示されている。

老いの受容が、時の流れとともに増殖する自分の中の他者を引き受けつつ、自らのアイデンティティを外部からの視線との折り合いの中で更新してゆく作業であるとすれば、その作業の本質は、サム・ファーザーズのような出自の者にとって、幼いころから自分の運命の中に親しく組み込まれたものであった。日常的に他者の内在化を強いられているサムのありようは、老いのプロセスに対する精神的な耐性を育むことにつながる。さらに、ハンターとしての確固たるアイデンティティの保持は、老いという現象に左右される世界とは別の次元において、サムの生き方を規定する力となる。『行け、モーセ』の中の狩猟物語において、サム・ファーザーズの姿は、いわば肉体の老いを超越した存在として、読者の前に提示されている。

ここまで、アイクの狩猟の師としてのサム・ファーザーズについて見てきたが、彼がアイク少年にとって語り部であったことにも注目しておこう。ある種の社会または状況においては、叡智を次世代へ語り継ぐ力が「老い」の価値として尊重される。大森林に生きるサム・ファーザーズが、どのように少年の精神的な成長の過程に寄与していたのか、二人のふれあいの場面を手がかりに読み解いてみよう。

サムは少年の「質問には反応しなかったが、じっと待って聞く態勢になっていると、過ぎ去った時代や人々のことを話し始める」(171)。それは大文字の「人々」であり、少年の住む現在のヨクナパトーファの土地からは既に姿を消していて、サムの血の中にしか存在しないチカソー族のはなしである。サムの声に耳を傾けるアイクが、彼の物語に巻き込まれていく様子は、作品の中で次のように描かれている。

少年にとって、昔の時代は次第に昔の時代ではなくなってきて、少年の現在の時間の一部になってゆく。過去の日に起こったことなのではなくて、まるで今、目の前で起こっているかのように。そこで歩いている人間たちは、実際に同じ空気を吸って息をして、実際に大地に、彼らが去ったはずの大地に、影を落としているかのように。いや、それだけではない。まるで、その中のことはまだ起こっていなくて、あした起こることであるかのように。そしてついに少年には、自分がまだこの世に出てきていないように思えてくる。彼が属する人種も、その人種がこの地に連れてきて隷属させた人種も、まだ現れていないように思えてくるのだった(171)。

語り部としてのサム・ファーザーズの老いは、多感な少年にとって共同体の叡智という価値に転換されている。また同時に、動物たちのすみかと行動を知り尽くしたハンターとしてのサムの身体の老いは、狩猟の場としての大森林において無効化されている。さらにサムの語りの力は時間軸を自由に伸縮し、想像力の回廊の中での若返りを現前させる。

ここでふたたびボーヴォワールからの引用を見てみよう。「無活動（イネルシー）こそ死と同義語」（ボーヴォワール、一七）で「生命の法則、それは変化」（一七）であると前置きし、老化という現象に触れている部分である。「老化を特徴づけるのは、変化のある種の形態、すなわち、不可逆で不利な変化、凋落である」と説明したうえで、「不利」という言葉には価値判断が含まれていることに注意を喚起し、「進歩あるいは退歩という観念は一定の目標との関連においてのみ存在する」（一七）のだから、老いの定義はその社会ないし共同体が何を目指しているかによって変化すると結論づける。さらに事例の一つとして「反復型」の社会を取り上げ、そこで「もっとも尊敬されるのは、あらゆる伝承――お伽噺、神話、儀式、祭礼、踊り、呪文など――の記憶を保持し伝えることができる歌い手たち」（七七）であり、彼らは「社会の余白へと落ち込む」（七七）ことはないと述べる。

サム・ファーザーズに戻ろう。彼は狩猟を目的とするハンターたちの共同体で、毎年やってくる秋のシーズンに狩人たちの指南役となり、「厳粛さと威厳をもって白人たちに接する」（*GDM*, 170）。また彼は太古の知を受け継ぎ、その記憶を語る。「野性で不屈の老いた熊の霊魂」（295）をもつサムの自我は、エスニシティの観点からすると戦場のような内面を抱えつつも、老いながら一貫してそのアイデンティティがゆらぐことはない。それはサムが「反復社会」の側面をもつ狩猟の世界に身を置き、そこに全霊を捧げていることにより可能になっているのである。

2．3．アイクの老い――転換期の文明社会と森林のはざまで

サム・ファーザーズの教えを受けたアイク・マッキャスリンは、どのような老いを生きることになるのだろうか。「デルタの秋」には、「熊」の時代から五十年余りを経て老境に入ったアイクが登場する。物語の冒頭、ミシシッピデルタの狩猟キャンプへ向かっているアイクにとって、デルタに入っていくときの「感覚はなじみ深いもの」で、その感覚は過去半世紀のあいだ、「毎年十一月の最後の週に更新されてきた」(335)。しかし「今や彼と一緒に狩猟にゆくのは、かつて雨や霙の降る中、汗だくのラバの背に二十四時間揺られた男たちの、息子たちや孫たち」(336)である。彼らは車に同乗してデルタを目指している。

かつての狩猟の先輩たちが世を去って久しい今、アイクは老いが若者たちの嘲笑の対象になる時代にひとり取り残されてしまった。このアイクが若者たちの目にどう映っているのか見てみよう。「アイクおじさんみたいなお年寄りには、牝鹿(めじか)の話は興味ないよね。二本足で歩くやつはね」(337)。「アイクおじさんは、それだけ長い間生きているのに――何年だっけ、七十年以上だよね？――女と子供というのは絶滅の心配がないんだということに、気づいていないの？」(339)「で、おじさんは八十年近くも生きてきたんだよね。それなのに、狩りの獲物じゃなくて自分の周りにいる人間のことになったら、辿りついたのはそんな見識なんだ。ちょっと聞きたいんだけど、これまでずっと死んでる間、どうしてたんですか」(345)。このように若者は痛烈な皮肉を吐き、言いたい放題である。一方、アイクは大きく動揺する様子もなく「安らかで落ち着いた声で、どっと起こる笑いの渦に向かってしゃべりつづけている」(347)。

狩猟の一行の間でヒットラーの影やフランクリン・ローズベルト大統領の政治が話題にのぼる時代にあって、アメリカ南部には既に機械化の波が押し寄せ、ミシシッピデルタの大森林は大幅に縮小していた。かつてはジェファソンの町から荷馬車に揺られて五〇キロ弱ゆけばデルタの森林の入口に到着したところ、「現在ではそれが三二〇キロになっている」(343)。文明と森林の境界線は大幅に後退した。アイクが老年にさしかかる数十年の間に、デルタと町を取り巻く様相は変貌を遂げたのである。人々がデルタの「沼地を干拓し、森林を伐採し、川を埋め、白人は農園を所有してメンフィスに毎晩通い、黒人も農園を所有して、列車の黒人用車両に乗りシカゴに出て百万長者のような邸宅に住む」(364)時代、老人となった旧世代のアイクはその地歩を失う。

しかもアイクは二十一才のとき、祖父の代から受け継いだ農園の土地相続を放棄している。このことは老人となった彼にとって、何を意味するのだろうか。かつて先住民から土地を奪い、土地所有の概念のもとに発展をとげたアメリカの文明社会においては、ボーヴォワールが次のように述べたことが、ある程度当てはまる。すなわち、「特権階級者においては、老人の境涯は所有権制度に結びついている」ゆえに、「自分の所有物の中に自己疎外され」(ボーヴォワール、一一六)ながらも、その所有物において尊敬を集めることができる。土地の所有権を放棄したアイクは、その種の尊敬を永遠に喪失してしまったことになる。こうして老いたアイクは、ジェファソンの下宿屋の貸間に独居している。手狭な部屋に置かれた大工道具と、狩猟仲間から受け継いだ記念の品は、アイクが価値観の異なる二つの世界の間で引き裂かれ、そのいずれにおいても自己を確立できなかったことを象徴している。すなわち、文明社会である町にあっては、ド・スペイン少佐のように事業を起こして豪奢な事務所を構えることもできず、反復社会である大森林にあっては、狩猟の奥義を伝達するような息子も後継者も持てなかった。先住民から奪い、奴隷を物質的および性的に搾取することのうえに成立した白人の土地を忌まわしいものと考え、その所有権の存在自体に疑問を呈した若き日のアイクが、「サムは自分を自由にしてくれた」（*GDM*, 300）と叫んだとき、アイクは明らかにサム・ファーザーズの三つ巴の血の戦場に平和の鐘を鳴らし、新しい未来を切り開こうとする若者の気概に溢れていた。アイクは相続放棄により、自分自身の生き方を選び取る自由を行使した。しかしながら、大森林での経験から得た価値観と、文明社会の価値観との間のずれが急速に拡大する歴史的転換期にあって、前者に軸足を置こうとする自分が、後者に照らしてどのような像を結ぶかという認識が十分ではなかった。更にいえば、相続放棄というジェスチャーの背後に、旧来の人種的偏見から自由になれない自己が頑として存在していることに対する認識が、欠けていたのである。

アイクのそのような認識のずれと欠如は、若いハンターの会話をはじめとして「デルタの秋」の各所に現れている。だがアイクの心の平和が劇的に乱される瞬間は、物語の最後に訪れる。その場面で呆然とするアイクに投げつけられる言葉は、「お爺さん、あなたはそんなに長生きして物忘れが激しくなってしまったの？　愛というものについて知ったり感じたり聞いたりしてきたことを何も覚えていないくらいに？」（363）というものであった。この言葉を発したのは、アイクの父親代わりだったキャスの孫にあたる、ロス・エドモンズの恋人である。彼女はロスに会うために、彼の赤ん坊を抱いて狩猟キャンプへやってきたのだ。しかしアイクは、彼女が自分と同じマッキャスリンの血を引く黒人であることを知る。その結果、祖父キャロザーズの「影の家族」の末裔を、その黒人の血ゆえに拒絶してしまうのである。動揺したアイクの心に、新しい世代に属するふたりの愛情物語を思いやる気持ちは、入り込む余地はなかった。

ところで「デルタの秋」においては、アイク自身は自分の狩猟者としての衰えを深刻に認識してはいない。アイクの視点に立った語りの部分の随所に、そのことが示されている。アイクの視覚は「鋭敏で、銃身とその先に駆けるものを見つめる目は、今でも他の誰よりも確か」(337)である。これまで見てきたように、アイクの自己認識と外部の目に映るアイクの姿とは、かなりずれた二重の像を形成している。このずれ自体、あるいはこのずれの存在をアイク自身が自らに隠蔽している状況を母体として、そこからアイクの老境の痛ましさが立ち上がってくる構造になっている。「焦点を合わせる眼鏡をはずし、ぼんやり濁って虹彩と瞳孔がはっきりしない」(342)瞳でロスの恋人を見やるアイクの姿は、象徴的にそれを物語っている。アイクのアイデンティティのぶれは、急激な社会の発展と価値観の変化という時代性に注目すれば悲劇的であり、反復社会を生きたサムの対極にある「老い」の様相を提示している。結局のところアイクは、彼がサムの中に認めた「他者の内在化」を観念的には理解していたとしても、それを自分の身に引き受けることはできなかった。また、たとえそれが時代性に鑑みてやむを得ないとするにしても、そこに自分の限界が存在するという事実に向き合うことができなかったのである。

3．個を超越する老いのトポス――共同体の永遠の生命

『行け、モーセ』の中の狩猟物語に注目してサムとアイクの二つの老いのかたちを見てきたが、それらの狩猟物語の底流には、より大きなスケールの死生観と老いの感覚がある。それは土地や共同体、ひいては人類全体を包摂する生の反復ないしは循環のサイクルと、個を超えた老いの意識である。

この感覚の育つ土壌として、ミシシッピデルタの自然が提示されている。例えばデルタの水系は、タラハチー川やヤズー川の流域に散在する「日の当たらない暗く淀んだ緩慢な流れで、ほとんど水面の動きがないが、それが年に一度、流れがぴったり停止し、そのあと逆流が起こって溢れ出し、肥沃な大地を浸し、やがて引いてもとの流れに戻り、大地は一層豊かになる」（340）。時間の経過になぞらえられる川の流れはデルタにおいて、蛇行する曲線の双方向に動くと同時に、二次元の平面を縦横に走って横溢し、また収斂する。このデルタの地で、大熊や鹿を忍耐強く待つ狩猟者は、大森林における独特の無時間あるいは時間の真空状態にはまりこんだような感覚を経験する。

この空間においてアイクは、追うものと追われるものを包摂するあらゆる生命の循環のイメージを抱く。猟犬のライオンとサム・ファーザーズの墓を訪れたアイクは、彼らが「消滅してしまったのではなく、無数の生命に転じたのだ」（328）と感じる。この感覚の描出を「熊」から引用しよう。

なぜなら死というものは存在しないから。ライオンもサムも。土の中にじっと埋まっているのではなく、大地の下で自由に解き放たれている。いや、大地の下でなく、大地そのものになって。無数の生

命へと転じながら雲散霧消することはなく。木の葉に小枝に落ち葉、空気に太陽に雨に夜、ナラの実にナラの木に葉っぱにまたナラの実、日が暮れては明け、暮れては再び明ける、という不変の連鎖をとおして、無数でありながらひとつなのだ。(328-29)

さらにこの連鎖あるいは生命の営みの中で、個別の生命を貫くかたちで進行してゆく、いわば集合的意識における老いのプロセスが示唆される。大森林と自分は「同時代を生きている」(354) とアイクが言うとき、彼は自分より前の世代の優れたハンターたちの一生を、自分のそれと連結させて考えている。これに加え、アイク少年が七十歳や八十歳になったあとも、サム・ファーザーズは生き続ける、こうして彼は、「自分自身が土の中に入ったあとも生き続けるだろう」(165) という語りも、同様の考えの延長線上にある。個を超えたこの壮大なスケールをもつ老いの概念は、人間の生涯の短いスパンにおける老いの哀楽を飲み込み、老いと生命に対する安らかなまなざしを可能にする。

フォークナーは、故郷であるミシシッピの大地を下敷きとし、これまで述べたような死生観あるいは老いの感覚を生む土壌としての、ヨクナパトーファという作品世界を生み出した。本稿の冒頭で引用したフォークナーの半自伝的エッセイ「ミシシッピ」は、そのトポスの重要性を示している。

4. 狩猟物語の老い――フォークナーの晩年のスタイル

4. 1. 早熟の老後と作家の転機

私が老後にゆっくり楽しむはずだったことを、先にやってしまった君へ――ウィリアム・フォークナー

これはフォークナーが、一九三一年十一月発行の『響きと怒り』初版第三刷に、自筆で書き込んだ献辞と署名である。彼がこの言葉を捧げた相手は『ポータブル・フォークナー』(*Portable Faulkner*, 1946)の編者、マルカム・カウリー(Malcolm Cowley)である。フォークナーの奪われた老後の楽しみというのは、もちろん『ポータブル・フォークナー』の編纂のことを指している。

フォークナーがカウリーの蔵書を借りるはめになった事の次第については人口に膾炙しているが、彼の署名と献辞が二回に分けて記入されていたことは、あまり知られていない。カウリーはこの献辞にまつわる一連の事情を、のちにブロツキーへの手紙の中で詳しく説明している。その経緯は次のとおりである。[8]

マルカム・カウリーは、この選集のための書き下ろしとなる「付録――コンプソン一族」("Appendix: Compson")の執筆に際して、『響きと怒り』の内容との間に齟齬をきたさないようフォークナーに事実確認を求めた。しかしこの作品は当時絶版になっており、フォークナーの手元に本は残っていなかった。最後の一冊はすでにランダム・ハウスのベネット・サーフに渡してしまったという。そこ

でカウリーは、自分の棚にあったものをフォークナーの参照用に送ったのである。『ポータブル・フォークナー』の出版後、フォークナーはカウリーから借りた『響きと怒り』の本の扉のページに、一九四六年三月二十六日付けで自分の署名を入れ、返送した。同年四月二十三日付けのカウリー宛の手紙でフォークナーは、『ポータブル・フォークナー』の出来ばえに大いなる満足の意を表している(*FCF*, 91)。

しかしこの件にはまだ続きがある。出版から約二年を経た一九四八年十月、フォークナーはコネチカット州シャーマンに住むカウリーを訪問し、同じ本の今度は前扉のページに、先述の「老後」の献辞を書き込んだのであった。

『ポータブル・フォークナー』が、一般にフォークナーの作品世界の再認識を促し、ノーベル文学賞への道筋をつけたことは、よく知られている。しかし、彼の署名と献辞がカウリーの所蔵版に段階的に書き込まれた経緯を考え合わせると、『ポータブル・フォークナー』は作家フォークナーにとって、さらに大きな意味合いを持っていたことがわかる。つまりこの選集は、フォークナー自身の作家としての道筋にも重要な転機をもたらしたと考えられるのである。「付録——コンプソン一族」には、クエンティンの家系のみならず、イケモタビーを含むヨクナパトーファのインディアンの系譜に関する記述も含まれている。これについても既作品との矛盾を指摘されたフォークナーは、それまで自分が世に出してきた作品世界の全体像をいわば他者の目で、一旦総括することになった。「三十五歳のころの自分は、今の四十五歳の自分が理解しているようには、この人たち［作品の登場人物たち］のことをわかっていなかった」(*FCF*, 90)とカウリーに告白するフォークナーにとって、強制的に早めの

「老後」を前倒しで迎えたことが、その後の彼の執筆のあり方を方向付けたことは間違いない。このことはフォークナーの「レイト・スタイル」にも大いに影響している。

カウリーの愛蔵版に署名し、その約二年半後に同書に献辞を書き加えるまでの間、フォークナーは「畢生の大作」となるところの『寓話』を抱えつつも、『行け、モーセ』と同時期に構想した『墓地への侵入者』(*Intruder in the Dust*, 1948) の執筆を開始し、半年のうちにそれを書き上げて出版した。この作品には、『行け、モーセ』と共通の登場人物が現れる。『ポータブル・フォークナー』の経験は、その後の二年あまりを通してフォークナーの中で発酵し、それまでは抽象的に思い描いていた晩年の集大成に、より意識的かつ体系的に着手する態勢を用意したと見てよいだろう。遅延した献辞の加筆は、ヨクナパトーファの世界の集大成が、フォークナーの中で具体的なかたちをとり動きはじめたことを示している。その世界の結び目に位置するのが『行け、モーセ』であった。さらにいえば、その中央に埋め込まれた狩猟物語群が、フォークナーの作品世界全体における重要な支点の役割を果たしている。その狩猟物語の系譜をフォークナーのレイト・スタイルとの関係で辿ってみよう。

4.2.「昔の人たち」から「朝の狩り」へ

フォークナーの狩猟物語は、常に「インディアン」とともにある。[9] またフォークナーの多くのインディアン物語は、何らかのかたちで「狩るもの」と「狩られるもの」あるいは「追跡するもの」と「逃げるもの」というモチーフを含んでいる。『行け、モーセ』において相続放棄をするアイクが何度も脳裏に思い描くとおり、ヨクナパトーファの最初の住人はインディアンであった。そもそもヨクナパトーファという名前自体、チカソーの言葉である。[10]

フォークナーは既に一九三〇年代初頭から、インディアンまたは狩猟のモチーフが現れる短編をコンスタントに発表している。「紅葉」（"Red Leaves," 1930）、「正義」（"A Justice," 1930）、「山の勝利」（"Mountain Victory," 1932）、「熊狩り」（"A Bear Hunt," 1934）、「見よ！」（"Lo!," 1934）などである。これらの作品の一部が更に新たな要素を取り込み、『行け、モーセ』の中の三つの狩猟物語に合流する。さらに『ポータブル・フォークナー』以降は、『尼僧への鎮魂歌』（*Requiem for a Nun*, 1951）の第二幕や、冒頭に引用した、雑誌『ホリデイ』掲載の作品「ミシシッピ」の中に、インディアンが闊歩した大地の歴史的俯瞰図が組み込まれる。それはメンフィスからニューオーリンズに至る広大なミシシッピの大地である。この二つは、前述の「付録――コンプソン一族」を出発点とする、フォークナーのいわば集大成シリーズの一角をなすと見てよい。「付録――コンプソン一族」を出発点として、その概念を拡充しつつ反復している。別の言い方をすれば、既出の要素を、それらが時の経過のなかで成長し変貌するのを妨げることなく、新たな文脈にそって再構築しているのである。

このようにフォークナーの創作の大地には、その中心に近いところを脈々と流れる、狩猟物語およびインディアン物語の系譜がある。その流れの行き着く先は、最後の狩猟物語集『大森林』（*Big Woods*, 1955）である。この作品集には、「昔の人たち」や「熊」および「デルタの秋」を含む狩猟物語やインディアン物語など、過去に出版された八編の改訂版または抜粋と、新たに執筆および発表された一編が収められている。ここで注目すべきは、その新たな作品「朝の狩り」（"Race at Morning," 1955）である。「朝の狩り」は興味深いことに、『行け、モーセ』の中の「昔の人たち」のパロディとして読むことができるのだ。さらに本作品は、『大森林』において「デルタの秋」と並置されている。両者の化学反応は、フォークナーの狩猟物語を新しい文脈の中に据える可能性を孕んでいる。

4．3．「朝の狩り」から「デルタの秋へ」――狩猟物語と晩年のスタイル（レイト・スタイル）

「朝の狩り」は一九五四年に制作され、雑誌『サタディ・イヴニング・ポスト』（*Saturday Evening Post*）に発表された。その後、一九五五年出版の『大森林』に収録され、この作品集に入っている四つの物語の最後に置かれている。「朝の狩り」の内容に踏み込む前に、『大森林』の構成を見ておこう。

『大森林』には、既発表の三つの狩猟物語、すなわち「熊」「昔の人たち」「熊狩り」に加えて、新作である「朝の狩り」が、この順序で収められている。たとえば「熊」については、アイクの土地相続や人種問題が展開する第四セクションが削除されるなど、それぞれの作品に何らかの改訂が施されている。一度世に出て完成したと見られている作品たちが、新たな彫刻を加えられて整列し直し、新しい文脈を作り出している観があるのだ。その効果を促進しているのが、各物語の前後に挿入された断章ともいうべきエピソード群である。全体のプロローグにあたるものとして、『尼僧への鎮魂歌』第二章の序文からの抜粋が置かれ、続く三つの物語の直後にはそれぞれ、「紅葉」、「正義」および「ミシシッピ」の各作品からの抜粋が挿入されている。そして四つめの物語「朝の狩り」のあとに続くのが、「デルタの秋」からの抜粋であり、作品集『大森林』のエピローグの位置づけを与えられている。ここで興味深いのは、この抜粋における語りが、アイク・マッキャスリンの一人称の語りへと転換されている点である。既述のとおり、『行け、モーセ』の中の「デルタの秋」では、三人称の語りによってアイク・マッキャスリンの老境が浮き彫りにされていた。

このような作品集全体の構造を踏まえたうえで、「朝の狩り」の内容に目を移してみよう。主人公の少年が、親代わりである老人「ミスター・アーネスト」とともに、秋の狩猟シーズンにキャンプ地にやってくる。二人はそこで、暦を勘違いしたかのように例年より早く姿を現した大鹿と出会い、それを追いつめる。ところがアーネストが連射する銃に弾丸は入っておらず、牡鹿は悠々と茂みの中に姿を消す。老人と少年は、とっぷりと日が暮れたあと、仲間の待つキャンプに帰ってくる。これが「朝の狩り」の概要である。主人公の少年が十二歳であることや、その少年に狩猟の手ほどきをする老人の存在が物語の核になっていること、さらに、二人が追跡する対象が「揺り椅子」のような角を冠した大鹿であることなどは、「昔の人たち」の内容とぴったり符号する。しかしながら、「朝の狩り」と「昔の人たち」の間には、様々な次元で決定的なトーンの相違がある。例えば両者の語りの特徴を比較してみよう。「昔の人たち」は、フォークナーに特徴的な長いセンテンスを時として含む三人称の語りである。これに対して「朝の狩り」は、主人公の少年による、トールテール風の口語的な一人称の語りになっている。この少年の母親は、ヴィクスバーグの酒場の男性と駆け落ちして姿を消し、父親もその翌日に家を捨てた。一人きりになったところをアーネスト老人にひきとられたが、ろくに学校にも行かず、この少年は自分の名前を書く事すらできない。

「昔の人たち」と「朝の狩り」を比較する上で更に注目すべきは、少年の導き手である老人の人物像である。フォークナーは「朝の狩り」において、アイクが大森林の師と仰いでいたサム・ファーザーズを、戯画化されたドン・キホーテ風の老人ミスター・アーネストに据え変えている。重要な点は、このアーネスト老人がフォークナー自身の姿と重なってくることである。アーネストが面倒をみている少年は、老人について次のように話す。「ただの農園主じゃないよ、あの人は農夫なんだ、自分のところで働いている小作人たちみんなと比べてみても、その人たちと同じくらい農作業に精を出してるんだからね」（*BW*, 194）この言葉はフォークナー自身が自分について用いた言葉「私は文士というのではありません。一介の農夫です」（*LG*, 216）を想起させる。フォークナーが自ら購入したグリーンフィールド農場について、遺言書に詳細を書き込んでいたことも思い出される。また「アーネスト」という名前が、フォークナーが「はめをはずす時に」使用していたペンネームであることを思い起こせば、この連想関係はさらに強まる。[11]

『行け、モーセ』という結び目において円熟の頂点に達したかに見えた狩猟物語の格調をフォークナーは、そのあとに続く集大成の流れの最後のひと刷毛によって、トールテール風でくだけた語り口のパロディへと裏返した。『行け、モーセ』において、大森林における謙譲の徳を体現していた威厳あるサム・ファーザーズは、舞台でいえば誰もが一目置く燻し銀の脇役というところであるが、フォークナーはこの役柄を自らのペルソナに充てたうえで、ユーモアを交えつつ骨抜きにしてしまったのである。[12]

ちょうどミシシッピ川の下流のデルタの水系が、逆流のさざ波を起こして流路から溢れ出るように、「朝の狩り」は狩猟物語の世界の予定調和に一種のささくれを生じさせる。そのあとまた流路に戻って『大森林』の作品群に合流し、そこで「デルタの秋」と並置されるのだが、独特の波長をもつ新奇な作品として『大森林』を締めくくっている。「昔の人たち」であるところのインディアンと深い関係にある従来の狩猟物語とは異なり、「朝の狩り」では少年の未来を語る老人の姿が、次世代の到来を印象づける。

『晩年のスタイル』においてサイードは、遅延性あるいは晩年性《lateness》は「一般に受容されているあり方からの自主的な離脱（イグザイル）であり、それは一般的な受容のあとにやって来て、そのずっと先まで残ってゆく」(Said, 40) ものだと述べている。この観点からフォークナーの最後の狩猟物語は、サイードのいう晩年のスタイル（レイト・スタイル）と符号する。五十代にさしかかるころ、早期に老後の集大成の具体的なかたちを意識したフォークナーであったから、その集大成にさらなるひねりを加える十分な時間があった。そこに晩年のスタイルを生み出す肥沃な土壌が広がっていたのである。

フォークナーは世を去る四年前、在住作家として滞在していたヴァージニア大学の学生との質疑応答の中で、「熊」や狩猟物語について語っている。[13]「熊」は自分の初めての狩猟体験の「総和」として生まれた「自伝的なもの」であると話したうえで、フォークナーは次のように続ける。

> 狩猟という行為は、追い求めることの象徴だったのです。生きるというのは、何かを追い求めることでしょう。生きることの反対は無活動、すなわち死です。人は生き続けている限り、追い求める。狩猟の物語はそれを象徴化したものなのです。

フォークナーにとって狩猟物語は生の凝縮の場であり、他者との対峙とその内在化の場であった。フォークナーがその晩年までつなぎとめた狩猟物語の系譜は、ヨクナパトーファという大樹の心材である。太古の大森林を生の象徴的な宇宙として、そこに多様な人種やエスニシティ、あるいは様々な階級や世代の他者を配置したフォークナーは、実人生と作品世界との合わせ鏡の狭間で多義的な老いを構築する。そうでありながら自らの生のプロセスの続く限り、完成とみえた構築物の木目に逆らう新たな老いのかたちを提示する。フォークナーの大樹は実を結んで土にかえり、脈々と続く文学の系譜の中に、永遠の生を獲得する。

注

［1］「ミシシッピ」は『随筆・演説　他』所収（"Mississippi," *ESPL*, 11）。デビッド・コーン（David L. Cohn）は一九四八年出版の『私が生まれ育ったところ』（*Where I was Born and Raised*, 1948）において、「デルタ地帯」（"The Delta Land"）の章を「ミシシッピデルタはピーボディーホテルのロビーに始まり、ヴィクスバーグのキャットフィッシュ・ロウに終わる」という一文で始めている。このコーンの著作の一九六七年の版には、ジェイムズ・シルバー（James Silver）の序文がつけられている。シルバーはミシシッピ大学のアメリカ史の教授で、フォークナーと親しかった。

［2］この時期にフォークナーは、空港の落成式や飛行士をとりあげた『標識塔〈パイロン〉』（*Pylon*, 1935）を執筆した。また墜落死した弟ディーンの墓碑銘には、『サートリス』（*Sartoris*, 1929）で戦死する登場人物ジョン・サートリスのそれと同じものを用いた。

［3］Louis Daniel Brodsky and Robert W. Hamblin, *Faulkner: A Comprehensive Guide to the Brodsky Collection*, Vol. 1: The Biobibliography, 95, 116, 193, 222 参照。フォークナーの遺言書からの引用は、ブロツキー・コレクション（サウスイーストミズーリ州立大学ケント図書館、貴重資料室所蔵）の中の "Last will and testament of William Faulkner, dated June 1934" および "—, dated March 27, 1940" による。ブロツキー・コレクションには、一九三四年、一九四〇年、一九五一年、一九五四年の遺言書の他に、遺言書の補足書が含まれている。

［4］『行け、モーセ』は、マッキャスリン家の人々を中心として展開する七つの物語群の、有機的な集合体であるが、それぞれの物語が異なる層において別の物語と接続しているため、重層的で緊密な構築物となっている。物語を横断して核となる登場人物は、白人のアイクことアイザック・マッキャスリンであり、彼の苦悩や葛藤の対極で存在力を放っているのが、混血のルーカス・ビーチャムである。アイクの祖父であるルーシャス・クインタス・キャロザーズ・マッキャスリンは、ジョエル・ウィリアムソンの言葉を借りれば、「本宅で白人の家庭を営みつつ、それと並行して黒人奴隷の居住区に混血の家族をこしらえ、結果として同時に二人の妻を持つ」（Williamson, 25）タイプの農園主であった。ルーカスは、合わせ鏡の反対側に位置する「シャドウ・ファミリー」のマッキャスリンである。アイクは「熊」の第四番目のセクションで、祖父の「シャドウ・ファミリー」に関わる過去の記録を農園台帳の中に見いだし、祖父の犯した近親相姦の罪に衝撃を受けて、農園の相続権の放棄を宣言する。

［5］遺言書を通して浮かび上がる老いと死の対比は『響きと怒り』（*The Sound and the Fury*, 1929）のクエンティン・コンプソンと『行け、モーセ』のアイク・マッキャスリンを想起させる。『響きと怒り』においてクエンティンは、「精神の、ある一瞬を永遠の理想型として固定」（*SF*, 203）しようとして自殺する。一方アイクは、二十一歳で相続放棄を決意したのち、「七十歳を過ぎ、自分でもはっきり数えられなくなるほど八十歳に近くなり、今はもう独り身で、誰の父親にもなりはしなかったが、ヨクナパトーファに住む半数の人にとっての叔父さん」（*GDM*, 5）となるまで、長らえている。実は「熊」の前身である「ライオン」や、タイプ原稿の段階の「昔の人たち」では、クエンティンが語り手として構想されていた。しかし二番目の遺言書

と同時期に仕上げ段階にあった『行け、モーセ』に組み込まれるにあたり、視点人物はアイク・マッキャスリンに交替する。フォークナーの作品群において『行け、モーセ』はいわば、〈クエンティン期〉から〈アイク期〉への過渡期に位置する作品だといえる。

［6］ボーヴォワール、九―一〇。最近になって翻訳の復刻版が出版された『老い』(原題 *La Vieillesse*, 1970) のなかでボーヴォワールは、「老齢を連想させる話題をいっさい避ける」アメリカの人びとに触れ、「収益をもたらすかぎりにおいて」のみ人的資源に関心を示すような社会にとっては、「それ［老い］について語ることは不謹慎なのである」と述べている (五―六)。キャスリーン・ウッドワードは、最終的にはボーヴォワールの業績を評価しつつ、この著作がアメリカで不評だった社会背景について述べており、その英訳版のタイトルが奇妙にも『成年』(*The Coming of Age*, 1972) であったことに言及している。このこと自体、老いの問題が社会的に不可視にされていたことの証左といえよう。

［7］William Faulkner, *Go Down, Moses*, 167. 以下、『行け、モーセ』からの引用はこのテキストを用いる。本稿における引用の和訳は、拙訳による。

［8］Louis Daniel Brodsky and Robert W. Hamblin, 372 参照。献辞については、ブロツキー・コレクション所蔵の "Letter from Malcolm Cowley to L.D.Brodsky, August 15, 1978," (signed ribbon typescript, 1 page) に詳しい事情が説明されている。

［9］ダブニーは「インディアン」がフォークナーの作品の出発点であると述べたうえで、それが史実とは一致しない彼独自の創造物であることを指摘し、一八三〇年代の強制移住までに起こった一世代分のできごとが二、三世代分の長さに拡大されていると述べる (Dabney, 3-14)。ハウエルも同様にフォークナーの「インディアン物語」が作家の想像の産物であることを前提としている (Howell, 293)。トレフツァーはこれらをふまえ、ポスト・コロニアル批評の観点からフォークナーにおけるインディアンの表象を分析している (Trefzer, 145-157)。本稿も同様の前提にたち、実際のアメリカ先住民と正確に同一ではないフォークナー独自の創造物として「インディアン」を扱い、今後は繁雑さを回避するため鍵括弧を用いずに言及する。

［10］ドイルによれば、ミシシッピ州ラファイエット郡の南部を蛇行して緩やかに流れる川のことを、チカソーたちは「ヨクナパトーファ」と呼んでいた。フォークナーの時代の地元の言い伝えでは、それは「分かれた土地」あるいは「裂かれた土地」という意味だったという（Doyle, 24）。

［11］フォークナーは二十七歳のとき、アーネスト・V・シムズ（Ernest V. Simms）という偽名で、メンケン（H. L. Mencken）宛の手紙を書いている。この手紙はブロッキー・コレクションに所蔵されている（"Letter from 'Ernest V. Simms' to 'Mr.H.Mencken, magazine orthur,' dated "Paris (France) / November 1st 1925."）。また「牡牛の午後」（"Afternoon of a Cow," 1943）におけるアーネスト・V・トゥルーブラッド（Ernest V. Trueblood）についてはブロットナー参照（Blotner [1984], 362）。

［12］アーネスト老人と少年の関係に注目すれば、「朝の狩り」は「デルタの秋」と対になる。これから太陽が昇る朝と、日差しが徐々に弱まる秋という対照的な状況設定を背景に、自分の「シャドウ・ファミリー」の末裔を拒絶したアイクと、身寄りのない少年をひきうけるアーネスト老人との対比関係が浮き彫りになる。

［13］*FU*, 271. (Session Thirty-Three, May 8, 1958). 未収録部分と音声については、*Faulkner at Virginia: An Audio Archive* <http://faulkner.lib.virginia.edu/display/wfaudio29_1> 参照。

引用文献

Blotner, Joseph L. *Faulkner: A Biography*. 2 vols. New York: Random House, 1974.

———. *Faulkner: A Biography*. 1 vol. New York: Random House, 1984.

———, ed. *Selected Letters of William Faulkner*. New York: Random House, 1977.

Brodsky, Louis Daniel, and Robert W. Hamblin. *Faulkner: A Comprehensive Guide to the Brodsky Collection*. Vol. 1: The Biobibliography. Jackson: UP of Mississippi, 1982.

Cofield, Jack. *William Faulkner: The Cofield Collection*. Ed. Lawrence Wells. With introduction by Carvel Collins. Oxford, Mississippi: Yoknapatawpha Press, 1978.

Cohn, David L. *Where I Was Born and Raised*. Boston: Houghton Mifflin, 1948.

Cowley, Malcolm. *The Faulkner and Cowley File: Letters and Memories, 1944-1962*. New York: Viking, 1966.

Dabney, Lewis M. *The Indians of Yoknapatawpha: A Study in Literature and History*. Baton Rouge: Louisiana State UP, 1974.

Donaldson, Susan V. “Contending Narratives: *Go Down Moses* and the Short Story Cycle.” *Faulkner and the Short Story*. Eds Evans Harrington and Ann J. Abadie. Jackson: UP of Mississippi, 1993.

Doyle, Don H. *Faulkner’s County: The Historical Roots of Yoknapatawpha*. Chapel Hill: U of North Carolina P, 2001.

Faulkner, William. *Big Woods*. New York: Vintage International, 1994.

——. *Essays, Speeches and Public Letters*. Ed. James B. Meriwether. New York: Modern Library, 2004.

——. *Go Down, Moses*. New York: Vintage Books, 1973.

——. *The Portable Faulkner*. Ed. Malcolm Cowley. New York: Penguin Books, 2003.

——. *The Sound and the Fury*, New York: Vintage Books, 1987.

——. *Uncollected Stories*. New York: Vintage Books, 1997.

Gwynn, Frederick L., Joseph L. Blotner eds. *Faulkner in the University: Class Conferences at the University of Virginia, 1957-58*. Charlottesville: U of Virginia P, 1959.

Howell Elmo. “William Faulkner’s Chickasaw Legacy: A Note on ‘Red Leaves.’ ” *Arizona Quarterly 26*. (Winter 1970): 293-303.

Meriwether, James B. and Michael Millgate eds. *Lion in the Garden: Interviews with William Faulkner, 1926-1962*. New

York: Random House, 1968.

Said, Edward W. *On Late Style: Music and Literature against the Grain*. New York: Vintage, 2007.

Trefzer, Annette. *Disturbing Indians: The Archaeology of Southern Fiction*. Tuscaloosa: U of Alabama P, 2007.

Watson, James. *William Faulkner: Self-Presentation and Performance*. Austin: U of Texas P, 2000.

Williamson Joel. *William Faulkner and Southern History*. New York: Oxford UP, 1993.

Woodward Kathleen. "Simone de Beauvoir: Prospects for the future of older women." *Generations*. [serial online]. Summer 93 1993; 17 (2): 23.

ボーヴォワール、シモーヌ・ド『老い・上』朝吹三吉訳（人文書院、二〇一三年）。

第二次世界大戦後のアメリカの不協和音
——『墓地への侵入者』における「古き老いたるもの」の介入——

松原陽子

1. 冷戦イデオロギーと評価のねじれ

第二次世界大戦の終結を境に、フォークナーを取り巻く環境が一変することはよく知られるところである。一九四〇年代前半、ほとんどの作品が絶版となっていたフォークナーは、再びハリウッドでの映画脚本執筆の仕事に手を出さざるをえなくなるほど経済的に困窮していた。一九四二年に彼がワーナー・ブラザーズと結んだ契約は、週給三〇〇ドルで七年という条件に加えて、その間のあらゆる著作物の権利もワーナーが所有するという作家にとって極めて不利なものであった。[1] 事態が変わるのは、一九四六年にマルカム・カウリー編纂の『ポータブル・フォークナー』(*The Portable Faulkner*)が出版され、アメリカ国内においてフォークナー再評価の流れが高まりをみせ始めた頃である。同じ頃、出版社ランダム・ハウスの仲介によって不当な契約から解放されたフォークナーは、ようやく執筆活動に専念できるようになり、一九四八年、前作『行け、モーセ』(*Go Down, Moses*, 1942) から六年ぶりの新作となる『墓地への侵入者』(*Intruder in the Dust*, 1948) を上梓する。[2] この小説は、当時ベストセラーとなっただけではなく、翌年には映画化もされ、長年フォークナーを苦しめてきた財政難から彼を救うことにも貢献した。その後、絶版となっていた作品が次々と再版され、ついに一九五〇年、フォークナーはノーベル賞を受賞する。

ローレンス・シュウォーツは、戦後にわかに高まるこのフォークナーの文学的名声の背景に、第二次世界大戦後の冷戦構造があったと主張する。シュウォーツによると、戦後、自由主義世界の指導者となったアメリカは、政治経済にとどまらず文化においても覇権を握るため、リベラリズムの価値観を体現する「偉大」な作家を必要としていた。その目的にかなったのが、「忘れられた天才」フォークナーであったというわけである。冷戦下においてアメリカ全体が右傾化する中、当時の南部の「保守的なニュークリティシズムの批評家とニューヨークのラディカルな知識人」(Schwartz, 74) が反共主義の名のもとに手を組んだ結果、フォークナーは「戦後のモラリストであり孤高の天才作家の象徴」(28) として、アメリカを代表する作家へと祭り上げられた。それと同時に、文学においては、政治や社会とは無関係に、個人の表現の自由を保証する芸術の自律性が強調されるようになる。ソ連の共産主義に対抗する文学様式として、「普遍的で非政治的な」(203) モダニズムが作品評価の新たな基準として制度化されていくのもこの頃である。

『墓地への侵入者』は、まさに、「モダニスト作家フォークナー」という評価のお膳立てができたところに出版された作品であった。しかし興味深いことに、この小説自体は、「非政治的」であるどころか、公民権改革の推進を掲げた当時の連邦政府に反発する南部の保守的な主張が反映された極めて政治的な内容を含んでいる。実際、戦後に出版されたいわゆる「後期」の作品には、その当時の社会的・政治的問題に反応した内容を含んだものが少なくない。そして、冷戦イデオロギーが支配的であった時代には、これらの作品群は長らく、「『劣った作品』という印をつけられ、批評は後回し」(Towner, 4) にされてきた。たとえ議論されるとしても、作家としての「創作力の衰えを証拠立てる」(6) ものとして扱われることが多かった。

今日、こうした作品をあらためて当時の冷戦の文脈に位置づけて読み直すことは、より大きなアメリカのナショナル・ナラティヴとの関係を明らかにすることにつながるだろう。二つの世界大戦を経て超大国へと国家的成長を果たした二十世紀半ばのアメリカは、かつての十九世紀の頃のように、ヨーロッパとの対比において、もう「若い国家」とは言えなくなった。[3] 国内ではそれまでつねに「時代遅れ」の「立ち遅れた」地域とされてきた南部は、この老成した国家とどのような関係にあったのだろうか。冷戦イデオロギーによって作り上げられた「偉大なモダニスト作家」という巨像の向こうで、実人生において中年期半ばを迎えた作家は、自分自身と自らを取り巻くこの時代環境をどのようにとらえていたのだろうか。そしてその現実は、彼が描く作品内の世界とどのように関係し合っているのだろうか。以上のような問いを念頭に、本稿では、後期作品群の先駆けとなる『墓地への侵入者』を取り上げ、この小説をめぐる三つの位相——作家・テクスト・時代背景——それぞれについて

「老い」との関連から考察する。

2. フォークナーの「老い」の意識

一九四二年十二月、フォークナーは入隊を決意した義理の息子マルカム・フランクリンに宛てて手紙を書いている。その結びの一節は、進行中の戦争において自分が果たすべき役割について世代の観点から語っており、フォークナーが当時自分自身をどのように認識していたのかを探る手がかりを与えてくれる。実際に戦地で戦うのは「若者たち」であると述べた上で、彼は次のように続ける。

その後、おそらく年長者たちの時が来るだろう、国民の声ではっきり物を言う私のような者、兵士になるには年をとりすぎているけれども、耳を傾けてもらうには十分なくらい年を重ね、もうずいぶん長いことうるさく発言してきた者たちの時が。とはいえ、二十五年や五十年も前のことをいつまでも振り返っている老いぼれた連中というほどには年老いてはいないんだが。(*SL*, 166)

親子という関係も影響しているだろうが、これらの言葉遣いには、当時四十五才のフォークナーが、少なくとも自分の年齢を意識し、それが「若さ」ではなくすでに「老い」の領域にあると認識していたことがうかがえる。「はっきり物を言い(articulate)」、「うるさく発言してきた(vocal)」という表現に、これまで独自の文体を通して自分にしか出せない「声」を世に発してきた作家の自負を読みとることも可能だろう。カール・ゼンダーは、この文章の中に「年長の（older）」あるいは「老いた（old）」という語が五つも含まれていることに注目し、フォークナーが「迫り寄る年波と、彼のような年齢の人間にとってふさわしいあるいは可能な行動とはどのようなものかということに関して強い不安を表している」（Zender, 120）と指摘している。ゼンダーは、四〇年代のフォークナーの「創作上の沈黙」（121）を、いわゆる「中年の危機」（121）ととらえ、当時のフォークナーの心境を心理学的に解明する。しかし、この「創作上の沈黙」には、冒頭で触れた彼の経済的困窮と、それに伴うハリウッドでの脚本業が関係しているのも事実である。

そこで、この時代に書かれたもう一通の手紙に注目したい。それは、一九四四年十二月にフォークナーが彼の代理人ハロルド・オーバーに宛てた手紙である。以下の引用は、五〇〇〇ドルの前金でミシシッピ川に関するノンフィクションを執筆するという仕事のオファー[4]に対してフォークナーが行った返答の一部である。

私は四十七才だ。自分自身の書きたい本があと三冊ある。まるで年老いた雌馬のようだよ。産めなくなるまでに残された受胎の可能性はあと三回くらいで、そのうちの一回を自分がラバだと思っているもの（おそらく思い違いだろうが）を産むために費やしたくないんだ。（*SL*, 187）

ここには、創作活動のために自分に残された時間と能力を強烈に意識した作家フォークナーの姿がある。ハリウッドでの脚本家としての経験は、逆に彼の小説家としての自覚を深め、その自覚が人生に対する焦燥感を駆り立てたと考えられるだろう。

さらにここで興味深いのは、「老い」を意識したフォークナーが、自らを「年老いた雌馬（aging mare）」にたとえている点である。これに先立つ十一月付けのマルカム・カウリーに宛てた手紙においても、「十五、六回交配させられ、子を産み落としてきた老いた雌馬（old mare）」（*SL*, 186）と同様の言葉を用いて自らの現状を説明している。作品を「生み出す」作家としての活動は、女性の生物学的役割を連想させるが、重要なのは、作家の創造力が生殖能力のメタファーで語られているということである。「老い」をこの生殖能力の減退ととらえ、それを「雌／女性」に結びつけて否定的に語るやり方は、男性優位社会における性差別的思考の表れである。この社会では、「男らしさ」を有するものだけが「男性」として認められる。男としての生殖能力を持たない女性は、当然「男らしさ」を欠く「劣った」ものとみなされる。同様に、生殖能力の減退を意味する「老い」は、男性から「男らしさ」を奪い、社会が認める「男性」の範疇から彼を追放する。つまり、老いた男性は、そもそも「男性」の範疇から排除されている「女性」と何ら変わらない。フォークナーの「雌馬」の比喩に見られるこのジェンダーの逆転は、「老いる」ということが、少なくとも観念上は、女性と男性が同じ立場になることを示している。この老いとジェンダーについての議論は次節に譲り、ここでは、当時のフォークナーが、作家としての寿命と創造力の点において、老いを強く意識していたことを強調しておきたい。

以上見てきたように、四十代半ばを過ぎたフォークナーは、すでに彼自身が老いの入口に立っていることを自覚していた。『墓地への侵入者』執筆時のフォークナーは五十才を迎えており、四十代の頃以上にこれから先の人生について意識していたことだろう。それは、この小説の主人公である十六才のチャールズ（チック）・マリソンと、彼と同じ歳の黒人の幼なじみアレック・サンダーを除いては、ほとんどの主要登場人物の年齢が、当時のフォークナーと同じかそれ以上であるということと関係しているかもしれない。そこで次節では、チックと彼を取り囲む年長の登場人物たちとの関係を中心に小説を読み解くことで、作家の「老い」に対する意識を作品の中から浮かび上がらせてみたい。

3.『墓地への侵入者』における「老い」

『墓地への侵入者』は、白人少年チックを主人公とするビルドゥングスロマンである。チックは、白人男性ヴィンソン・ガウリー射殺の濡れ衣を着せられリンチの危機にある黒人老男性ルーカス・ビーチャムの無実の罪を晴らすため、幼なじみのアレック・サンダーと、ルーカスの亡き妻モリーと幼友だちであった白人老女性ミス・ハバシャムの助けを借りて、ルーカス救出に奮闘する。その過程で、人種分離政策の不当性や南部社会の暴力性を目の当たりにするチックが、伯父の弁護士ギャヴィン・スティーヴンズからの薫陶を受けながら、精神的な成長を遂げていく物語である。チック以外の主要な登場人物の年齢を確認しておくと、ギャヴィンが五十才、ハバシャムが七十才、ルーカスの年齢に関する明確な記載はないが、『行け、モーセ』との連続性から考えれば、一八七四年生まれの七十四才ということになる。[5] 物語の後半に登場する殺されたヴィンソンの父ナブ・ガウリーも、早くに先立たれた彼の妻の出生年（一八七八年）から考えると、七十才代と推測するのが妥当だろう。[6] つまり、これらの登場人物のうち、ギャヴィン以外はすべて、当時の作家の実年齢よりも二回り近く年上に設定されているということになる。そこで、前節で確認した作家の老いの意識を踏まえつつ、ギャヴィン以外のこれらの人物像を分析し、そこからフォークナーがさらなる先の「老い」をどのように想像していたのかについて検証する。

チックの成長物語という観点から、ギャヴィンとルーカスがチックにとってのいわゆる「父親像（father figure）」にあたるということは多くの批評家が指摘するところである。[7] しかし、視点を変えて、「いかに老いるか」という観点から、この物語を作家フォークナーにとっての「老成物語」ととらえるならば、ミス・ハバシャムは作家の思い描く未来の自己像の一端を表す人物と考えられるだろう。当然、性別は異なるが、前節で見たように、少なくともフォークナーの（男性優位の）感覚に従えば、男性にとっての老化は女性化を意味している。一方、ミス・ハバシャムの描写にも、ジェンダーの逆転を思わせる彼女の「男性的」な一面が書き込まれている。そもそも彼女は「この郡に残っているいちばん古い名前」（*ID*, 75）である旧家の出であるが、父親が亡くなってからは、使用人の黒人夫婦と暮らし、その妻が「料理をし、ミス・ハバシャムと男の方が鶏を飼育し野菜を栽培し」（76）、ピックアップ・トラックで「町中を売り回っていた」（76）。[8] さらに、ヴィンソンの墓を掘り起こしに行ったときには、チックが「手で彼女の足を支えようとするよりも早く彼女は足をあぶみに入れ、彼やアレック・サンダーと同じほど軽やかに素早く馬に跨った」（97）。こうした老年のミス・ハバシャムによるジェンダー・ロールを無視したふるまいは、「老い」という領域が、社会的境界線を無効にするようなある種のジェンダーフリーの領域であることを表している。

もちろん、ジェンダーを越境するミス・ハバシャムの能力は、彼女が南部の家父長制社会の中で七十年間、未婚女性として生きてきた経験に由来する。男性に「男らしさ」を要求するのと同じように、家父長制社会は、女性に「女らしさ」を要求する。結婚して、子を産み、母となることが「女らしさ」を意味し、ミス・ハバシャムのように結婚していないいわゆる「オールドミス（spinster）」（75）は、社会から「女性」としては認めてもらえず、周縁に追いやられる。旧家の出でありながら「町の外れ」（75）に住んでいるという彼女の地理上の位置は、そのまま彼女の社会的位置でもあるのだ。さらにその周縁性が、南部社会の最大の犠牲者である黒人のそれと通底することは、彼女とルーカスの妻モリーとの関係が示している。彼女たちは「同い年で、同じ週に生まれ、二人ともモリーの母親の乳房を吸い、まるで姉妹のように、あるいは双子のように、ほとんど切り離すことができないほど一緒に育ってきた」（86）。この黒人との経験の共有があるからこそ、ミス・ハバシャムは、ルーカスの無罪を信じ、彼の言葉を実行に移すのである。彼女の越境性は、ジェンダーにとどまらず、人種の境界線も越えうるものと言えるだろう。

拘置所に入れられ身動きの取れないルーカスに代わって彼の望みを実現するのが、チックに加えてアレック・サンダーとミス・ハバシャムであるということは、この物語のもっとも重要な点の一つである。フォークナーは、子ども、黒人そして女性――つまり南部家父長制社会の外部あるいはその周縁に位置する登場人物に行動する能力を与えている。ヴィンソン殺害に使われた拳銃が自分のものではないと言うルーカスは、自らの身の潔白を証明するため、ヴィンソンの墓を掘り起こして遺体の銃痕を確認する仕事を依頼できる人物を探していた。ルーカスが犯人だと決めつけ端から聞く耳を持たないギャヴィンに対して、ルーカスの言葉を信じ実際に行動に移すのはチックとミス・ハバシャムである。「当然のことだよ。彼があんたの伯父さんに言わなかったのは当たり前だ。彼は黒人（Negro）で、あんたの伯父さんは男（man）だからね」（88）と彼女は言う。「ルーカスは子どもが必要だと思ったんだよ――そうじゃなきゃあたしのような年をとった女がね。可能性とか証拠とかいったものに、とやかく関心を持たない誰かがね。あんたの伯父さんとかハンプトンさんのような人は、あまりにも長い間男としてやってこなきゃいけなかったからね」（88）。

ミス・ハバシャムのこの言葉は、チックが思い出すアレック・サンダーの祖父イーフレイムの言葉を彷彿させる。若者や女たちは「他人の話をちゃんと聞く」（70）と言うイーフレイムは、チックにこう続ける。

「お前の父さんや伯父さんみたいな中年の男たちは、他人の言うことなんか聞けやせんから。そういう時間がないんだ。ああいった連中は事実にとらわれて忙しすぎるんだ（too busy with facks）。［中略］いつでも、なにか月並みじゃないことをやりおおせなくちゃならなくなったら、男たちに頼んだりして時間を無駄にしなさるなよ。女たちや子どもたちにその仕事をさせなされ。」（70）

チックは、人種分離政策が施行される南部社会において、現実を説明するための「〈語彙〉（Vocabulary）そのものの本当にほとんど規格化されたといってよい貧しさ」（79）に驚く。ルーカスが「ピストルの音がしてから二分もたたないうちに、発射したばかりのピストルをポケットに入れて、死体のすぐ傍に突っ立っていた」（79）という事実は、白人優越社会では、「ルーカスが白人を撃ち殺した」（3）という事実に読み替えられる。そこでは、事件の真相などは問題ではなく、「黒人が白人を殺した」という「事実」だけが重要なのである。町の人々（39）、食料品店の店主リリー（47）、そしてギャヴィン（79）といったチックの周りの男性たちはみな一様に、「ルーカスが白人を撃ち殺した」と「繰り返しの多い、ほとんど単調でさえある」（88）言葉で語ることによって、それを疑いようのない「事実」として定着させていく。それに対して、ミス・ハバシャムが語る言葉は、「事実（fact）などというものですらなく、簡潔な真理（truth）」（88）としてチックの胸に響く。社会の周縁に位置する彼女は、「規格化された」南部社会の人種の規範に縛られることなく、社会の中心にいる者たちに比べて自由に行動することが許される。[9]

　フォークナーの描く老人像がダイナミックなのは、何もその行動力だけではない。小説におけるミス・ハバシャムの描写には、社会のジェンダー規範を乗り越える新たなパラダイムとしての老いの可能性が感じられる。それは、一見するとミス・ハバシャムとは社会的に正反対に見える白人老男性ナブ・ガウリーの描写にも通底する。彼は、片腕の「背の低いやせた老人」（156）で、六人の息子を持つガウリー家の家長であり、ルーカスのリンチを手ぐすねを引いて待っているような白人たちが居住する第四郡区に暮らしている。ナブがシャツの下に携えている「ニッケルメッキの重いピストル」（157）は、彼の暴力性を暗示するが、それは彼の欠落した腕の補完物でもある。ピストルはマスキュリニティの象徴だが、ナブの場合、それはむしろ彼の失われたマスキュリニティを想起させる。「男らしさ」を条件とする男性優位社会では、彼もまたその主流から外れた存在なのである。

　ナブの周縁性は、息子ヴィンソンの死に対する彼の「嘆き（grief）」（158）によって強調されている。「あぁ、彼は嘆いているんだ（*he's grieving*）」（158）と心の中で思うチックは、「乱暴で口汚く神を恐れぬ老人」（158）の中に、二年前に妻モリーを亡くしたルーカスの中に見たのと同じ嘆きを見出す。「彼は嘆いていたんだ。嘆くのには、黒ん坊でない必要はないんだ」（25）。「嘆き」は、社会的立場にかかわらず「人間に共通する感情」（Matthews, 233）として、フォークナー作品では黒人の描写にしばしば見られるものである。「私たちの悲しみですから（It's our grief）」（*GDM*, 363）は、前作に収められた短編「行け、モーセ」（1942）におけるミス・ワーシャム／ミス・ハバシャムが、孫息子の死を弔うモリーの行動が理解できないギャヴィンに対して放つ言葉である。そこには、モリーと姉妹同然に育った彼女が、黒人モリーの悲しみを自分自身の悲しみとして共有していることがうかがえる。このように、嘆きの描写を通して、ミス・ハバシャムもナブも、黒人のモリーやルーカスと同様、白人でありながらも社会的には周縁に位置していることが示されている。

　ナブの嘆きは、流砂に埋められていたヴィンソンの遺体が引き揚げられたとき、我が子の顔を必死で拭おうとする姿に印象的に描かれる。

> 老人はかがみこんで、一本しかない手で実に不器用に、目や鼻にこびりついていた砂を払い落し始めたが、その手つきは、暴力に訴えようとしたとき、シャツのボタンやピストルの引き金や台尻に対しては、あれほどしなやかに敏捷に動いたのに比べると、奇妙なほどぎこちなかった。［中略］今や老

人はひざまずき、シャツの裾を引っぱり出して、それが届くように身をかがめて、その死顔を拭くように、というより払うようにして、さらにかがみこんだまま、まるで砂がまだ湿っているのを忘れたかのように、それを吹いて落とそうとした。(*ID*, 174)

精神分析の理論を用いて論じるドリーン・ファウラーは、このナブの姿がピエタ、すなわち「息子であるキリストの死体を抱いてその死を嘆く聖母マリア」(Fowler, 796) の図像そのものであると指摘する。この場面は実に印象深く、真犯人がヴィンソンの兄弟であるクロフォードだったと判明した後、チックがガウリー家の食堂で家族会議が開かれている様子に思いをはせるときも、ナブのこの姿が思い出される (*ID*, 214)。それに続くチックの心象の中のナブは、「二十年間女性のいない家」(214) で、「中味がガラスにこびりついている砂糖つぼや、糖蜜のびん、それに店の棚に並んでいたときそのままのケチャップや塩やこしょうなどがごたごた並んだ食卓」(214) の上座に座っている。このチックの想像は、女手のない生活の中で、ナブが「女性の役割」を兼ねてきたことをほのめかしている。ミス・ハバシャム同様、老男性ガウリーにも、ジェンダーの境界があいまいになる瞬間が存在する。

このように見てくると、フォークナーの描く老人には、社会の主流から外れた存在であることは認めた上で、それを逆手にとって、個人としての行動の自由を確保しようとする様子がうかがえる。それは、フォークナー自身の「老いの戦略」でもあるかもしれない。しかし、そうした「老い」の未来像を描くことが可能なのは、やはり彼が「白人男性」であるということと無関係ではない。ここで前提となっているのは、老化と言う現象が、たとえそれが「降格」であっても、社会的地位の変化をもたらすという認識である。南部白人優位体制において、いわゆる「二流市民」の地位を強制されている黒人にとって、「老い」はその社会的地位を変化させるものではない。この点については、フォークナー自身が語った言葉が端的に説明している。一九四七年一月、オックスフォードにおいて、第二次大戦で戦死したラファイエット郡出身の兵士の記念碑を建てようという計画が出たとき、そこに黒人兵士の名前を含めるかどうかが議論された。白人だけに限るべきだという意見に対して、フォークナーは黒人の名前も載せるべきだと主張して、以下のように続けた。「彼らが黒ん坊（niggers）でなくなるのは、死んだときだけなのです」（Blotner, 1226）[10]。

「黒ん坊」――この従属的地位に押しとどめられることに半生をかけて抗ってきたのが、『墓地への侵入者』におけるルーカスである。白人優越社会は「彼を黒ん坊にしよう」（*ID*, 31）とするが、ルーカスはつねに「御しがたく落ち着き払った（intractable and composed）」（7, 43, 60）様子で、決して白人が期待するように「黒人」らしくふるまわない。物語の最後、チックの目に映るルーカスは、四年前に彼が初めてルーカスを見たときと同じ顔で、「それ以来何事も起こっておらず、年さえとっていない」（235）ように見える。このように、小説の中では「老人（old man）」という表現で言及されるルーカスだが、そこで強調されるのは、その年まで一貫して「黒人」であることを拒否し続けてきた彼の態度の永続性である。小説の結末、今回の件でかかった費用すべてを支払うと主張するルーカスに対して、あたかも彼の要求に応えるかのように、ギャヴィンは名目上二ドルだけ請求する。支払いを終え、ギャヴィンに「受領書」（241）を要求するルーカスの所作は、ギャヴィンのパターナリスティックなふるまいを認めず、残りの人生もこれまで同様、「黒人」であることに抵抗し続けるであろうことを暗示している。この点について、エリック・デュセアは、ルーカスの行動主体性を認めつつも、そのふるまいの根拠が彼に流れるマッキャスリン家の「貴族の血」(Dussere, 48) であることから、結局のところルーカスがフォークナーの理想の黒人像の域を出ていないことを指摘する (54)。デュセアの指摘に異論はないが、白人優越社会の中でしたたかに抵抗を続けるルーカスにとって、「貴族の血」を主張することは、彼なりの「老いの戦略」であるという言い方もできるかもしれない。いずれにせよ、「貴族の血」を根拠にするという現実ではありえないような手段でなくては抵抗できないほど、当時の南部社会が黒人に強いた人種分離政策が過酷であったことは間違いない。「衰え」という意味での老いを感じさせない不老のルーカス像は、少なくともフォークナーがその過酷さを認識していたことを示しているだろう。

4. アメリカの「老い」

前節では、『墓地への侵入者』に登場する年長の登場人物を取り上げ、作家の老いのヴィジョンを中心に検討した。最後に、ルーカスと並んでチックの成長に多大な影響を与えるギャヴィンについて触れておきたい。

ギャヴィンは、抽象的で難解な言葉で北部に対する批判を展開するが、その論旨は明快で、南部の人種問題に関して北部は介入するなと主張する。ギャヴィンによるこの北部批判をめぐっては、小説出版当初に発表されたエドマンド・ウィルソンの書評以来、ギャヴィンが作家自身を代弁しているととらえる見方が優勢であった。[11] 黒人ルーカスの危機がチックをはじめとする南部人たちの手によって解決されるという物語は、外部の介入を拒否するギャヴィンの主張を作家が裏書きしていることの証左であろう。年齢設定が執筆当時のフォークナーと同じ五十才であることに加えて、先のマルカムに宛てた手紙で「国民の声ではっきり物を言う」世代を自認していたことを考えれば、「代弁」を生業とする弁護士ギャヴィンの語りに、フォークナーの声を聞き取ることは難しくない。その一方で、ノエル・ポークは、この小説におけるギャヴィンの重要性を、「彼の北部に対する痛烈な批判が持つ一九四八年との政治的関連性ではなく、むしろ［中略］、自分自身の言葉の揶揄を越えて物事を見ることができない彼の無力さ」(Polk [1987], 133) にあると主張する。饒舌な「伯父の声の意味のないもっともらしさ」(80) と対照的に描かれるチックの行動力は、ギャヴィンの反面教師的役割を表していると言えるだろう。

しかし、ここであえて注目したいのは、冷戦というより大きな文脈においてギャヴィンの北部批判が持ちうる歴史的意味合いである。冒頭で触れたように、この小説は、冷戦下においてアメリカを代表する「偉大なモダニスト作家」としてフォークナーの評価が固まりつつあった中で出版されている。第二次大戦後、自由を掲げて冷戦を戦うアメリカにとって、南部の人種差別が悩ましい現実であったことは確かであり、その擁護につながるギャヴィンの一連の発言は、作家への評価を著しく損ないかねないものである。しかし、再びシュウォーツが明らかにしたところによれば、出版当時の主な書評はおおむね好評で、この小説が示すあからさまな南部ナショナリズムにもかかわらず、作家の「人間性」や「道徳性」を賞賛するものであった (Schwartz, 150-54)。つまり、「たとえ『墓地への侵入者』が、小説というよりむしろ政治パンフレットとみなされようとも、フォークナーは今や、人気の文芸雑誌において純文学の重要な作家として扱われていた」(Schwartz, 153) のである。シュウォーツの指摘は、裏を返せば、この小説が出版された時点で、フォークナーを国民作家に仕立てるための批評言説がすでに存在していたということになる。作品内で展開される北部批判は、時に連邦政府にまで及び、本来であれば、フォークナーを国民作家にするという目的に逆行しかねない要素である。だが、モダニズムに依拠したその批評言説は、小説の普遍的テーマを前景化し、その明らかな政治性を関心の外に置くことによって、この目的に見事に貢献した。

しかし、そもそもギャヴィンによる北部批判は、作家自身を代弁しているかどうかは別にしても、当時の南部を取り巻く社会の趨勢に対する南部白人の一つの反応であることには違いない[12]。そうであるならば、彼の言葉は、冷戦下におけるアメリカの国家政策や国内情勢に対する内側からの批判と考えることもできるだろう。そこで最後に、ギャヴィンの批判を具体的に検証することによって、アメリカという国の「老い」の姿を素描してみたい。

南部への北部の介入を拒否するギャヴィンは、南部人は「同質的な民族である」(*ID*, 150) と語り、自分たちはその同質性を、「合衆国を存続させるために、ただ必死になって、この国の他の者たちが、自発的に、ますます多くの個人的で私的な自由 (personal and private liberty) を譲り渡してこなければならなかった連邦政府」(150) から守っているだけだと主張する。連邦政府について語るギャヴィンの言葉が、自由主義陣営が共産主義を批判する際に用いるレトリックと酷似しているのは、それが最大の侮辱となるほど、当時のアメリカにおける反共ヒステリーが凄まじかったことを物語っている。さらにギャヴィンは、ルーカスをはじめとする南部の黒人が置かれている「恥ずべき状態」(210)を終わらせることができるのは、自分たち南部人だけだと主張し、南部白人が直面している現状を次のように説明する。「われわれは、ナチになるか、ユダヤ人になるかの二者択一を迫られていた、一九三三年以後のドイツ人のような立場、あるいは、[中略]この二者択一さえ持たず、共産主義者であるか、死を選ぶかしなければならない現在のロシア人のような状況におかれている」(211)。ここでもギャヴィンは、まるでアメリカ全土が全体主義で覆われているかのように語り、現状の南部を擁護する。

黒人から自由を奪い二級市民の地位に留めていた南部社会を、反共のレトリックを用いて弁護するギャヴィンの言い分は、かえって空理空論に酔いしれた彼の滑稽さをあぶり出している。とはいえ、歴史が示すように、一九五〇年代に入ると全米がマッカーシズムに席巻されることを考えれば、それはまったく的外れとも言い切れないだろう。敵対するソ連に対抗しようとする自国の状態が、皮肉にも敵さながらの全体主義的様相を帯びていることをほのめかすギャヴィンの主張は、当時の連邦政府や世論の動向を、作家自身が敏感に感じとっていたことを表しうるものである。

さらにギャヴィンは、南部における黒人の人権問題について、「一八六一年から六五年にかけての勝利」(211)は「ジョン・ブラウンがやった以上にルーカスの自由を行き詰らせてしまい、その自由はリーが降伏してから百年になろうとする今でも行き詰ったままのようである」(211)と持論を展開する。北部への責任転嫁ともとれる彼の見解はしかし、この問題が必ずしも南部だけに限られるのではなく、南北戦争に勝利した北部にもその責任があることを思わせる。一八九六年の連邦最高裁の判決によって、南部の人種分離政策に法的根拠を与える「分離すれど平等」の原則が確立したことは、そのもっとも分かりやすい例であろう。

人種問題に限らず、南部の「後進性」における北部の共犯的役割については、越智博美の指摘が興味深い。越智は、リベラリズムをキーワードに、一九二〇年代の南部詩人が冷戦期の主要な知識人へと変貌していった過程を丹念にたどり、モダニスト作家フォークナー誕生の舞台裏を詳らかにしている。その議論の中で、一九二〇年代から顕著になる南部批判の言説について触れ、次のように指摘する。「してみると、南部叩きは南部ではない北部を構築するひとつの方法として機能していた部分もあるだろう。南部が叩かれれば叩かれるほど、北部が抱える問題は隠蔽され、北部の文化イメージは安泰となる。南部を問題化して有徴の存在とすることが北部を無徴のノーマルな存在にする」（越智、一三八）。越智はさらに、「おそらくそれはアメリカ合衆国という国家にとっても同様である」（一三九）と述べ、アメリカの国家像においても、南部叩きの言説が同様に機能していたと論じている。

一方、歴史家ジェイムズ・コッブの議論は、この言説が冷戦期にも有効であったことを示唆している。コッブは、第二次大戦後の「自由主義陣営の指導者」（Cobb, xvi）を目指すアメリカ国家が、自国内の「問題児をもはや否定できない」（xvi）状況があったとして、次のように述べる。「むしろ、南部は、服従させ、そのより進んでいて賢明なきょうだいである北部そっくりに作り直されなければならなかった。北部は、独立国家となった早い段階から、その地域以外の多くの人々にとって、実際にアメリカという概念そのものとほぼ同義であった」（xvi）。ソ連の全体主義に対して個人の自由を掲げるアメリカ国家にとって、南部の「明らかに非民主的で抑圧的な人種の差別待遇を容認し続けること」(xvi)ができなかったことは言うまでもない。しかしだからこそ、その問題の改善を訴える身振りは、自由の実現を追求しようとする国の姿を演出することにも繋がるのである。

以上の議論をまとめると、建国の理念から連想される「自由」で「平等」なアメリカの国家像は、南部という「問題児」が存在したからこそ保たれてきたものであると言える。「進歩的」で「若さ」あふれるアメリカ像は、「時代遅れ」の「老いたる」南部の存在なしには成立し得なかった。このように考えると、ギャヴィンの展開する北部批判は、建国以来これまでの間、不都合な問題をすべて南部に押しつけ、潔白を装ってきたアメリカ国家の隠蔽工作を暴露するものと考えることもできるだろう。国家分裂の危機を乗り越え、空前の急成長を果たし、今や世界の覇権を握るまでになったアメリカという国もまた、それだけの歴史という年輪を重ねてきたのである。

現代から冷戦時代を振り返るとき、『墓地への侵入者』が「リベラル」なアメリカを象徴する作家としてのフォークナーの名声を決定づけたことは皮肉に映る。実際にこの小説から聞こえてくるのは、反共主義のイデオロギーのもと「自由」を謳う当時の国家戦略とは相容れない、保守的で偏狭な声色である。当時の世論に不協和音をもたらすその声は、冷戦イデオロギーによって作り上げられた作家像とは異なる、初老の作家のもう一つの横顔を教えてくれる。そして、その不調和で耳障りな響きにあえて耳を傾ければ、超大国となったアメリカが、南部をいわばスケープゴートにすることによって、巧みに自国像を作り出してきた老獪な国家であることにも気付かせてくれるのである。

注

［1］契約までの経緯やその詳しい内容については以下を参照。Blotner, 1106-13, および *SL*, 209-10, 225.

［2］一九四三年以来、フォークナーは後に『寓話』（*A Fable*, 1954）となる原稿に断続的に取り組んでおり、一九四六年にフォークナーの契約解除についてランダム・ハウス社がワーナー・ブラザーズと交渉した際も、この作品の権利をめぐるやりとりがあった（Blotner, 1210-1211）。『墓地への侵入者』の執筆は、一九四八年一月十五日、『寓話』への取り組みを中断して始められた（*SL*, 262）。小説の着想はすでに一九四〇年の段階で得ており、四月末までに完成させた（*SL*, 122, 128, 266）。

［3］第二次世界大戦後のパクス・アメリカーナの時代をアメリカ国家の「成熟」＝「老い」ととらえる見方は、『老人と海』（*The Old Man and the Sea*, 1952）を論じた塚田幸光によって提示されている。

［4］ハリウッドに嫌気がさしながらも脱するためのお金がないというフォークナーの窮状を聞き及んだ出版社ダブルデイ、ドーラン社が、「偉大な文学の才能」（qtd. in Blotner, 1178）を救うために申し出たもの。結局フォークナーは、『寓話』に取り組んでいることを理由に、一ヶ月後の翌年一月にこの仕事を受けない旨をオーバーに伝えている。詳細は、Blotner, 1178-80, および *SL*, 188-89 を参照。

［5］*GDM*, 269 参照。ジョン・T・マシューズは、「六十歳代のかなり後半」（Matthews, 228）と解説しているが、おそらくこれは、『墓地への侵入者』におけるルーカスに関する以下の描写を根拠にしているものと思われる。「彼が人生の六十数年を求めることに費やしてきたもの」（*ID*, 148）。

［6］*ID*, 100 参照。

［7］たとえば、エリック・デュセア（Dussere, 49）、ドリーン・ファウラー（Fowler, 811-12）などを参照。

［8］『墓地への侵入者』からの引用の和訳については、鈴木健三訳を参照し、文脈などの関係で適宜変更させていただいた。

［9］杉森雅美は、アルチュセールのイデオロギー論を用いた議論の中で、ミス・ハバシャムの「人種差別的イ

デオロギーに抗って」(Sugimori, 64) 思考する力について詳細に論じている (63-64)。

[10] このエピソードは、ノエル・ポークの論文 "Faulkner and World War II" で取り上げられている。記念碑には、フォークナーの寄せた碑文とともに、白人戦没者の氏名、そして碑の一番下に「黒人たち (OF THE NEGRO RACE)」として黒人戦没者七名全員の氏名が刻まれた (Polk [1997], 132)。

[11] ウィルソンは、小説に「反リンチ法と民主党の政綱における公民権の項目に対するある種の猛反発が含まれている」と評した (Wilson, 336)。

[12] 第二次世界大戦後の南部について論じるジェイムズ・コッブは、『墓地への侵入者』におけるギャヴィンの北部批判を引き合いに出して、当時の南部白人中道派の多くが、連邦政府主導による人種分離政策の撤廃に強い警戒心を抱いていたことを説明している。(Cobb, 14-15)。

引用文献

Blotner, Joseph. *Faulkner: A Biography*. Vol. 2. New York: Random, 1974.

Cobb, James C. *The South and America since World War II*. Oxford: Oxford University Press, 2011.

Dussere, Erik. "The Debts of History: Southern Honor, Affirmative Action, and Faulkner's *Intruder in the Dust*." *The Faulkner Journal*. 17. 1 (2001): 37-57.

Faulkner, William. *Go Down, Moses*. 1942. New York: Vintage International, 1990.

——. *Intruder in the Dust*. 1948. New York: Vintage International, 1991.

——. *Selected Letters of William Faulkner*. Ed. Joseph Blotner. New York: Random House, 1977.

Fowler, Doreen. "Beyond Oedipus: Lucas Beauchamp, Ned Barnett, and Faulkner's *Intruder in the Dust*." *Modern Fiction Studies*. 53. 4 (2007): 788-820.

Matthews, John T. *William Faulkner: Seeing Through the South*. Oxford : Wiley-Blackwell, 2012.

Polk, Noel. "Man in the Middle: Faulkner and the Southern White Moderate." *Faulkner and Race: Faulkner and Yoknapatawpha, 1986*. Ed. Doreen Fowler and Ann J. Abadie. Jackson: University Press of Mississippi, 1987. 130-51.

——. "Faulkner and World War II." *Remaking Dixie: The Impact of World War II on the American South*. Ed. Neil R. McMillen. Jackson: University Press of Mississippi, 1997. 131-45.

Schwartz, Lawrence, H. *Creating Faulkner's Reputation. The Politics of Modern Literary Criticism*. Knoxville: University of Tennessee Press, 1988.

Sugimori, Masami. "Signifying, Ordering, and Containing the Chaos: Whiteness, Ideology, and Language in *Intruder in the Dust*." *The Faulkner Journal*. 22. 1-2 (2006/2007): 54-73.

Towner, Theresa M. *Faulkner on the Color Line: The Later Novels*. Jackson: University Press of Mississippi, 2000.

Wilson, Edmund. "William Faulkner's Reply to the Civil-Rights Program." *New Yorker* 23 Octorber 1948: 106-13. Rpt. in *William Faulkner: the Critical Heritage*. Ed. John Bassett. New York: Routledge, 1997. 332-39.

Zender, Karl F. *The Crossing of the Ways: William Faulkner, the South and the Modern World*. New Brunswick: Rutgers University Press, 1989.

越智博美『モダニズムの南部的瞬間――アメリカ南部詩人と冷戦』(研究社、二〇一二年)。

塚田幸光「「老い」の／と政治学」――冷戦、カリブ、『老人と海』――」『アメリカ文学における「老い」の政治学』金澤哲編著(松籟社、二〇一二年)、一五五–七五。

日本ウィリアム・フォークナー協会編『フォークナー事典』(松柏社、二〇〇八年)。

フォークナー、ウィリアム『墓地への侵入者』鈴木健三訳(冨山房、一九六九年)。

フォークナーのレイト・スタイル
――後期作品におけるメモワール形式と老いのペルソナ

山本裕子

1. はじめに――後期フォークナー研究

フォークナーに「『レイト・スタイル』はあるだろうか？」一九八九年の国際シンポジウムにおいてマイケル・ミルゲイトによって提起された問題は、二十五年を経た今なお、答えが出されないままである。ミルゲイトの問いは、それだけ先駆的であったといえよう。後期フォークナー研究は、近年やっと始まったばかりである。

従来のフォークナー研究は、彼の全盛期とされる一九二九年から一九四二年の十三年間に発表された七小説に集中している。これらの作品が出版された時、フォークナーは三十二歳から四十五歳である。だが、彼の作家としてのキャリアは、一九六二年に六十四歳の生涯を閉じるその日まで続いたから、そこから二十年ほど残されているのである。その間、短編集三作と小説五作を世に送り出し、続く六作目の小説『自動車泥棒——ある回想』(*The Reivers: A Reminiscence*, 1962) が出版されたのは、死の一か月ほど前のことだった。このように、死の直前まで旺盛な執筆活動を続けていたにもかかわらず、フォークナーの後期作品に関する批評は驚くほど少ない。

ノエル・ポークは、従来の批評傾向を以下のように説明する。フォークナー研究者は、前期作品を対象とする「作品研究」とノーベル賞受賞以降のフォークナーを対象とする「作家研究」との二者択一をしてきたという。そして、圧倒的多数の研究者は前者を研究対象とし、後者を対象とする一部の研究者にしても、フォークナーの公的発言から窺える政治的立場や思想を議論の中心に据え、後期作品自体を論じることはなかった (Polk, 247-48)。フォークナー研究において後期作品は、テレサ・M・タウナーの言を借りるならば、「不当に低い評価を受けるか無視されるかのどちらか」(Towner, 4) であったのである。

近年、上述のポークとタウナーの他に、ジェイムズ・キャロザース、ハンス・K・シェイ、カール・F・ゼンダーといった批評家達が後期作品も前期作品と同様に検討すべきであるという至極妥当な主張を始めている。本章は、フォークナー研究における「批評の空白」(Towner, 6) をわずかながらも補填する試みとして、また、冒頭のミルゲイトの問いに答えるべく、五〇年代以降の小品および『自動車泥棒』に共通する自伝的形式に注目することにより、フォークナーのレイト・スタイルを探りたい。

なお、具体的にいつ以降をフォークナーのキャリアにおける後期とみなすのかについては、まだ批評の一致をみていない。本章では、一九四七年にフォークナーが五十という節目の歳を迎えたこと、一九四八年に『墓地への侵入者』(*Intruder in the Dust*, 1948) の映画化権を五万ドルでＭＧＭへ販売 (Blotner, 1257) して経済的苦境から脱するとともに国内的認知が急激に高まったこと、一九五〇年のノーベル文学賞受賞により三万ドル超の賞金と世界的名声を得たことが、後期キャリアへの移行に拍車をかけたと考える。[1] この時期における自己および環境の変化は、フォークナーのアイデンティティを大いに揺るがせ、ひいては作品スタイルにも多大な影響を及ぼすこととなるのである。

2. 老いの繰り言

「わたし自身と世界について、いくども同じ話を繰り返している。」一九四五年、フォークナーは、マルカム・カウリーへの手紙において自身の創作活動についてそう述べた。つづけて、難解でわかりづらいとされる自身の語りのスタイルに言及し、「複雑で形の整わない『スタイル』、とめどのない文章」になってしまうのは、自己と世界についての物語を一つの文章で言おうとするからだとしている (Cowley, 14)。フォークナーが自覚していた自由な形式や冗長な文体について、ゼンダーは、全著作にあてはまる特徴というよりも手紙を記した時点以降の作品に顕著にあてはまる特徴 (Zender, 25) だと指摘する。たしかに、五一年出版の『尼僧への鎮魂歌』(*Requiem for A Nun*) を例にとると、本作は戯曲と随筆と小説をあわせたような一風変わった形式をもち、フォークナーは執筆段階において、一つの小説のなかに七つの劇場面が組みこまれた「面白い形式上の実験」(*SL*, 305) と述べている。また、三幕それぞれの冒頭におかれた散文は、セミコロンを用いてピリオドを一切用いないことにより、長く連なった一つの文章による語りを成立させている。このことからも、後期フォークナーが、初期時代と同様あるいはそれ以上に、複雑な語りの構造をもった形式を追求しつづけていたとみて間違いないだろう。

だが、より注目すべきは、ゼンダーが、五五年長野での発言をひき、フォークナーの後期におけるスタイルの変化が老いの意識と深い関係がある (Zender, 25) と指摘している点である。日本人研究者との質疑応答において、フォークナーはスタイルの変化について問われ、文章が冗長になる理由を以下のように述べた。「たぶん、作家が老いるにつれ、いつか疲れて書けなくなってしまう日が来るまでの時間が短くなっていることに、言いたいことが言えないことに気づくのだろう。別の文章や段落を書けるほど長くは生きられないから、まだ言っていない事すべてを一つの文章で、一つの段落で言おうとするのかもしれない」(*LG*, 174-75)。ゼンダーが指摘するように、スタイルの変化が作家の老いの意識から生じたとすれば、そのスタイルこそレイト・スタイルと呼ぶべきものだろう。

自らの「老い」を意識したフォークナーは、これまで繰り返し語ってきた自己と世界との物語をどのように語ろうとしていたのか。一通の手紙に記されたメモワール構想がその答えを示唆している。

2．1．メモワール構想

グリーンフィールド農園を購入した一九三八年以降のある時点において、フォークナーは自身の

「メモワール memoirs」を書くことを検討していた。一九五〇年代と思われる年代不詳の八月二十日付の編集者ロバート・K・ハース宛のごく短い手紙に、その構想が簡潔に記されている。

> 親愛なるボブ
> 私の回想録(メモワール)を書こうと考えています。伝記の体裁をとりつつ実のところ半分くらいはフィクションの本になるでしょう、各章は、犬や馬や黒人使用人や親戚に関するエッセイのようなもの、実際の出来事に基づいているけれど適宜フィクションで「改良」されているという具合です、本は短編集になるでしょう。写真を使いたいのです。私が描いた絵でも。小説一つ分くらいの長さにはなると思います、少しはぶらぶらと歩きまわるかもしれませんが、ほぼこの町の自宅ローワン・オークと農園グリーンフィールドとの間に限られるでしょう。この案をどう思いますか。(*SL*, 320-21)

この手紙の構想に最も近いと思われる作品は遺作『自動車泥棒』であるが、五〇年代の自伝的とされる小品に、メモワール構想の特徴が顕著にみられる。

むろん、自伝的要素を作品に援用することは、初期作品から一貫したフォークナーのスタイルである。『サートリス』(*Sartoris*, 1929) に代表されるように、フォークナーにとっての創作とは、フォークナー家や南部共同体に伝わる口頭伝承、とりわけ、当時のベストセラー作家であった曾祖父「ウィリアム・フォークナー」にまつわる伝説を文字化することであった。この意味において彼の著作はすべて自伝的であるといえ、「わたし自身と世界について、いくども同じ話を繰り返している」という言葉にあらわされるように、彼ほど小説の中で自分と周りの環境をさらし続けた作家もそういないのである。

だが、後期作品における自伝的スタイルは、初期におけるそれとは明確に異なる。ジョーゼフ・L・ブロットナーは、一九六一年、『自動車泥棒』の草稿の冒頭三章分を読んだ感想を次のように述べた——「サートリス家ではなくプリースト家を通して、彼は再びフォークナー家の伝説をヨクナパトーファ郡の伝説に接ぐ。けれども今回、物語の中心にいるのは彼の曾祖父ではなく彼自身だった」(Blotner, 1793)。五〇年代以降の自伝的作品には、フォークナー本人を彷彿させるペルソナが登場するようになる。そして、このペルソナによる語りは従来の自伝的要素の援用とは異なる反応を読者からひきだし、この読者反応こそ、後期の自伝的スタイルが初期のそれと一線を画する点なのである。

後期の自伝的作品においては、ペルソナの使用、自伝的要素の援用、登場人物の再登用、自作品への言及など、意図的に作家ウィリアム・フォークナーを思いおこさせる装置が仕掛けてある。その結果、たとえ語り手あるいは主人公に三人称の名前が与えられていようとも、読者は、ほんとうは作者自身のことなのではないかと想像しながら読み進めることになる。だが、こうした読者反応は、当然ながら、伝記的情報がある程度まで知られており著作も数冊読まれている高名な作家でなくては生まれない。つまり、この手法は、職業作家として成功した者だけに許された、しかもその成功者がキャリアの後半になってはじめて試みることができる、特権的なレイト・スタイルなのである。

ところが、この自己語りの手法は、フォークナーのレイト・スタイルとして理解されるどころか、長らく批評家達からの酷評にさらされてきた。たとえば、ブロットナーは、『尼僧への鎮魂歌』への批評的反響を次のように要約する——「盛りを過ぎ、彼自身を繰り返しているに過ぎない」(Blotner, 1395)。フォークナーが「晩年に彼自身の作品についての注釈を書き始めてからは」読まなくなった(Douglas, 299)というエレン・ダグラスの辛辣な意見に代表されるように、批評家達は、フォークナーの自己語りの手法を加齢による想像力の枯渇やオリジナリティ喪失の証としてみなしてきた。だが、こうした批判は、フォークナーのレイト・スタイルから引きだされた読者反応を示しているに過ぎない。

批判の的となったペルソナの使用、自伝的要素の援用、登場人物の再登用、自作品への言及は、作家としての老化現象を示しているわけではない。前述したように、フォークナーは、三〇年代と変わらず五〇年代においても形式上の実験を続けていたのであり、メモワール構想はそうした挑戦の一環であったのだ。つづいて、この自己語りの手法が、フォークナーが五〇年代に抱えていた老いの意識とアイデンティティの不安から生まれたことを明らかにしていきたい。

2. 2. 老いの意識とアイデンティティの不安

フォークナーが、その生涯を通じて多くのペルソナを演じてきたことは、多くの研究が詳らかにしている。[2] 一九五〇年以降のフォークナーは、自己イメージを大幅に書き換える必要に迫られていた。社会の周縁にて気楽なボヘミアン作家を演じていた人物が、ノーベル文学賞受賞を境に突如として「世界の文豪」として振る舞うよう国内外から求められたのである。こうした環境の変化が、彼にアイデンティティの修正を迫る外圧となったことは想像に難くない。だが、そこには社会の要請だけでなく、きわめて個人的な理由もあったのである。

五十歳を過ぎたフォークナーは、老いの先にある死が忍び寄ってきているのを感じとっていた。実際、フォークナーは、五〇年代に自分と家族用に墓地の区画を購入（Hines, 147）、五九年には残される家族のための相続税対策を行う（Blotner, 1742）など、いわゆる生前準備を行っている。また、この頃フォークナーは、執筆に残された時間があまりないとも繰り返し述べるようになった。たとえば、五四年のインタビューでは、「書きたいことがあるのですが、私が書きたいすべての本を書ける時間がないということを知っています。あと三冊か四冊ほど書ければと願っているのです」（1506）、五五年のエルサ・ヨンソンへの手紙には「もうすぐミシシッピに帰り、仕事をします。私の想像の国と郡について書くべきことをすべて書くのに十分なほど生きられないと知っていますから、残された時を無駄にできないのです」（1579）等、執筆に逸る気持ちを表明している。だが、こうした用意周到な行動や言葉とはうらはらに、フォークナーは自己破壊的な行為を続けたのである。

五〇年代のフォークナーは、アルコール中毒の症状、骨折に関連する治療や検査、鬱状態ともいえる不定愁訴から入退院を繰り返した。その直接的あるいは間接的原因となったのが、酒と女性と馬であった。

若い頃から常軌を逸した飲酒をすることがあったフォークナーは、後年、その『凄まじい』までもの飲酒癖」（花岡、二〇〇四）の報いを受けていた。一九五二年十月八日、フォークナーの妻エステルから救援をもとめられて作家の自宅へ急行したランダム・ハウスの編集担当者サックス・コミンズは、経営陣ベネット・サーフとロバート・K・ハースに対し、フォークナーの様子を以下のように報告した。「ビルが心身ともにひどい状態であることは事実です。もっとも初歩的な自分の世話もできなければ、まともに考えることすらできません。彼の状態は、単なる急性アルコール中毒の症状かもしれません。けれども私は、事態はもっと深刻で、まさに人格崩壊だと思います」（Brodsky, 91）。コミンズの見立てどおり、この頃のフォークナーは、アイデンティティ崩壊の危機にあったのではないだろうか。

フォークナーは、批評家達以上に、自身の加齢と創作活動の衰退とを強迫観念的に結びつけ、老化が進行するにつれて書けなくなってしまうのではないかと怖れていたようである。彼は、創作活動の資本であり創作の源である自身の身体を、液体を貯めておく容器に喩えて「貯水庫 tank」や「樽 barrel」と表現した。そして、いつかはその源泉が「枯れて run dry」しまうのではないかという精神的不安を抱え[3]、その不安を払拭し身体を満たすかのように酒を浴びるように飲んだ。事実、彼は創作活動中に度を超える酒を口にすることはなく、前後不覚の酩酊状態になるのはきまって作品を書き終えた後のことであった[4]。

また、この自分の身体を酒樽とみなす発想は、創作意欲や想像力といった精神的活力を身体的精力と結びつける契機ともなったようである。この頃、フォークナーがジョーン・ウィリアムズやジーン・スタインといった若い女性との恋愛に励んだのも、創作のインスピレーションの源たる詩の女神（ミューズ）を追い求めたのだとすれば、理解できなくもないかもしれない。すくなくとも、夫の不貞に悩まされ続けたエステルは、一九五五年、コミンズ宛の手紙においてフォークナーの「常にどこぞのお嬢さんを好きにならずにはいられない何らかの衝動」（Brodsky, 200）を指摘、彼が若い女性への精神的固着を抱えているのだと理解することにしたようである。フォークナー自身、「もし作家が母親から奪わなければならないとしたら、彼は躊躇しないでしょう」(Stein, 239) と同年のインタビューにおいて述べ、彼の創作と女性との心理的関わりを示唆している。伝記的側面から考察するジュディス・L・センシバー、精神分析的な見地から検討するドリーン・ファウラーとデボラ・クラークの研究が示唆するように、フォークナーは、女性の生殖力を奪う代償行動であるかのように、作品を産み続けたのである。

この時期、彼の健康状態をひどく悪化させたのは、馬や階段からの落下である。彼は何度も無茶な乗馬をしては落馬を繰り返して身体を痛めつけたが、それは彼が下手な乗り手であった (Williamson, 346) のに、気性の荒い暴れ馬を「征服する」(Blotner, 1827-28) ことにこだわったことに起因する。フォークナー作品においてしばしば馬がセクシュアリティの象徴として登場することに鑑みれば、馬を御すことは彼にとって若さを維持することと同義であり、ひいては創作への活力を保つことと同義だったのかもしれない。フォークナーは、乗馬において得られる「力と速度」が、何よりも効き目のある向精神薬であると述べていたようである (1709)。

飲酒、恋愛、乗馬とは、フォークナーにとって若さとマスキュリニティの象徴であった。それらへのあくなき挑戦は、人からは年甲斐もない無分別な行動に見えようとも、当人からすれば、多分に形而上学的(メタフィジカル)な奇想に基づいているとはいえ、創作への活力を得るための正当な行動であったのだ。だが、これらの行動は、心身の健康状態を悪化させて死を早めるという物理的(フィジカル)な結果を招き、彼の人生には六十四歳でピリオドがうたれた。しかしながら、身体的な「老い」よりも作家としての「老い」

を怖れていたフォークナーは、背中の激痛に耐え、ときには作家特有のスランプに陥りながらもなお、書くことを止めはしなかったのである。

作家人生の終わりを意識したフォークナーは、これまで繰り返し語ってきた自己と世界との物語をどのように語っているのだろうか。次項では、後期二作品を取りあげ、その自己語りが、老いと自意識的に戯れるメモワール形式であったと同時にアイデンティティを刷新していくフォークナーのレイト・スタイルであったことを明らかにしたい。

3. ある回想

「メモワール memoir」の語源は、ラテン語の「メモリア memoria」であり、これは「記憶 memory」の語源と共通する。『オクスフォード英語辞典』(*OED*) の定義によれば、メモワールとは、「作家の個人的知識や経験あるいは特別な情報源に基づいて記された出来事や歴史の記録」「自伝的観察、回想」「伝記あるいは自伝、伝記的な寸評」である。歴史の編纂であり、過去の振り返りであり、人生の記録でもあるメモワールの根幹をなすのは、「回想 reminiscence」という語が示すように、記憶である。

日常ほとんど意識されることなく行われる過去を思い出す行為は、エイジング・スタディーズの先駆者であるキャスリーン・ウッドワードによれば、だいたい五十歳を目安として徐々に頻繁になるという。この記憶作業には、「人生回顧 life review」と「回想 reminiscence」という二つの形態があり、前者は、これまでの人生を一貫した物語として振り返る包括的、分析的、認知的なもの、後者は、過去のある一時期を切りとって思い出す断片的、部分的、社会的なものである（Woodward, 2）。ウッドワードは、前者よりも後者の記憶のあり方を生成力と回復力のあるものとして評価する（3）。

ここでは、この二つの記憶形態そのものよりも、これらを説明するウッドワードの言葉に注目したい。彼女は、人生回顧を「古典的な意味においての自伝に類比するもの」、回想を「自伝的な書き物、あるいは今日ライフ・ライティングと呼ばれるものの瞬間に類比するもの」（4）とアナロジーを用いて説明することにより、記憶形態と文学形式との間にみられる類似性をはからずも指摘している。フォークナーがメモワール構想にて試みようとしていたことは、この老年期に特有である記憶作業を新しい文学形式によってあらわすことだったのではないだろうか。フォークナーが手紙で定義するメモワールは、「伝記の体裁」をとっているものの、断片的、部分的、混淆的なライフ・ライティングのことである。以下、「ミシシッピ」（"Mississippi," 1954）と『自動車泥棒』をとりあげ、その作品構造を検討することにより、二つの記憶形態の文学形式への転化を見てみたい。

3．1．記憶からメモワールへの転化——作品構造と老いのペルソナ

フォークナーの後期作品が、読者に対して自伝的な色合いで読むことを促すことは、既に確認したとおりである。とりわけ、メモワール構想に連なると思われる五三年出版「シャーウッド・アンダーソンについての覚書」（"Note to Sherwood Anderson"）、五三年執筆「ミスター・アケアリアス」（"Mr. Acarius," 1965）、五四年出版「ミシシッピ」「南部の葬送——ガス灯」（"Sepulture South: Gaslight"）『フォ

ークナー・リーダー』への序文（*The Faulkner Reader*）、六二年出版『自動車泥棒』においては、自己語りの手法――ペルソナの使用、自伝的要素の援用、登場人物の再登用、自作品への言及――のうち、いくつかあるいは全てが使用されることによって、作品世界はフィリップ・ルジュンヌのいう〈自伝空間〉となる。読者は、作者と「間接的な形の自伝契約」を結び、「単に『人間的本性』の真実を指示するフィクションとしてばかりでなく、ある個人の本当の姿を明かしてくれる幻想としても読む様に促される」（ルジュンヌ、五二）。では、フォークナーのメモワールからは、どのような作者の幻影が見出されるのであろうか。

「ミシシッピ」では、フォークナーは、若い頃のように気楽な自由人ではいられなくなった中年作家としての自己を表象する。最初の頁にて「少年」と三人称で呼ばれる主人公は、一九一七年には、財産を持たない「放浪者」を気どる十九歳の「若者」（『随筆・講演』、二八）となり、やがては職業作家となったことが明かされる。彼が数行下で「ミスター・ビル」と呼ばれるその時、語り手と主人公は一体化し、フォークナーのペルソナとなる。語り手は、以下のように現在の自己を定義する――「中年になりかけの（今では小説書きを職としている。若い頃は、放浪者、持ち物なしのさすらい人のままでいたいと願っていたが、時間と成功と動脈硬化に負けてしまった）男」（四四）。南部の歴史を背景に、自己の老成が書きこまれている。

この中年作家による自己語りにおいては、二つの異なる視点が同時に用いられている。南部の歴史とフォークナーの個人史を重ねあわせて成長物語（ビルドゥングスロマン）として語る統括的な視点と過去のエピソードを刹那的に語る生成的な視点である。「人生回顧」と「回想」という二種類の視点が共存することによって、俯瞰的な伝記／自伝と断片的なライフ・ライティングとが融合した見事な形式が成立している。そして、この記憶作業を文学の形式に転化したスタイルは、八年後の『自動車泥棒』でも試される。「おじいさんは語りだした——」という孫の前口上で始まる『自動車泥棒』は、副題「ある回想」が示すように、彼のメモワールである。フォークナーによる五人の実孫への献辞は、「おじいさん」と冒頭で一度だけ呼ばれる物語の語り手ならびに主人公が、「ルーシャス・プリースト」という第三者の名前を与えられているにもかかわらず、フォークナーのペルソナであろうと読者に思わせるようになっている。実際、借りた自動車でメンフィスのミス・リーバの売春宿へ向かう旅は、弟ディーンとの子供時代の思い出と彼の祖父のヘル・クリークでの実体験（Wells, 64-65）に基づいている。また、一九四七年に亡くなったフォークナー家の黒人使用人ネッド・バーネット（Williamson, 262）は、ネッド・ウィリアム・マッキャスリンと名を変え、フォークナーの影のペルソナとして生き生きと活躍する。

一九六〇年（六十五歳）の時点から五十五年前である一九〇五年（十歳）の体験談を語るという回顧形式には、小山敏夫が「二重の展望 double vision」（Koyama, 237）と呼ぶ、人生経験や知識にもとづいて過去を統括する老人の視点と当時の限られた知識から現在進行形で物事を見ている少年の視点とが共存する。この人生回顧と回想という二通りの見方は、南部の歴史と自分の成長を重ねながら成長物語（ビルドゥングスロマン）として語る自伝形式と子供時代の思い出をエピソード形式で語る断片的なライフ・ライティングとが融合した作品構造を可能にしている。[5]

メモワール形式は、これまでも一貫して自己と世界とを語ってきたフォークナーが、人間の逃れえない運命である〈死〉が差し迫ってきていると意識した時、老いゆく自己と変わりゆく世界を語るにあたって到達した表現方法であった。その挑戦が、自意識的に自身の加齢と戯れることであったことは興味深い。老いゆく自己の表象と自己語りの手法――ペルソナの使用、自伝的要素の援用、登場人物の再登用、自作品への言及――は、作家の老化の反映としてそこにあるのではなく、作家が自意識的に老化を投影したからそこにあるのである。そして、人生回顧と回想という二つの視点を用いることにより老年期特有の記憶作業を文学形式に転化させ、伝記／自伝とライフ・ライティングを融合させた作品構造をもつ独自のメモワールを編みだしたのである。

3．2．ライフ・ライティング

ライフ・ライティングとは、マーリン・カーダールによれば、作家の個人的な経験あるいは人生から書かれた記録あるいはその断片であり、その主題となるのは「人生」あるいは「自己」である(Kadar, 152)。しかし、ポール・ジョン・イーキンによれば、ライフ・ライティングとは、自己の人生に関する著作を記す行為だけにとどまらない。イーキンは、自己について物語る行為は、より大きな一生涯にわたって続く日常生活における自己語りによるアイデンティティ形成という現象の一部であると唱える(Eakin, 101)。我々は、生涯にわたって自己の物語を語り続けることによって自己のアイデンティティを刷新し続ける。人生とは、この絶え間のない自己語りの総体なのである。

上述のイーキンは、身体感覚を失くした患者が自己の存在がわからなくなると同時に近親者の記憶を喪失した症例を挙げ、人間の意識のなかで自己、記憶、身体が三位一体の構成物となってアイデンティティを形づくっているのではないかと仮定する（19）。もし、イーキンが想定するように、アイデンティティの感覚が記憶や身体と密接に結びついているならば、五〇年代以降の記憶障害や身体機能の低下は、フォークナーに自己の物語の書き換えを迫っただろう。実際、フォークナーが最も心配して医師に訴えた自覚症状は、「一時的記憶喪失（ブラックアウト）」と「性格変化」（Blotner, 1452）であった。後期作品において自己を語る行為は、日常生活における作家の老いの意識——自己、身体、記憶の総体から生じるアイデンティティの揺らぎ——と密接に結びついていたのではないだろうか。

フォークナーのレイト・スタイルは、五十歳を契機とした自己葛藤のうちから生まれた。後期作品における自己語りは、若き頃の審美的な形式上の実験とは異なり、より根源的な欲求に基づいていたといえる。それは、実生活におけるアイデンティティ再構築の一環であった。老人特有の過去への回帰を表現する新しい文学形式の模索は、老いゆく自分を客観視し、アイデンティティを刷新する必要性から生まれたのである。つまり、フォークナーのペルソナが語る自己と世界の物語は、老境の作家が、老いていく自己と変わりゆく世界と折り合いをつける行為でもあったのである。だが、その行為は必ずしも消極的なものではなかった。フォークナーは、老いゆく自分を語り、作品に新たな命を吹きこんだ。彼のレイト・スタイルとは、人生を書くことにより生命を宿らせるライフ・ライティングであったのである。

4. おわりに——死に向かって〈否〉と告ぐ

「私の最後の本は、ヨクナパトーファ郡にとって最後の審判の本、黄金の本になるでしょう。そのとき私は筆をおき、止めなければならないでしょう」(Stein, 255)。その言葉どおり、『自動車泥棒』は遺作となった。作家フォークナーにとって、生を生きることと生を書くこととは同義だったのだ。

フォークナーのレイト・スタイルと本章が結論づけるメモワール形式は、人生回顧と回想という過去を振りかえる二重の視点が用いられることにより、全体をかたちづくる伝記的な成長物語（ビルドゥングスロマン）と細部を構成する自伝的なエピソードとが融合した作品構造をもつ。この老年期における記憶作業を文学形式に転化した構造は、作品スタイルの変化がフォークナー自身の老年期におけるアイデンティティの問題と根源的に繋がっていたことの証である。メモワールは、記憶障害や身体機能の低下による日常生活における老いの意識と創作活動における精神的不安とが表裏一体となって生まれたライフ・ライティングであったのだ。

五〇年代以降のフォークナーにとって、創作は死を寄せつけないための方法であった。一九五三年のジョーン・ウィリアムズへの手紙において、書くことは「この世で死に向かって〈否〉と告げる唯一無二の方法」(Blotner, 1461) であると綴っている。一九五四年、ランダム・ハウスから出版された『フォークナー・リーダー』の序文において、フォークナーは、書くことの目的を「人の心を元気づけるため」とし、それは「完全に利己的で、完全に個人的なもの」であるとする。なぜなら、「そうすることで彼は死に向かって〈否〉と言えるからだ。元気づけたいと願った人々を介して、彼は彼自身のために死に向かって〈否〉と告げる」(*ESPL*, 181)と、書くことは死に抵抗することだと述べている。一九五五年、ジーン・スタインによる『パリ・レヴュー』のインタビューにおいては、書くことの目的は、変わりゆく生の刹那をとらえて読者に見せることだと述べている。「すべての芸術家の目的は、人工的な方法で、動いているもの、つまり人生(life)ですが、それをとどめること、それを固定して見せることです。そうすれば百年後、誰かがそれを見れば、それは生命(life)ですから、再び動きだすのです。」そして、そうした作品は芸術家の存在証明として機能し、それこそが人間のもつ死という避けがたい運命を超越する方法なのだと結論づける——「人間は死すべき存在ですから、彼にとって唯一可能な不死とは、常に動きだす不滅なものを後に残すことです。これは、芸術家が、最終的に避けることのできない、いつか必ず通るべき忘却の壁に『自分はここにいた』と書いておく方法なのです」(Stein, 253)。残りの人生を賭して自己と世界に関する物語を語ろうとしていたフォークナーにとって、メモワールとは、「自分はここにいた」と人々の記憶に自らの生を刻み込むライフ・ライティングであったのである。

フォークナーは、作家としての不死を手に入れただろうか。一九五三年、友人ロバート・リンスコットの農園にて、書棚に並べられた自分の著作に指をはしらせたフォークナーは、ひとりごちて呟いた。「一人の人間があとに残す記念碑としては悪くない」(Blotner, 1472)。だが、そのときフォークナーは到達点にいたのではなく通過点にいたのだから、正確には、足跡としては悪くない、と言うべきだっただろう。なぜなら、数年後、彼は自分でこう書くことになるからだ——「記念碑は俺はここまで来たとしか言わないけれど、足跡は俺が再び動き出したとき俺がいたのはここだって言っているんだ」(*The Town*, 1957; 29)。後期作品は、あまたの批評家達がまだフォークナーの足跡を追いかけているに過ぎないことを物語っている。

注

[1] ミルゲイトは、ノーベル賞受賞がフォークナーを実年齢よりも老成させた(Millgate, 271)として、一九五〇年をフォークナーのキャリアにおける分岐点とみている。

[2] フォークナーのペルソナ変遷については、ブロットナーを始めとして、ジョエル・ウィリアムソン、フィリップ・M・ワインスタイン、ダニエル・ジョセフ・シンガル、リチャード・グレイによる伝記のほか、ロター・ヘニッヒハウゼンやジェイムズ・G・ワトソンによるフォークナーの役割演技に関する研究を参照されたい。

[3] こうした比喩表現は、フォークナーの私信において、決まって年齢への言及や創作への不安とともに使われる(Blotner, 1346, 1433, 1444, 1457, 1461, 1741)。フォークナーにとっては、身体的な死よりも作家としての死の方が恐ろしかったのかもしれない。

[4] フォークナーの娘ジルは、一九七九年放映のPBS番組において、フォークナーの飲酒について以下のように話している。「彼は、飲酒を安全弁として利用していたのです。何かにかこつけて飲まずにはいられなかったので、それはほぼ例外なくきまって本を書き終えたときでした」(Bezzerides, 31-32)。

[5] 南部の発展をたどる主人公ルーシャスの成長物語(ビルドゥングスロマン)と、それを語るフォークナーのペルソナである語り手ルーシャスの老いの戦略については、拙稿を参照されたい。

引用文献

Bezzerides, A. I. *William Faulkner: A Life on Paper*. Ed. Ann J. Abadie. Jackson: UP of Mississippi, 1980.

Blotner, Joseph. *Faulkner: A Biography*. 2 Vols. New York: Random House, 1974.

Brodsky, Louis Daniel, and Robert W. Hamblin, eds. *Faulkner: A Comprehensive Guide to the Brodsky Collection*. Volume II: The Letters. Jackson: UP of Mississippi, 1984.

Carothers, James B. "The Rhetoric of Faulkner's Later Fiction, and of Its Critics." *Faulkner's Discourse: An International Symposium*. Ed. Lothar Hönnighausen. Tübingen: Max Niemeyer Verlag, 1988. 263-70.

——. "The Road to *The Reivers*." *"A Cosmos of My Own": Faulkner and Yoknapatawpha, 1980*. Ed. Doreen Fowler and Ann J. Abadie. Jackson: UP of Mississippi, 1981. 95-124.

Clarke, Deborah. *Robbing the Mother: Women in Faulkner.* Jackson: UP of Mississippi, 1994.

Cowley, Malcolm. *The Faulkner-Cowley File: Letters and Memories, 1944-1962*. New York: Viking, 1966.

Douglas, Ellen. "Faulkner in Time." *"A Cosmos of My Own": Faulkner and Yoknapatawpha, 1980*. Ed. Doreen Fowler and Ann J. Abadie. Jackson: UP of Mississippi, 1981. 284-302.

Eakin, Paul John. *Making Selves: How Our Lives Become Stories.* Ithaca, N.Y.: Cornell UP, 1999.

Faulkner, William. "Foreword to *The Faulkner Reader*." *Essays, Speeches & Public Letters.* Ed. James B. Meriwether. New York: Random House, 1965. 179-82.

——. *Intruder in the Dust*. 1948. New York: Vintage International, 1991.

——. *Lion in the Garden: Interviews with William Faulkner 1926-1962*. Ed. James B. Meriwether and Michael Millgate. New York: Random House, 1968; Lincoln: U of Nebraska P, 1980.

——. "Mississippi." *Essays Speeches & Public Letters*. Ed. James B. Meriwether. New York: Random House, 1965. 11-43.

——. "Mr. Acarius." *Uncollected Stories of William Faulkner*. Ed. Joseph Blotner. New York: Random House, 1979.

——. "Note to Sherwood Anderson." *Essays, Speeches & Public Letters*. Ed. James B. Meriwether. New York: Random House, 1965. 3-10.

——. *The Reivers: A Reminiscence*. 1962. New York: Vintage International, 1992.

——. *Requiem for a Nun*. 1951. *William Faulkner: Novels 1942-1954*. New York: Library of America, 1994. 471-664.

——. *Sartoris*. New York: Harcourt, 1929; New York: Random House, 1961.

——. "Sepulture South: Gaslight." *Uncollected Stories of William Faulkner*. Ed. Joseph Blotner. New York: Random House, 1979.

——. *Selected Letters of William Faulkner*. Ed. Joseph Blotner. New York: Random House, 1977.

——. *The Town*. 1957. New York: Vintage, 1961.

Fowler, Doreen. *Faulkner: The Return of the Repressed*. Charlottesville: UP of Virginia, 1997.

Gray, Richard. *The Life of William Faulkner: A Critical Biography*. Cambridge, Mass.: Blackwell, 1996.

Hines, Thomas S. *William Faulkner and the Tangible Past: The Architecture of Yoknapatawpha*. Berkeley: U of California P, 1996.

Hönnighausen, Lothar. *Faulkner: Masks and Metaphors*. Jackson: UP of Mississippi, 1997.

Kadar, Marlene. "Whose Life Is It Anyway? Out of the Bathtub and into the Narrative." *Essays on Life Writing: From Genre to Critical Practice*. Ed. Marlene Kadar. Toronto: U of Toronto P, 1992. 152-61.

Koyama, Toshio. "Faulkner's Final Narrative Vision in *The Reivers*: Remembering and Knowing." *Faulkner: After the Nobel Prize*. Ed. Gresset, Michel and Kenzaburo Ohashi. Kyoto: Yamaguchi, 1987. 227-43.

"memoir, n." *OED Online*. Oxford University Press, September 2014. Web. 17 September 2014.

Millgate, Michael. "Faulkner: Is There a 'Late Style'?" *Faulkner's Discourse: An International Symposium*. Ed. Lothar Hönnighausen. Tübingen: Max Niemeyer Verlag, 1988. 271-75.

Polk, Noel. "Faulkner at Midcentury." *Children of the Dark House: Text and Context in Faulkner*. Jackson: UP of

Mississippi, 1996. 242-72.

Singal, Daniel Joseph. *William Faulkner: The Making of a Modernist*. Chapel Hill: U of North Carolina P, 1997.

Sensibar, Judith L. *Faulkner and Love: The Women Who Shaped His Art*. New Haven: Yale UP, 2009.

Skey, Hans K. "William Faulkner's Late Career: Repetition, Variation, Renewal." *Faulkner: After the Nobel Prize*. Ed. Gresset, Michel and Kenzaburo Ohashi. Kyoto: Yamaguchi, 1987. 247-59.

Stein, Jean. "William Faulkner: An Interview." *Paris Review* 12 (Spring, 1956): 28-52. Rpt. in *Lion in the Garden: Interviews with William Faulkner, 1926-1962*. Ed. James Meriwether and Michael Millgate. New York: Random House, 237-56.

Towner, Theresa M. *Faulkner on the Color Line: The Later Novels*. Jackson: UP of Mississippi, 2000.

Watson, James G. *William Faulkner: Self-Presentation and Performance*. Austin: U of Texas P, 2000.

Williamson, Joel. *William Faulkner and Southern History*. New York: Oxford UP, 1993.

Weinstein, Philip M. *Becoming Faulkner: The Art and Life of William Faulkner*. New York: Oxford UP, 2010.

Wells, Dean Faulkner. *Every Day by the Sun: A Memoir of the Faulkners of Mississippi*. New York: Crown, 2011.

Woodward, Kathleen. "Telling Stories: Aging, Reminiscence and the Life Review." *Doreen B. Townsend Center Occasional Papers* 9. Berkeley: Doreen B Townsend Center for the Humanities, University of California, 1997.

Zender, Karl F. *The Crossing of the Ways: William Faulkner, the South, and the Modern World*. New Brunswick, N.J.: Rutgers UP, 1989.

ウィリアム・フォークナー「ミシシッピー」『随筆・講演』大橋健三郎他訳（冨山房、一九九五年）、一六一-五二。

花岡秀「ウィリアム・フォークナー」『酔いどれアメリカ文学——アルコール文学文化論——』（英宝社、一九九九年）、二〇三-五三。

フィリップ・ルジュンヌ『自伝契約』花輪光監訳（水声社、一九九三年）、五一一。

山本裕子「レトロ・スペクタクル――モダニズムの晩年とフォークナーの「老い」の政治学――」『アメリカ文学における「老い」の政治学』（松籟社、二〇一三年）、一一三-五三。

「老い」の肖像――『館』

山下　昇

1．はじめに

「スノープス三部作」（The Snopes Trilogy）の最後となる『館』（*The Mansion*, 1959）は一九三〇―四〇年代を主たる時代とする物語として設定されているが、制作年代である五〇年代という時代とその時代における作家の実人生が大きく影を落としていると考えられる。ジョン・マシューズがこの作品を「フォークナーの冷戦の寓話」（Matthews, 7）と呼び、ローレンス・シュウォーツが『フォークナーの名声を創り出す』（*Creating Faulknrer's Reputation: The Politics of Modern Literary Criticism*, 1988）で詳らかにしているように、この時代のフォークナーは六十歳代の「晩年期」を迎えるとともに、一九五〇年のノーベル文学賞受賞を契機として、「アメリカのスポークスマン」として世界各地に講演旅行を行い、国際的な視野を広げながらも、折から激化しつつあった東西冷戦の対立に否応なしに巻き込まれていった。また、この冷戦がらみの出来事としてマッカーシズムによる「赤狩り」が一世を風靡した。あるいは足下では黒人解放運動（公民権運動）が激しく展開され、彼も人種問題に対して発言せざるをえない状況に置かれていた。なお、本格的な展開は彼の死後となるものの、ベティ・フリーダン（Betty Friedan）の『女らしさの神話』（*The Feminine Mystique*, 1963）の刊行に見られるように、この時代に既に女性解放運動の予兆が感じられていた。フォークナーが『館』を書いたのはこのような時代のコンテクストにおいてである。

この作品のテーマに関して、西山保は「ミンクの復讐」と「ギャヴィン・スティーヴンズとリンダの関係」という「二つのテーマ」（西山、三〇七）が扱われていると述べているが、田中久男は「フレム殺害における二人［ミンクとリンダ］の共犯関係」（田中、三九二）を重視している。田中が主張する通り、二人のフレム殺害にギャヴィン、V・K・ラトリフ、チック・マリソンらが巻き込まれていくというのが作品の基本的な構図であると捉えるのが妥当であると思われる。殺害されるフレム、復讐を遂げるミンクとリンダ、彼らに翻弄されるギャヴィン、ラトリフ、チックらそれぞれの人物描写とプロットの組み立てのうちに、作家の「意向」が反映されているということを仮説として、「老い」の諸相の検討を進めて行きたい。

2.「老いた」作家と「老いた」人物

ジュディス・ブライアント・ウィッテンバーグは、作家がこの本を書いた時に六十歳を越えており、小説のすべての要素が「死に近づいていることを意識した老人の作品であり、作中人物のすべてが老いており、徒労感に満ちている」と述べるとともに、ミンク・スノープスがほとんど作家自身の年齢であることを指摘して、「ミンクにとって死は平穏な忘却であり、おそらくフォークナーも自身の死をそのように予見していたのであろう」(Wittenberg, 235) と主張している。

厳密に言えば最後の作品ではないが、『館』は作家の最晩年の作品である。[1] 作者自身も、これが「スノープス三部作」を締めくくるのみならず、彼の「年代記」を総括する作品であり、これを完成させることによって創作（の苦しみ）からも解放されるだろうと述べている (Blotner [1977], 433)。フォークナーはこの時六十二歳であり、登場人物たちもひとしなみに老年期を迎えている。物語の終りの部分（一九四六年）で、主要な登場人物たちは、フレム・スノープス六十四歳、ミンク六十三歳、ギャヴィン五十七歳、ラトリフ六十二歳である。若い世代のリンダ・スノープス・コールでさえ、母ユーラが亡くなった年齢である三十八歳、『墓地への侵入者』(*Intruder in the Dust*, 1948) で少年だったチック・マリソンが三十二歳になっている。作品の随所に登場人物たちが「老いた」という表現が用いられている。例えば獄中のミンクが二年後に釈放された時のことを想像して、「一九四八年になると彼もフレムも二人とも老人になっているだろう」(*M*, 104)[2] と思う場面や、リンダとギャヴィンの嘆願書のおかげで二年早く釈放されてフレム殺害に向かうミンクが「俺は歳を取り過ぎた。六十三歳にもなった奴がこんなことをすべきじゃないんだ」(291)と考える場面として提示される。そのミンクについて、自身ももう若くないラトリフが次のように発言する。

「あいつは疲れたんだ」、「六十三歳か六十四歳に過ぎないとしてもさ。あいつは三十八年も緊張状態に置かれていたんだ。三十八年間も何かをするために待ち続けて、ある日とうとうそれを成し遂げたことを想像してみろよ。」(459)

三十八年間緊張状態に置かれてきて、ようやく目的を達成した六十三歳の人間の疲労感と解放感に言及するこの一節には作者自身の同様な感慨が重ねられていると言ってもよいだろう。ちなみにこの「三十八年」という時間は、リンダがフレムの名目上の娘として過ごした年月と同じであることをジェイムズ・ワトソンが指摘している(James Watson, 191)が、ミンクとリンダの共犯性を考える上で興味深い事実である。

ウィッテンバーグのいう作中における死に関する描写で言えば、物語の結末におけるフレムの死は、「フレム・スノープスは今や友もなく、一人で横たわっている」(*M*, 462)とあり、地位や名誉を得たフレムも老いて死んでしまえば虚しいものである、と人生の空虚さが強調されている。フレムの死に代表されるように、作品中の人物たちは「老いて」おり、その「老い」は無力感、徒労感、衰亡、虚しさと結びついている。しかし「死」や「老い」がすべてそれらに結びついているばかりではない。ミンクの「老い」や「死」については、先に見たように、彼自身も「疲労」を感じているものの、次に見るように多少異なったニュアンスで語られている。

地面の中は、苦労してきたものの今は自由になった人々でいっぱいで、［中略］人間はもう呑気に解放され、すべてのものが楽しく気安く混ざり合い、ごちゃごちゃになっているので、もはやだれがだれだか分かりもしなければ気にもかけず、［中略］だれとも区別されずにその仲間に入っているのだ。(478)

ここではむしろ達成感や解放感が強調されている。これについて西山は、ミンクの「老い」や「死」には、「老年の諦念や寛容さといったものも見られる」、「ミンクが人生のすべての苦労から解放されて、土の中に沁みこんで行き、歴史の中に融け込んで行ったように、フォークナーも彼のすべての創作の苦労から解放され、『心配』や『苦労』をすべて土にまかせたような気がしたのだろう」(西山、三二九)と述べている。

このように「老い」や「死」の意味合いは一様ではなく、登場人物によって異なる側面を有しており、とりわけ後に詳しく検討するように、ギャヴィンの認識やリンダの人物造形には「成熟」ないしは「あらたな認識や視野の広がり」を見出すことも可能である。

3．スノープシズムの最期

3．1．フレム

西山は著書のなかで『館』に関する章に「悪の自壊」というタイトルをつけ、この作品はスノープスがみずから滅んでいく、いわば因果応報の物語であると規定している。スノープスの悪の象徴的な存在であるフレムが、栄耀栄華を極めながらも、いとこのミンクによってやすやすと殺害される、いわば「自殺同然の死を選んだ」（西山、三一九）ことによって、スノープスは滅んでいる。これを西山は「『アメリカの夢』の素晴らしいカリカチュア」、「成功の夢の虚しさ、無意味さ、を見事に具象化している」（三二〇）と述べ、「この悪は悪自身によって滅ぶという考えは、多分にフォークナーの希望的観測を織り交ぜた人生観であろうが、同時にスノープシズムのような、非人間的、反人間的現象に対する、作者の熱心な文明批評であり、黙示録であるのだろう」（三二〇）と説明している。同様に田中は、『館』において作者がミンクによるフレムへの「劇的な復讐劇」を描いたのは、「フォークナーのモラリストとしての一面」（田中、三八五）であると述べている。田中の主張の根拠は、そもそも当初より「スノープス一族の自滅という構想」が作者によって表明されており、「フレム像は『誠に虚ろな人間、幽霊』のような存在になるのに対して、ミンク像は英雄的な位相に近づいて行く」（三八八）ことに裏打ちされている事実である。

この作品におけるフレムは確かに存在感が希薄である。『村』（*The Hamlet*, 1940）や『町』（*The Town*, 1957）において語られてきた彼の出世の物語が繰り返し語られ、銀行の頭取の地位、もとマンフレッド邸だった館、「貞淑な妻は夫の誇り」と銘打たれた大理石の墓石、この三つの「記念碑」に囲まれて暮らしていることが強調される。しかしその生活の空虚さは、噛みたばこも止め、一人で何もせずに暖炉の前で足を伸ばしている姿として読者の前に提示される。フレムが何を考え、心のなかでどう感じているのかはいっさい明らかにされない。そのあげく、ミンクに射殺される。その葬儀は大がかりなもので、町中の人々が参列したという、「名士」の葬儀に相応しいものであると告げられるものの、空虚さが漂うものである。

これに関してノエル・ポークは『フォークナーと理想主義』(*Faulkner and Idealism: Perspectives from Paris*, 1983) と題するパリにおける国際会議の論集中で、フレムを悪人扱いしミンクを理想化する解釈に疑問を投げかけている (Polk, 125)。ポークによれば「フレム・スノープスは中産階級の究極的な資格取得者であり」、悪いことをしている点で言えばギャヴィン・スティーヴンズの方がフレムより多い (116) とさえ述べている。これに関してジョアン・クレイトンも「スノープス的行動をするのはスノープス一族だけとは限らない」(Creighton, 67) と指摘している。またポークは、フレムが「悪人」扱いされるのには作家による技法上のしかけがあり、ミンクには語らせているが、フレムは常に第三者の視点から見られ、みずから語ることがないからであると主張する (Polk, 118-19)。筆者はポークのこの主張に賛成するとともに、次のような理由で作者のなかにそうせざるを得なかった事情があると考える。

「スノープスの自壊」を主題としたのはモラリストとしてのフォークナーの選択であるという先ほどの西山や田中の指摘についてまず考えてみよう。自己の利益のために手段を選ばず、他人を踏みつけにすることもいとわない＝悪というのがスノープシズムであるとすれば、その自壊を望むのは道徳的な態度であろう。フォークナーがそのような気持ちを持っていたであろうということを否定する根拠も必要もない。だが、それだけではあるまい。スノープスは言うまでもなく、南北戦争後に近代化を迫られた新南部に勃興する新しい勢力となる元プア・ホワイトの代表である。没落する階級の末裔であるフォークナーが、この新しい階層の人々の登場と進出を手放しで喜べないばかりか、危惧と不安をもって受け止めていたことはありうることである。作家自身は意識していなかったかもしれないが、彼の心の底にその破滅を願う気持ちがあったとすれば、スノープスのこのような崩壊はフォークナーの階級性の表れと言えなくもない。じっさい、先のクレイトンの主張ではないが、もはや二十世紀アメリカ（南部）においてはスノープスのみがスノープス的行動をするというよりは、ほとんどのアメリカ人がスノープス的行動をとるようになってしまっているとさえ言えよう。フレムの存在感が薄れるのはこのためでもある。こうした点から言えば、スノープシズムは「資本主義」の別名であるといってもいいだろう。

後でリンダの共産主義について考える際に述べるが、フォークナーが共産主義に共鳴したとは到底考えられない。彼はここで「資本主義」批判をしているものの、そのよって立つところはギャヴィン・スティーヴンズに代表される旧南部貴族のロマン主義・理想主義である。その立場が時代錯誤的であることは作者も自覚するところであっただろう。それゆえ、スノープスへの批判とともにギャヴィンの狂言回しへの風刺的批判も避けられないものであった。『町』におけるギャヴィンの描写が「自己韜晦」であるのはそうした理由である。[3] そして本作において、ギャヴィンは老いることによって、疲弊するいっぽうで、現実を知り、現実と妥協し、諦念と寛容を身につけることによって成熟をも成し遂げている。フレムとギャヴィンをこのように対照させているところに作者の立場が投影されている。

3．2．ミンク

ミンク像に関しては、西山が、短編「猟犬」("The Hound", 1931) から『村』、『町』を経て『館』に至る過程で「大きな進歩・深化」が認められることを詳細に分析している。「ミンクがヒューストンを殺した動機と、フレムを殺す動機について、作者はいくらか書き分けている」(西山、三二八) と指摘し、それによってミンク像が多面的に肉付けされている、とその効果を述べている。ミンク像の進歩・深化に関しては、彼の人種意識と宗教観に特に注目する必要がある。ミンクは十五歳の時以来教会へ行っておらず、伝統的な意味でのキリスト教徒ではない。しかし刑務所の中で彼を殺そうとしたスティルウェルが出獄後にカリフォルニアの教会の崩落で死んだこと、彼が刑務所を出た後、フレムに復讐するために購入したピストルが機能するかどうかという際に、「神様は罰するだけで、からかったりしねえもんだ」(*M*, 437) と、オールド・マスターへの信頼を口にし、弾は実際に発射されたこと、グッディヘイの教会で盗まれた金を教会員が献金してくれることによって銃を買うことができたことなど、ミンクは「絶対的な力」への信頼とその後押しにより所期の目的を達成する。

彼の宗教意識とともに人種意識は検討に値する。彼の最初の殺人、即ちヒューストン殺しの時には、彼の怨念は金持ちであるヒューストン自身に向けられるのみならず、次のように、ヒューストンに使用されている黒人たちにも向けられている。

しかもその黒人に、女房と二人の娘のいる白人のミンクが住んでいる家よりももっと上等な家をあてがっているのだから［後略］（10）

彼のみすぼらしい乳牛が、彼や家族が持っているよりももっと暖かそうな着物にくるまった黒人の使用人から餌をもらうために、彼が住んでいる小屋よりも暖かく、冬をしのぎやすく、しっかりできている牛小屋の方へと、急ぎもせずに、動いていくのを眺め、［中略］その黒い皮膚を白人の彼より暖かい着物につつんでいる黒人を呪い、［中略］ぜいたくな餌を呪い、なかんずく、財産があればこそこうしたぜいたくができるとも知らずにいるあの白人を呪い、［中略］自分の身分を呪うのだった。（12-13）

このように当時のミンクの黒人に対する意識は典型的なプア・ホワイトのそれであり、きわめて差別的である。しかし三十八年後、パーチマン刑務所を出た後、メンフィスへ拳銃を求めて行く途中で遭遇するグッディヘイの教会は、元が黒人学校だったものであり、黒人女をも教会員として認めている。また銃を入手してジェファソンに近づいたところで綿摘みをしている黒人一家を見つけて、彼も加わり彼らと食事をともにさえする。一見したところ「リップ・ヴァン・ウィンクル物語の陰鬱な貧乏白人版」（Aboul-Ela, 88）ともなりかねない立場にありながら、とまどいつつもミンクは時代の変化を受け入れている。ガラガラ蛇のイメージで語られているミンクは、復讐の念にとりつかれた、「フォークナー作品すべてのなかで最も情熱的な人物」(Polk, 118)であり、彼の偏執的で奇矯な執念がもたらす復讐劇の一途さがこの作品を力強いものとしていることは明らかであるが、物語の結末は先に見てきたように、彼の「老い」との戦い、長年の目的をようやく達成した男の解放感である。この一連のミンクの人物造形と物語の進展・結末に作者のミンクへの自己投影がかいま見られる。

3. 3. リンダ

リンダに関しては近年その重要性を指摘する論文が目につく。クリアンス・ブルックスはいち早く「この小説の難しさはリンダの性格にある」(Brooks, 224)と指摘しているし、マシューズは「この作品が冷戦の寓話であり」、「リンダ・スノープス・コールの個人的フェミニズムである」(Matthews, 7-10)と述べ、ロリー・フルトンは「フォークナーの女性人物のなかで最も現代的で議論の対象となるべき人物」(Lorie Fulton, 78)と主張している。本格的なリンダ論の嚆矢は八八年のキース・フルトンの「リンダ・スノープス・コール――フォークナーの過激な女性」である。リンダについては、過激派、「父」殺し、などとしてマイケル・ミルゲイト、ポーク、ゲイリー・ストナムらの批判があったが、フルトンはそれらをセクシズムであると論駁している。フルトンは、「リンダの経験はモデルとなっているアメリカ南部と家父長的文明の価値観に疑問を投げかけている」(Keith Fulton, 197)、「おそらくリンダはフォークナーの強い女性人物の系譜の最後の人だろう」(207)、と述べている。そして作家がどのようにしてリンダのような人物を創り出しえたのかについては、ウィッテンバーグ同様に、ジーン・スタイン（Jean Stein）やジョーン・ウィリアムズ（Joan Williams）のような若い女性作家から学んだのだと述べている（207）。またノーベル賞受賞後、アメリカを代表して外国を訪問するようになった作家は、冷戦に勝利するためにはアメリカが「自由」を保障するしかないという考えに至り、南部にも人種統合を受け入れるように説得するようになり、そのためリンダと同様に「黒ん坊びいき」と呼ばれたことを指摘している。

田中は、リンダの登場に関して「一人で生きようとする強い新しいタイプの女性の出現を暗示している」（田中、三九七）と示唆しているが、この点をフェミニスト批評の立場から徹底的に分析しているのが、ヒー・カンである。リンダはフォークナーの女性人物のなかでも傑出した存在であり、容貌や行動の点でも一般的ではない。彼女が戦争によって聴力を失くしており、があがあ声とメモを用いて会話をするのは象徴的である。『父』の法や価値を聞き入れないので、リンダの沈黙や聾は彼女に不可侵性、無傷さ、静謐さを付与している」（Kang, 27）とカンが指摘するように、フレムとミンクの物語やギャヴィンの世界は「父の法」の世界であり、リンダが守ろうとしているのは母の愛と欲望なので、娘としての彼女の仕返しは正当化される（28）。フレムやミンクやギャヴィンら男たちの運命をコントロールすることによって、リンダは「父の物語」を転覆させ破壊することができる（29）。後述する際に改めて言及するが、ギャヴィンがこのようなリンダのもくろみや思いを誤解したり、まったく理解しないことが、作品の最終的な到達となるのである。

どうしてこのようなラディカルで極度に因習的でない女性人物をフォークナーが創造したのかについては、「彼が年齢を重ねるにつれて、女性に関するよりリベラルな考えを発展させたのだろう」（39）

とカンは推測している。その理由の一端は、ウィッテンバーグやキース・フルトンが指摘しているように、若い女性との関わりであり、とりわけノーベル賞受賞後の彼の幅広い世界情勢との関わり、同時代アメリカにおける公民権運動の進展やそれに刺激される形での女性解放運動の予兆（先にふれたように、フリーダンの『女らしさの神話』は彼の没後、一九六三年の出版である）などの影響を想定することは決して奇異なことではないだろう。カンは「フォークナーは歴史感覚の変化を経験しており、無力でも周辺的でもない女性を創造する必要を感じていた」（39）と結論づけている。

これに関連してウィッテンバーグは、この作品が五〇年代のマッカーシズムへの反応のたまものであり、「『館』は間接的な形での、元共産主義者たちへの彼の共感の表明であり」、「小説中の主要人物の多くとその他の人物の数名は公認のまたは潜在的なマルクス主義者であり」、「ミンクのフレム殺しは社会経済的に正当化されるものである」（Wittenberg, 234）とまで述べている。

ウィッテンバーグのこの主張の当否については検討が必要である。確かにミンクのフレム殺しは正当化されるように描かれているが、ミンクとリンダのフレム殺しは私的怨念による復讐という側面が基本である。その一方でミンクは階級的には貧乏白人のプロレタリアートであり、リンダは戦時中はリベット工として働いた共産主義かぶれの女性労働者である。そのような人物たちによる成り上がり新興ブルジョワ殺しと読めば、この物語の成り行きは、一面では「社会経済的に正当化」されるように読めなくもない。また、リンダやコール、二人のフィンランド人などを通して、スペイン市民戦争や共産主義、黒人との関わりなどが扱われている。一九三〇―四〇年代のミシシッピ州のような所でこのような「過激な」行動を取る人物を登場させる小説はおそらく他には例がなく、その意味ではこの小説には作家の「過激性」が露出していると言えるであろう。

その背景には二つのことが関係していると考えられる。その一つは五〇年のノーベル文学賞受賞、もう一つは五〇年代のマッカーシズムである。シュウォーツが指摘しているように、ノーベル賞受賞をきっかけに世界各地を「アメリカ代表」として訪れ、世界情勢に関する広い知見を得たこと、「冷戦」の下で「アメリカのスポークスマン」として発言する必要に迫られたことが、例えば人種問題に関する進歩的発言となって現れ、地元においては「黒ん坊びいき」と非難されたという自身の体験が、作中のリンダの行動に反映されていると考えるのはしごく当然なことであろう。また共産主義との関係では、拙著『一九三〇年代のフォークナー』の序論において言及したことだが、三九年にアメリカ作家会議の呼びかけに応じて『アブサロム、アブサロム!』(*Absalom, Absalom!*, 1936) のマニュスクリプトを寄贈し、スペイン市民戦争への支持を表明している事実 (Blotner [1974], 1013) があるように、決して彼は「非政治的」な人間ではなかった。[4]

しかし基本的に彼の政治的立場は徹底した個人主義であり、共産主義に賛同することはあり得なかった。ジョーゼフ・アーゴは「フォークナーは制度主義者でも、社会的エリートでも、党派的政策の信者でも、いかなる政治的万能薬でもない」(Urgo, 209) と主張している。ミンクの行動は極端に個人主義的なものであり、本作品においてリンダが共産主義者として登場していることに肯定的な面があるとすれば、マッカーシズムの跳梁跋扈に対する彼の個人主義的反応の結果である。その証拠にリンダの共産主義的行動と黒人啓発活動は周囲の反発を招くものとして描き出されているし、とりわけ第二次世界大戦終結後には黒人たちが裕福になり、二人のフィンランド人も裕福になって資本家になっているという揶揄的な描写には、現実が正確に反映されているとは思えない点が見受けられる。しかしながら若い女性たちとの交友や「公人」としての活動の経験が、彼の視野を広げ、時代の変化を受け止める「成長」の契機となったと考えることができる。共産主義や人種問題という「政治的な」モチーフを作品に取り込んだ彼の意欲を前向きに評価すべきであろう。とりわけリンダに見られる新たな女性像の創造はそのひとつの成果と言えるだろう。

4. スノープスに対抗する人々

4. 1. ギャヴィン

フォークナー作品におけるギャヴィン・スティーヴンズの重要性に関しては、ジェイ・ワトソン『法廷小説――フォークナーにおける法律家人物』(*Forensic Fictions: The Lawyer Figure in Faulkner*, 1993)、ロリー・ワトキンズ・フルトン『ウィリアム・フォークナー、ギャヴィン・スティーヴンズ、騎士道の伝統』(*William Faulkner, Gavin Stevens, and the Cavalier Tradition*, 2011)等の研究書を始めとしていくつかの論文において論じられている。ウィリアム・ルッカートが指摘しているように、ギャヴィンはフォークナー後期の八作品のうち六作品に登場し、五作品において主要人物である(Rueckert, 330)。スノープス三部作においても、とりわけ『町』と『館』においては語り手兼登場人物として重要な役割を果たしている。ジェイムズ・スニードは、ギャヴィン像について、「フォークナーの自己パロディ」、「自己カリカチュア」、「一種の文学的キッチュ」(Snead, 217)と指摘しており、ロター・ヘニッヒハウゼンは、「ギャヴィンの詩人的、心理的側面は作家の仮面である」(Hönninghausen, 136) と主張している。

さらにウィッテンバーグは、作者の実生活と作品の関係に踏み込んで、「ギャヴィンはもともとフィル・ストーン (Phil Stone) の戯画だったが、やがて作家自身の戯画となった」(Wittenberg, 229) もので、「中年男の昔の恋人や二人の若い女性との失敗する運命にある熱烈な関係を喜劇的に描いたもので、ミータ・カーペンター (Meta Carpenter) やジョーン・ウィリアムズ、ジーン・スタインらとの交友が作品に反映されている」(227) と指摘して、次のように述べている。

二作『町』と『館』は、年月の経過によってもたらされた、良いあるいは悪い変化に関する、老いてゆく作家の存在を強烈にあぶりだしている。現在に充満する、避けられなかった不愉快な過去の失敗や、必死に努力しても得ることのできない満足、昔のことを振り返って賞賛できることがあることの必要性、いつまでも無くならない後悔、などを彼は描いている。(227)

このように、作品には実生活上で老いていく作家の心情が投影されていると主張している。ところでそのギャヴィンは『館』においてどのように描き出されているのだろうか。

ウォレン・ベックは、『館』の中でギャヴィンは「より老いて、悲しく、賢明」(Beck, 124) であると述べ、ミルゲイトはスティーヴンズこそが作品の中心であり、彼の感覚を通して読者は作品の深いレベルの苦悩を理解することになる (Millgate, 249) と主張している。確かにこの作品においてギャヴインは非常に重要な役割を果たしているが、そのギャヴィンはラトリフによって、「だって検事は、［中略］よどんだ池の水面で、免疫になったり、濡れることもなく、狂ったように、すべったり走ったりしているあのたがめみたいにぐるぐるまわって、この事件のいっさいに関係してきたんだからな」（*M*, 163）、「なぜなら、彼ギャヴィンは、そのためにわれわれほかのものがどんな危険にさらされようとも、いつも自分を救うようになる一つの欠点を、その性格のなかに持っていたからだ」（215）と描写されるように、周りの人々を巻き込みながらも本人は無傷でいるというように、世間から遊離した存在である（ちなみにこの「よどんだ池」はフレムの目の色である）。そのギャヴィンの性向について甥のチック・マリソンは、「彼の欲しているのはただ介入して変化をもたらすことだけなんだから」（218）と述べる。また彼の相貌や立場の変化についてチックは次のようにコメントしている。

彼の髪の毛は、一九一九年にフランス戦線から戻ってきたとき、早くも白くなりだしていたんだ。それが今［一九三八年］では、ほとんど完全に白くなっており［後略］（122）

叔父をして、二人の大きな子どもがあり、そのうちの一人はすでに結婚までしており、それゆえ彼自身が花婿にならないうちにおじいさんになっていたかもしれないような、未亡人と［一九四二年に］結婚するように［後略］（391）

またジェイムズ・ワトソンが指摘するように、「ギャヴィンは自分がユーラの精神的な夫、リンダの精神的な父であることをロマンティックに空想している」(James Watson, 227) が、実際には彼女たちの切実な気持ちを理解することができず、要求を受け入れてもいない。『町』と『館』の主要なプロットのひとつは、ギャヴィンの「独り相撲」を跡づけることである。これに関してスニードは、「スティーヴンズのやりすぎはフォークナーの主張の説得力のなさとあやうく滑稽になりかねない原因のひとつである」(Snead, 217)、と述べている。そのギャヴィンはメリサンドラと結婚することによってリンダとの結婚を回避したのだが、それは彼なりの現実との折り合いのつけ方、成熟の証であると言えよう。ギャヴィンはホレス・ベンボウ、クエンティン・コンプソン、アイク・マッキャスリンらと同じく、「善良だが弱い主人公たちの一人」(Powers, 245-46) であり、彼らは「母親のような妹を愛して苦しむ」(Hönninghausen, 133) という指摘もあるが、ギャヴィンがこれらの人物たちと一線を画しているのは、チックの母である妹と、彼の妻となるメリサンドラの存在である。これについてライオール・パワーズは「マリソン夫人はナーシサとは性格的に違う、それがギャヴィンには救いになっている」(Powers, 245) と述べている。またメリサンドラの存在意義についてポークは、「スティーヴンズのフレム非難を現実とのバランスのとれたものにするため」(Polk, 116) としている。

しかし物語の結末に至って、リンダが自分を巻き込んでミンクにフレム殺しを実行させたことに気づいたギャヴィンは次のようであると描写される。

彼は今では歳を取りすぎており、歳をとることの本当の悲劇は、いかなる苦悩も、犠牲を要求したり、それを正当化するほどには、もはや悲しくないということなのだった。(M, 431)

スティーヴンズは今また、旧約聖書を原初のままの形に訳し戻したいという若い頃の夢にふけることもできたであろう。しかし今の彼はもう歳を取りすぎていた。(469)

彼が「老いている」ことが強調され、みずから、「自分は臆病者でない」(416)、「こうするしか他に方法はない」(419)、「自分は本当の悪人ではない」(432)、「わしが人殺しをしたばかりだっていうことが、お前さんにはわからないかい」(469) などと叫んだ後、「道徳なんてものはないんだ。人は出来る限りのことをするだけなんだ」(471) と述べ、諦念とも悟りともいえる境地に到達する。これについてジェイムズ・ワトソンは「三部作は最終的には人間の本性についてのフォークナーのもっとも広範で包括的な見解であり、彼の苦闘の成果だと判断されるだろう」(James Watson, 229) と主張しており、ジェイ・ワトソンに至っては「作家はのめり込んでおり、じぶんでもわかっていた。この赤裸々な自己点検と勇敢な自己受容は、遅まきながらスノープス三部作に現れた成熟の証である。[中略][最後の場面の] てんびん座への言及はギャヴィン・スティーヴンズの道徳的再生のしるしでもある」(Jay Watson, 230-31) とまで言っている。あるいはアーゴは、「行動するにはもう歳をとって疲れすぎていると話すにもかかわらず、ギャヴィンは『館』の中で最後まで社会的、政治的に活動的である」(Urgo, 200) と指摘し、必ずしも打ちのめされて再起不能に陥っているわけではないと述べている。ギャヴィンの登場は本作品で最後となるが、作者は更にもう一作、本当の最後の作品『自動車泥棒』(*The Reivers*, 1962) を書くことを考えると、この指摘は傾聴に値する。

4．2．ラトリフとチック

ところでスノープス三部作を通して重要な働きをするのはラトリフである。彼は『村』の段階で既にフレムへの挑戦者として登場し、『町』ではギャヴィンと協同してフレムを観察し、報告し、可能な範囲で対抗する。本作においても『町』同様にギャヴィンとタッグを組んでフレムの動向を観察・報告するのだが、かんじんのフレムの存在感が薄れるために、むしろギャヴィンに付き合わされるような形でリンダやミンクのフレム殺しに関わり、比較的冷静に事態の進行を受け止め、語っている。ウィッテンバーグが指摘するまでもなく、この作品においてはラトリフも「老人」である（Wittenberg, 235）。ただフォークナー自身が「変化に悩まされることが最も少ない人物はラトリフだ。彼は文化的な変化や環境の変化を受け入れるのでそれを嘆いたりしない。ラトリフは現にあるものをとり入れ、それでベストをつくすのだ」（Gwynn & Blotner, 140-41）と述べているように、ラトリフは最後まで作品におけるぶれない判断基準として存在している。

『墓地への侵入者』に少年として登場するチック・マリソンも本作ではハーヴァード大学を卒業し、第二次世界大戦に参加する大人になっている。彼はギャヴィンやラトリフの次の世代の若者として登場し、作品の末席に連なって、「一般的な町の人々の感受性」（Wittenberg, 231）を表明していると考えられるが、フェミニストの立場からは、ギャヴィンと同様に「父権的である」と批判されている（Kang, 30）。

5. まとめ

以上見てきたように、『館』は作者自身が「老い」を意識する年齢になって書かれたために、主要な登場人物たちも「老境」に入っている。そこに描き出される「老い」は、一方で、当然のことながら、「疲労」や「無力感」「諦念」である。しかしフォークナーのフォークナーたるゆえんは、他方でそれが「より深い現実理解」、「世界情勢に関する新たな広い視野の獲得」、という「成熟」でもある点にある。またリンダやミンクの物語にみられるように、反抗的、逸脱的、非妥協的であり、まさにエドワード・サイードのいう「晩年のスタイル」を実践している。一九二〇年代に「父なるアブラハム」(*Father Abraham*, 1983) で構想して以来、三十年以上の懸案であった「スノープス」の物語を完成させ、壮大な「ヨクナパトーファ物語」を締めくくるに当たって、単なる懐古的な立場ではなく、成熟とチャレンジを見せたのであった。ポークが本小説を「フォークナーのキャリア上のメジャーな作品」(Polk, 126) と呼ぶのも当然であろう。

＊本稿は日本アメリカ文学会第五十三回大会（二〇一四年十月四日、北海学園大学）における口頭発表を基にして加筆したものである。

注

［1］最後の作品は亡くなる直前に出版された『自動車泥棒』（*The Reivers: A Reminiscence*, 1962）である。この作品における「老い」の意味については山本裕子「レトロ・スペクタクル――モダニズムの晩年とフォークナーの『老い』の政治学」、金澤哲編著『アメリカ文学における「老い」の政治学』（松籟社、二〇一二年）、一二三–五三を参照されたい。

［2］William Faulkner, *Mansion*. 1959. New York: Vintage International, 2011. 日本語訳は、高橋正雄訳『館』（フォークナー全集）（冨山房、一九六七年）を参照したが、必要に応じて改訳した。

［3］拙論「『町』におけるギャヴィン・スティーヴンズ」木村俊夫他編『文学とことば――イギリスとアメリカ』（南雲堂、一九八六年）、三九五–四〇五参照。

［4］拙著『一九三〇年代のフォークナー――時代の認識と小説の構造』（大阪教育図書、一九九七年）、「序」一–一五参照。

引用文献

Aboul-Ela, Hosam. *Other South: Faulkner, Coloniality, and the Mariátegui Tradition*. Pittsburgh: U of Pittsburgh P, 2007.

Beck, Warren. *Man in Motion: Faulkner's Trilogy*. Madison: The U of Wisconsin P, 1963.

Blotner, Joseph. *Faulkner: A Biography*. New York: Random House, 1974.

——. ed. *Selected Letters of William Faulkner*. New York: Random House, 1977.

Brooks, Cleanth. *William Faulkner: The Yoknapatawpha Country*. New Haven: Yale UP, 1963.

Creighton, Joanne V. *William Faulkner's Craft of Revision: The Snopes Trilogy, "The Unvanquished," and "Go Down, Moses"*. Detroit: Wayne State UP , 1977.

Faulkner, William. *The Hamlet*. New York: Vintage International, 1991.

——. *The Town*. New York: Vintage International, 2011.

——. *The Mansion*. New York: Vintage International, 2011.

——. *Father Abraham*. New York: Random House, 1983.

Fulton, Keith Louise. "Linda Snopes Kohl: Faulkner's Radical Woman" in *Faulkner and His Critics* ed. by John N. Duvall. Baltimore: The Johns Hopkins UP, 2010. (*MFS*, 1988)

Fulton, Lorie Watkins. *William Faulkner, Gavin Stevens, and the Cavalier Tradition*. New York: Peter Lang, 2011.

Gwynn, Frederick L. and Blotner, Joseph L. eds. *Faulkner in the University: Class Conferences at the University of Virginia, 1957-1958*. Charlottesville: UP of Virginia, 1959.

Hönninghausen, Lothar. "Personae of the Artist: Horace Benbow and Gavin Stevens" in *The Artist and His Masks: William Faulkner's Metafiction*, ed. by Agostino Lombardo. Roma: Bulzoni editoire, 1991.

Kang, Hee. "A New Configuration of Faulkner's Feminine: Linda Snopes Kohl in *The Mansion*." *The Faulkner Journal* VIII:1 Fall 1992, 21-41.

Matthews, John T. "Many Mansions: Faulkner's Cold War Conflicts" in *Global Faulkner* ed. by Annette Trefzer and Ann J. Abadie. Jackson: UP of Mississippi, 2009.

Millgate, Michael. *The Achievement of William Faulkner*. Lincoln: U of Nebraska P, 1978.

Polk, Noel "Idealism in *The Mansion*" in *Faulkner and Idealism: Perspectives from Paris* ed. by Michel Gresset and Patrick Samway, S. J. Jackson: UP of Mississippi, 1983.

Powers, Lyall H. *Faulkner's Yoknapatawpha Comedy*. Ann Arbor: The U of Michigan P, 1980.

Rueckert, William H. *Faulkner from Within: Destructive and Generative Being in the Novels of William Faulkner*. New York: Parlor Press, 2004.

Said, Edward W. *On Late Style: Music and Literature against the Grain*. New York: Vintage, 2007. 大橋洋一訳『晩年のスタイル』(岩波書店、二〇〇七年)。

Schwartz, Lawrence H. *Creating Faulkner's Reputation: The Politics of Modern Literary Criticism*. Knoxville: The U of Tennessee P, 1988.

Snead, James A. *Figures of Division: William Faulkner's Major Novels*. New York: Methuen, 1986.

Urgo, Joseph R. *Faulkner's Apocrypha:* A Fable, Snopes, *and the Spirit of Human Rebellion*. Jackson: UP of Mississippi, 1989.

Watson, James Gray. *The Snopes Dilemma: Faulkner's Trilogy*. Coral Gables: U of Miami P, 1968.

Watson, Jay. *Forensic Fictions: The Lawyer Figure in Faulkner*. Athens: The U of Georgia P, 1993.

Wittenberg, Judith Bryant. *Faulkner: The Transfiguration of Biography*. Lincoln: U of Nebraska P, 1979.

田中久男『ウィリアム・フォークナーの世界――自己増殖のタペストリー』(南雲堂、一九九七年)。

西山保『ヨクナパーファ物語――私のフォークナー』(古川書房、一九八六年)。

あとがき

本書は「老い」というアプローチが文学研究にもたらす可能性を例示しようとしたものであり、その意味で拙編『アメリカ文学における「老い」の政治学』（二〇一二年、松籟社）のいわば続編である。

『「老い」の政治学』は幸い好評を持って迎えられ、『アメリカ文学研究』をはじめとする諸誌に書評が掲載されたほか、いくつもの学会で「老い」をテーマとするシンポジウムが開催された。また二〇一三年には高野泰志編『ヘミングウェイと老い』が、やはり松籟社から上梓された。「あとがき」において「本書はあくまで問題提起の書であり、今後のさらなる研究の呼び水となることを目指したものである」と記した身としては、まさに望外の喜びであった。本書はこのような流れを継続し、「老い」というアプローチの一層の定着をはかったものである。

一方、本書は新たなフォークナー像を探求する野心的な論集でもある。フォークナー研究は長く中期の限られた作品を中心として展開しており、他の作品、特に後期諸作が論じられることは稀である。本書の目的は、このような状況に一石を投じ、フォークナー文学の地平をさらに広げることである。本書がきっかけとなり、フォークナー研究に新たな潮流が生まれることを期待したい。

　前回同様、今回も優れた先輩や友人たちと一緒に仕事をすることができた。経緯を少しだけ述べておくと、二〇一二年秋に中部および関西のフォークナー研究者たちで研究会を組織し、年数回のペースで議論を重ねてきた。関心と情熱を共有するメンバーと自由に語り合えた時間は、まさにかけがえのないものであった。研究会に参加してくれたみなさん、とくに山下昇先生と田中敬子先生に、この場をかりて厚くお礼を申し上げたい。

　同じく今回の出版に当たっては、ふたたび松籟社の木村浩之氏のお世話になった。初めての打ち合わせの後、氏が高校の後輩だと聞いて驚いてから、すでに五年近くなる。今回もしっかりとした本に仕上げていただいた。書物への情熱を共有する氏は、頼もしい後輩であり、ありがたい同志である。また、同じく松籟社のスタッフの方々、印刷所の方々にも厚くお礼を申し上げたい。

　なお、本書の出版にあたっては、平成二十七年度科学研究費助成事業（科学研究費補助金）（研究成果公開促進費）（課題番号 15HP5057）の交付を受けた。記して深く感謝したい。また、相田・梅垣・松原・金澤の担当部分は、同じく科学研究費助成事業（学術研究助成基金助成金）による基盤研究（C）「ウィリアム・フォークナーと「老い」の表象」（研究代表者　相田洋明、課題番号 25370297）の成果の一部である。

二〇一五年九月

金澤　哲

『ヘミングウェイと老い』

高野泰志 編著
島村法夫、勝井慧、堀内香織、千葉義也、上西哲雄、
塚田幸光、真鍋晶子、今村楯夫、前田一平 著

いわば支配的パラダイムとなっている「老人ヘミングウェイ」神話を批判的に再検討する。ヘミングウェイの「老い」に正当な関心を払うことで見えてくるのは、従来とは異なる新たなヘミングウェイ像である。

［主要目次］

●老人ヘミングウェイをめぐる神話……（高野泰志）
●ヘミングウェイの晩年を鳥瞰する――創作と阻害要因の狭間で……（島村法夫）
●ロング・グッドナイト――「清潔で明るい場所」における「老い」と父と子……（勝井慧）
●弱さが持つ可能性――「橋のたもとの老人」における「老い」の想像力……（堀内香織）
●老人から少年へ――『老人と海』と「熊」の世界……（千葉義也）
●フィッツジェラルドから見たヘミングウェイ文学の「老い」――『日はまた昇る』から『老人と海』へ……（上西哲雄）
●睾丸と鼻――ヘミングウェイ・ポエトリーと「老い」の身体論……（塚田幸光）
●「老い」の詩学――ヘミングウェイの一九四〇年代以後の詩を中心に……（真鍋晶子）
●忍び寄る死と美の舞踏――『河を渡って木立の中へ』論……（今村楯夫）
●創造と陵辱――『河を渡って木立の中へ』における性的搾取の戦略……（高野泰志）
●小学校六年生の『老人と海』……（前田一平）
●［討論］『老人と海』は名作か否か……（今村楯夫・島村法夫・前田一平・高野泰志 ［編集］上西哲雄）

46判上製・336頁・3400円＋税

ウィリアム・フォークナーと老いの表象

2016年2月20日　初版第1刷発行　　　定価はカバーに表示しています

編著者　金澤　哲
著　者　相田洋明、森　有礼、塚田幸光、
田中敬子、梅垣昌子、松原陽子、
山本裕子、山下昇

発行者　相坂　一

発行所　松籟社（しょうらいしゃ）
〒612-0801　京都市伏見区深草正覚町1-34
電話　075-531-2878　振替　01040-3-13030
url　http://shoraisha.com/

Printed in Japan　　印刷・製本　モリモト印刷株式会社
装丁　西田優子

 ISBN978-4-87984-345-6　C0098

◎執筆者紹介（掲載順）

金澤　　哲（※編者）……序に代えて フォークナーにおける「老い」の表象

京都府立大学文学部教授

［主要業績］
(単著)『フォークナーの『寓話』――無名兵士の遺したもの』(あぽろん社)
(編著)『アメリカ文学における「老い」の政治学』(松籟社)
(共著)『アメリカン・ロードの物語学』(金星道)

相田　洋明 ……ウィリアム・C・フォークナーとジョン・サートリス

大阪府立大学高等教育推進部門教授

［主要業績］
(論文)「エステルの「星条旗に関わること」、エステルとフォークナーの「エリー」――エステルの作品がフォークナーに与えた影響に関する一試論」『フォークナー』15号（松柏社）
「「共産主義者」と「黒ん坊びいき」――フォークナーの『館』における階級と人種」『フォークナー』4号（松柏社）
「フォークナーの『町』におけるギャヴィン、フレムとユーラ」『ALBION』45号（京大英文学会）

森　有礼……………「老い」の逆説

中京大学国際英語学部教授

［主要業績］
(共著)『語り明かすアメリカ古典文学 12』（南雲堂）
　　　『越境する英米文学——人種・階級・家族——』（音羽書房鶴見書店）
(論文)「『エルサレムよ、我もし汝を忘れなば』における身体性の残余」
　　　『フォークナー』14 号（松柏社）

塚田　幸光……………グッバイ、ローザ

関西学院大学法学部・大学院言語コミュニケーション文化研究科教授

［主要業績］
(単著)『シネマとジェンダー　アメリカ映画の性と戦争』（臨川書店）
(編著)『映画とテクノロジー』（ミネルヴァ書房）
　　　『映画の身体論』（ミネルヴァ書房）

田中　敬子……………『行け、モーセ』と「老い」の表象

名古屋市立大学人文社会学部名誉教授

［主要業績］
(単著)『フォークナーの前期作品研究——身体と言語』（開文社出版）
(共著) *William Faulkner in Context.*（Cambridge UP）
　　　Global Faulkner: Faulkner and Yoknapatawpha, 2006.（UP of Mississippi）

梅垣　昌子……………狩猟物語の系譜と老いの表象

名古屋外国語大学外国語学部教授

［主要業績］
（共著）『北米の小さな博物館――知の世界遺産』（彩流社）
（論文）「フォークナーの 11 人の語り手たち――『ニューオーリンズ』の光とゆらぎ」『フォークナー』11 号（松柏社）
「フォークナーの十字架――『永遠の戦場』への出兵と帰還」『ALBION』57 号（京大英文学会）

松原　陽子……………第二次世界大戦後のアメリカの不協和音

武庫川女子大学文学部准教授

［主要業績］
（共著）『変容するアメリカの今』（大阪教育図書）
『アメリカ文学における「老い」の政治学』（松籟社）
『バラク・オバマの言葉と文学――自伝が語る人種とアメリカ』（彩流社）

山本　裕子……………フォークナーのレイト・スタイル

千葉大学文学部准教授

［主要業績］
（共著）『アメリカ文学における「老い」の政治学』（松籟社）
（論文）“*Beloved*, or the Return of the Phantom”（*Studies in English Literature*, English Number 53）
「アメリカ帝国主義の幻影――チャールズ・ボンと二つの土地――」『フォークナー』8 号（松柏社）

山下　昇……………「老い」の肖像――『館』

相愛大学共通教育センター教授

［主要業績］
(単著)『一九三〇年代のフォークナー――時代の認識と小説の構造』(大阪教育図書)
『ハイブリッド・フィクション――人種と性のアメリカ文学』(開文社)
(編著)『冷戦とアメリカ文学』(世界思想社)

索引

本文・注で言及された人名、作品名、歴史的事項等を配列した。なお、「ウィリアム・フォークナー」については、本書全体で扱っているので、ページ数は示さず、作品と登場人物について、下位に配列している。

【アルファベット】

FSA（Farm Security Administration）　105, 121
FWP（Federal Writers' Project）　101-107, 124-125
OWI（Office of War Information）　105

【あ行】

アーウィン，ジョン・T　Irwin, John T.　48, 149
「アーカンソーの大熊」（ソープ）　"The Big Bear of Arkansas"　70
アーゴ，ジョーゼフ　Urgo, Joseph　75, 83, 88, 252, 257
赤狩り　→　マッカーシズム
『赤毛布外遊記』（マーク・トウェイン）　*The Innocents Abroad*　52
赤山幸太郎　92-93
「アッシャー家の崩壊」（ポウ）　"The Fall of the House of Usher"　100
「アドコック一家惨殺犯 A. J. マッキャノンの生涯と告白」（W・C・フォークナー）　"The Life and Confession of A. J. MaCannon, Murderer of the Adcock Family"　52, 68
『荒地』（T・S・エリオット）　The *Waste Land*　21
イーキン，ポール・ジョン　Eakin, Paul John　229-230
『怒りの葡萄』（スタインベック）　*The Grapes of Wrath*　122, 273
異人種混淆（ミセジネイション）　67, 144, 148
「移動農民の母」（ドロシア・ラング）　121-122
ウィッテンバーグ，ジュディス・ブライアント　Wittenberg, Judith Bryant　241-242, 249, 251, 254, 258
ウィリアムズ，ジョーン　Williams, Joan　12, 14, 43, 87, 122, 128, 223, 231, 250, 254
ウィリアムソン，ジョエル　Williamson, Joel　56-57, 68-69, 186, 233
ウィルソン，エドマンド　Wilson, Edmund　205, 212

『失われたダイヤモンド』（W・C・フォークナー）　*The Lost Diamond*　52, 68
ウッドワード，キャスリーン　Woodward, Kathleen　74, 187, 225-226
「馬交換」（ロングストリート）　"The Horse Swap"　70
エヴァンズ，ウォーカー　Evans, Walker　121
エメリン　Emeline　56, 69
エリオット，T.S.　Eliot, T.S.　21
エリソン，ラルフ　Ellison, Ralph Waldo　106, 124
老いの政治学　20
越智博美　209
オドネル、パトリック　O'Donnell, Patrick　154
『女らしさの神話』（フリーダン）　*The Feminine Mystique*　240, 251

【か行】

カーダール，マーリン　Kadar, Marlene　229
カーペンター，ミータ　Carpenter, Meta　95, 254
カウリー，マルカム　Cowley, Malcolm　51, 103-104, 125, 132, 177-179, 191, 196, 217
金澤哲　48, 93-95
カン，ヒー　Kang, Hee　250-251
キャロザース，ジェイムズ　Carothers, James　216
旧南部　21, 34, 45, 53-54, 64-65, 109-110, 135-136, 152, 246
共産主義　communism　192, 207-208, 246, 251-253
クラーク，デボラ　Clarke, Deborah　224
グリムウッド，マイケル　Grimwood, Michael　132
クルツィウス，E.R.　Curtius, E. R.　20, 48, 50
グレイ，リチャード　Gray, Richard　233
クレイトン，ジョアン　Creighton, Joan　138, 245-246
公民権運動　Civil Rights Movement　14, 36, 240, 251
コーフィールド，J.R.　Cofield, J. R.　158
コーン，デビッド　Cohn, David L.　185
黒人解放運動（公民権運動）　the Civil Rights Movement　240
ゴッデン，リチャード　Godden, Richard　154
コッブ，ジェイムズ　Cobb, James　209, 212
コミンズ，サックス　Commins, Saxe　222-223
小山敏夫　66, 228

【さ行】

サーフ，ベネット　Cerf, Bennett　177, 222
サイード，エドワード・W　Said, Edward W.　131-133, 153, 184, 259
『サタディ・イヴニング・ポスト』　*Saturday Evening Post*　181
シェイ，ハンス・K　Skey, Hans K.　216
「時間」の主題　15, 22, 35
資本主義　capitalism　93, 246
シャドウ・ファミリー　54, 56-57, 66, 186, 188
シュウォーツ，ローレンス　Schwartz, Lawrence　125, 192, 206-207, 239, 252
女性解放運動　the Feminist Movement　240, 251
シンガル，ダニエル・ジョセフ　Singal, Daniel Joseph　233
人種問題　the Race Problem　181, 205, 209, 240, 252-253
杉森雅美　211
『スクリブナーズ』　*Scribner's Magazine*　125
スコット，ファイラー　Scott, Ann Firor　128
スタイン，ジーン　Stein, Jean　15, 223, 232, 250, 254
スタインベック，ジョン　Steinbeck, John Ernst　106, 122, 124
ストーン，フィル　Stone, Phil　160-161, 254
ストナム，ゲイリー　Stonum, Gary　249
スニード，ジェイムズ　Snead, James　253, 256
『スパニッシュ・ヒロイン』（W・C・フォークナー）　*The Spanish Heroine: A Tale of War and Love*　52, 67
センシバー，ジュディス・L　Sensibar, Judith L.　224
ゼンダー，カール・F　Zender, Karl F.　195, 216-218
ソープ，トマス・バングズ　Thorpe, Thomas Bangs　67, 70

【た行】

第一次世界大戦　64, 158
タウナー，テレサ・M　Towner, Theresa M.　216
ダグラス，エレン　Douglas, Ellen　221
橘幸子　94
田中久男　240, 244-245, 250
『ダブル・ディーラー』　*Double Dealer*　125
デイヴィス，サディアス　Davis, Thadious M.　124
ディスアビリティ・ナラティブ　Disability Narrative　20
鉄道　53-54, 58, 65, 104

デニング，マイケル　Denning, Michael　125
デファルコ，アメリゴ　DeFalco, Amelia　74
デュヴァル，ジョン・N　Duvall, John N.　75, 89, 154
デュセア，エリック　Dussere, Erik　205, 211
デルタ　Delta　133, 145, 148, 152-153, 164, 166, 171-172, 175, 183, 185
トウェイン，マーク　Twain, Mark　13, 52
ドナルドソン，スーザン　Donaldson, Susan V.　124

【な行】

南部文学史　45, 66-67
南部ロマンス　45, 53, 65-67
南北戦争　23, 53-54, 64, 68, 117, 119, 121, 135, 139, 208, 246
西山保　240, 243-245, 247
日本訪問　36
ニューディール　45, 99-128
ノーベル文学賞受賞　217, 221, 240, 252

【は行】

バー，キャロライン　Barr, Caroline　151, 161
ハース，ロバート・K　Haas, Robert K.　119, 142, 219, 222
バーネット，ネッド　Barnett, Ned　161, 228
バイロン，ジョージ・ゴードン　Byron, George Gordon　60-63, 69, 104
パワーズ，ライオール　Powers, Lyall　256
「晩年のスタイル」 late style　259
平石貴樹　22-28, 34
プア・ホワイト（貧乏白人） poor white　246, 248
ファウラー，ドリーン　Fowler, Doreen　128, 203, 211, 224
フェミニズム　Feminism　249
フォークナー，ジル　Faulkner, Jill　42-43, 61, 157, 161, 233
フォークナー，ウィリアム
——の作品
「朝の狩り」 "Race at Morning"　46, 179-184, 188
「あの夕陽」 "That Evening Sun"　28-29, 31, 33
『アブサロム、アブサロム！』 *Absalom, Absalom!*　12-13, 16, 22, 28, 33-35, 44-45, 48, 66, 87, 99-101, 103-108, 112-116, 122, 124-125, 132, 135, 138, 140, 143-144, 149, 154, 252

「行け、モーセ」 “Go Down, Moses” 138, 140-143, 150-151, 202
『行け、モーセ』 *Go Down, Moses* 12-13, 16, 45-46, 66, 104, 106-107, 124, 131-154, 157-188, 192, 197
「ヴァンデー」 “Vendée” 123
『馬泥棒についての覚え書』 *Notes on a Horsethief* 162
「馬には目がない」 “Fool About a Horse” 70
「エミリーへの薔薇」 “A Rose for Emily” 12, 15-16, 134-137, 152
『エルサレムよ、我もし汝を忘れなば』 *If I Forget Thee, Jerusalem* 12, 94, 96-97
『寓話』 *A Fable* 12, 21, 36-44, 48, 162, 179, 211
「『寓話』に関する覚書き」 “A Note on *A Fable*” 37
「熊」 “The Bear” 70, 139, 144-145, 148, 161-162, 164, 167, 171, 175, 180-181, 184, 186
「熊狩り」 “A Bear Hunt” 144, 180-181
『これら十三篇』 *These 13* 106
『サートリス』(『土にまみれた旗』) *Sartoris* 12, 24-25, 39, 67, 72, 109, 134, 185, 219
「『サートリス』への序文」 “On the Composition of *Sartoris*” 24-25, 39, 109
『サンクチュアリ』 *Sanctuary* 16, 135, 160
『自動車泥棒――ある回想』 *The Reivers: A Reminiscence* 216, 219-220, 226-228, 231, 257, 260
「ジャムシードの中庭のとかげ」 “Lizards in Jamshyd’s Courtyard” 106
「シャーウッド・アンダーソンについての覚書」 “Note on Sherwood Anderson, A” 226
「肖像」 “Portrait” 108, 125, 128
「女王ありき」 “There Was a Queen” 45, 57, 66-67
「スノープス三部作」 The Snopes Trilogy 239, 241
「正義」 “A Justice” 146-147, 180-181
『征服されざる人びと』 *The Unvanquished* 44-45, 67, 104, 106-107, 116-122, 138-140, 143
『大森林』 *Big Woods* 46, 180-181, 183
「退却」 “Retreat” 106, 116, 139, 144
『大理石の牧神』 *The Marble Faun* 19, 51
「父なるアブラハム」 “Father Abraham” 259
『土にまみれた旗』 *Flags in the Dust* 12, 15, 24, 26, 28, 44, 51-70, 107-112, 114, 119, 134-136, 152 →『サートリス』
「デルタの秋」 “Delta Autumn” 137, 144, 150-153, 162, 164, 171, 173-174, 180-185,

188
「南部の葬送——ガス灯」 “Sepulture South: Gaslight” 226
『尼僧への鎮魂歌』 *Requiem for a Nun* 36, 105, 116, 180-181, 217, 220
「ノーベル賞受賞演説」 Address upon Receiving the Nobel Prize for Literature 41-42
「パイン・マナー・ジュニア・カレッジ卒業式祝辞」 Address to the Graduating Class, Pine Manor Junior College 42
『八月の光』 *Light in August* 107, 136
『春の幻』 *Vision in Spring* 19, 24, 128
「美女桜の香り」 “An Odor of Verbena” 123
「火と暖炉」 “The Fire and the Hearth” 140-141, 150
『響きと怒り』 *The Sound and the Fury* 13, 19, 23, 33, 48, 104-105, 108-109, 114, 122, 124-125, 128, 134, 177-178, 186
『フォークナー・リーダー』 *The Faulkner Reader* 226-227, 231
「付録——コンプソン一族」 “Appendix: Compson, 1699-1945” 105, 124, 153, 177-178, 180
『兵士の報酬』 *Soldiers' Pay* 19, 128, 160
『ポータブル・フォークナー』 *The Portable Faulkner* 103, 125, 132, 153, 177-180, 191
『墓地への侵入者』 *Intruder in the Dust* 14, 36, 46, 179, 191-212, 217, 241, 258
「斑馬」 “Spotted Horses” 106, 125
『町』 *The Town* 244, 246-247, 253-254, 256, 258, 260
「待ち伏せ」 “Ambuscade” 106, 116
『マリオネット』 *The Marionettes* 19
「ミシシッピ」 “Mississippi” 157, 160, 176, 180-181, 185, 226-227
「ミスター・アケアリウス」 “Mr. Acarius” 226
「昔あった話」 “Was” 138-139, 142-143, 145
「昔の人びと」 “The Old People” 145-146, 148
『村』 *The Hamlet* 70, 104, 106-107, 124-125, 161, 244, 247, 258
『館』 *The Mansion* 47, 239-260
『野性の棕櫚』 *The Wild Palms* 12, 44-45, 73-95, 107
「ライオン」 “Lion” 106, 133, 144, 146, 148, 186
「猟犬」 “The Hound” 247
——作品の登場人物
アイク・マッキャスリン Ike McCaslin (Uncle Ike) 12, 16, 46, 133-134, 142-154, 164-169, 171-176, 179, 181-182, 186-188, 256

アンクル・バック　Uncle Buck (Theophilus McCaslin)　138-139, 154
アンクル・バディ　Uncle Buddy (Amodeus McCaslin)　139
イケモタビー　Ikkemotubbe　146-148, 165, 178
ウォッシュ・ジョーンズ　Wash Jones　12
エミリー　Emily Grierson　12, 15-16, 134-137
エルノーラ　Elnora　57-58, 66, 69
オールド・ベイヤード　Old Bayard (Bayard Sartoris)　12, 15, 64-65, 70, 108, 110, 115-121, 123, 135, 139
ギャヴィン　Gavin Stevens　36, 47, 197-198, 200-202, 204-208, 210, 212, 240-241, 243, 245-247, 250, 253-258, 260
キャディ　Caddy Compson　33-34, 109, 149, 153
クエンティン　Quentin Compson　12, 15-16, 21-35, 45, 48, 99-101, 107-108, 112-116, 122-123, 128, 133-135, 143-147, 149, 151-153, 178, 186-187, 256
元帥　Old General　12, 22, 36-44
伍長　Corporal　36-41
サム・ファーザーズ　Sam Fathers　46, 144-148, 151-152, 164-171, 173, 175-176, 182-183
ジーザス　Jesus　29
ジュディス　Judith Sutpen　34
ジョン・サートリス　John Sartoris　44, 51-70, 103, 110-111, 119, 185
チャールズ・ボン　Charles Bon　34-35, 113-114, 143, 149
テンプル　Temple Drake　16-18, 104
トマス・サトペン　Thomas Sutpen　12, 16, 66-67, 87, 93
ドルーシラ・ホーク　Drusilla Hawk　67
ドルトン・エイムズ　Dalton Ames　34
ナーシッサ　Narcissa Sartoris　61-64, 66, 69-70, 111
ナンシー　Nancy　29, 31-33
バイロン・スノープス　Byron Snopes　60-64, 66, 69-70, 104
パット・スタンパー　Pat Stamper　70
パップ　Pap　16-18, 135
ハリー　Harry Wilbourne　12, 45, 73-95
ピーボディ　Peabody　70
ベンジー　Benjy Compson　19
ヘンリー・サトペン　Henry Sutpen　34-35, 114, 143, 149
ポパイ　Popeye　17-18
ホレス・ベンボウ　Horace Benbow　256

ミス・ジェニー　Miss Jenny (Du Pre, Virginia)　12, 15, 64, 69, 107, 111-112, 114, 119, 122, 135
モリー・ビーチャム　Molly (Mollie) Beauchamp　142, 150-151, 197, 199, 202
ヤング・ベイヤード　Young Bayard (Bayard Sartoris)　64-65, 70, 119, 123
ローザ・コールドフィールド　Rosa Coldfield　12, 16, 45, 100-101, 108, 112-123, 125, 135
フォークナー，ウィリアム・C　Falkner, William C.　44-45, 51-70, 219
フォークナー，エステル　Faulkner, Estelle　43, 128, 157, 222-223
フォークナー，ディーン　Faulkner, Dean　160, 185, 228
フォークロア　53, 105, 124-125
フォレスト，ファニー　Forrest, Fannie　56
フランクリン，マルカム　Franklin, Malcolm Argyle　194
フリーダン，ベティ　Friedan, Betty　240, 251
ブルックス，クリアンス　Brooks, Cleanth　249
フルトン，ロリー　Fulton, Lorie　249, 253
フルトン，キース　Fulton, Keith　251
フレイザー，ジョン　Fraser, John　110
『プレス・シミター』　*Press-Scimitar*　158
フロイト，ジグムント　Freud Sigmund　84-85
ブロツキー，L.D.　Brodsky, Louis Daniel　177, 186-188
ブロットナー，ジョーゼフ・L　Blotner, Joseph L.　138, 188, 220, 233
ベック，ウォレン　Beck, Warren　254
ヘニッヒハウゼン，ロター　Hönnighausen, Lothar　233, 253
ベロー，ソール　Bellow, Saul　124
ペンカワー，モンティ・ノーム　Penkower, Monty Noam　125
ポウ，エドガー・アラン　Poe, Edgar Allan　100
ボーヴォワール，シモーヌ・ド　Beauvoir, Simone de　163, 170, 172, 187, 190
ポーク，ノエル　Polk, Noel　154, 206, 212, 216, 240, 245, 249, 252, 256, 259
ポストモダニズム　postmodernism　14, 21-22, 36-44, 133
『ホリディ』　*Holiday*　157, 180

【ま行】

マクヘイニー，トマス　Mchaney, Thomas L.　93
マシューズ，ジョン・T　Matthews, John T.　128, 211, 239, 249
マッカーシズム（赤狩り）　McCarthyism　208, 240, 251-252
マンジョーネ，ジェリー　Mangione, Jerre　125

『ミシシッピ・ガイド』 *Mississippi: A Guide to the Magnolia State*　105
宮本陽一郎　105, 124
ミルゲイト，マイケル　Millgate, Michael　215-216, 233, 249, 254
民間交流計画　A Program for People-to-People Partnership　36
『メンフィスの白い薔薇』（W・C・フォークナー） *The White Rose of Memphis*　51-52, 60, 70
モダニズム　modernism　14, 21-23, 36, 41, 44, 130, 133, 192, 207
『モンテレーの包囲』（W・C・フォークナー） *The Siege of Monterey: A Poem*　52, 67, 69

【や行】

山下昇　95
『ヨーロッパ駆足漫遊記』（W・C・フォークナー） *Rapid Ramblings in Europe*　51-52, 60, 68
ヨクナパトーファ　53, 65, 101, 103-104, 106-108, 123, 125, 133, 153, 169, 176, 178-179, 184, 186, 188, 220, 231, 259
ヨクナパトーファ・サーガ　53, 65, 101, 106
ヨンソン，エルサ　Jonsson, Else　222

【ら行】

ライト，リチャード　Wright, Richard William　106
ラング，ドロシア　Lange, Drothea　121
ランダム・ハウス　Random House　132-133, 177, 192, 211, 222, 231
リプリー　Ripley　56, 69
リンスコット，ロバート　Linscott, Robert　232
ルーリー，ピーター　Lurie, Peter　92
ルジュンヌ，フィリップ　Lejeune, Philippe　227, 236
ルッカート，ウィリアム　Rueckert, William　253
冷戦　the Cold War　14, 47, 125, 191-194, 206-207, 209-210, 213, 239-240, 249-250, 252
『れんが造りの小さな教会』（W・C・フォークナー） *The Little Brick Church*　52, 60, 68
『老人と海』（ヘミングウェイ） *The Old Man and the Sea*　211
ローズベルト，フランクリン　Roosevelt, Franklin Delano　105, 172
ロバーツ，ダイアン　Roberts, Dianne　128
ロリーソン，カール　Rollyson, Carl　124

ロングストリート，オーガスタス・ボールドウィン　Longstreet, Augustus Baldwin
67, 70

【わ行】

ワインスタイン，フィリップ・M　Weinstein, Philip M.　233
『私が生まれ育ったところ』（コーン）　*Where I was Born and Raised*　185
ワトソン，ジェイ　Watson, Jay　253, 257
ワトソン，ジェイムズ・G　Watson, James G.　161, 233, 242, 255, 257